散文卷

朱湘全集

朱湘 著

方铭 主编

时代出版传媒股份有限公司
安徽文艺出版社

图书在版编目(CIP)数据

朱湘全集.散文卷/朱湘著;方铭主编.—合肥:安徽文艺出版社,2017.1
ISBN 978-7-5396-5749-3

Ⅰ.①朱… Ⅱ.①朱…②方… Ⅲ.①朱湘(1904～1933)
－全集②散文集－中国－现代 Ⅳ.①C52②I266

中国版本图书馆 CIP 数据核字(2016)第 107985 号

出 版 人:朱寒冬
出版策划:朱寒冬   出版统筹:王婧婧
责任编辑:李 芳   装帧设计:张诚鑫
- -
出版发行:时代出版传媒股份有限公司　www.press-mart.com
　　　　　安徽文艺出版社　www.awpub.com
地　　址:合肥市翡翠路 1118 号　邮政编码:230071
营 销 部:(0551)63533889
印　　制:安徽新华印刷股份有限公司　(0551)65859551
- -
开本:700×1000　1/16　印张:24　字数:300 千字
版次:2017 年 1 月第 1 版　2017 年 1 月第 1 次印刷
定价:64.00 元(精装)
- -

出版说明

　　朱湘(1904—1933),字子沅,安徽太湖人。他被誉为"新文学成长期的大诗人","代表了中国十年来诗歌的一个方向"。与他齐名的中国现代作家,如郭沫若、闻一多、徐志摩都有全集出版。在朱湘研究会召开的朱湘学术研讨会上,希望出版《朱湘全集》的呼声很高,广大读者也有热烈的期待,应此需求,本社决定出版《朱湘全集》。

　　《朱湘全集》汇编了朱湘的全部著作。分卷出版说明如下:

　　第一卷诗歌卷,收入朱湘1925年出版的第一本诗集《夏天》(商务印书馆出版),以及其后的《草莽集》(1927年,开明书店出版)、《石门集》(1934年,商务印书馆出版)、《永言集》(1936年,时代书店出版)。前三本诗集都由作者生前编定,只有《永言集》是作者逝世后,由朱湘的好友赵景深编辑,算是朱湘的遗著。

　　第二卷散文卷,收编朱湘的《中书集》(1934年,北新书局出版)、《文学闲谈》(1934 年,北新书局出版)和朱湘散逸的散文评论作品。

第三卷书信卷,收编朱湘的《海外寄霓君》(1934 年,北新书局出版),《朱湘书信集》(1936 年,天津人生与文学社出版),以及陈子善编的《孤高的真情 朱湘书信集》(2007 年,上海人民出版社出版)中的《集外》,另新收朱湘逸信 1 封,这样将朱湘书信比较完备地收录,为此,特向陈子善教授表示谢意。

第四卷译作卷(一),编入朱湘翻译的《路曼尼亚民歌一斑》(1924 年,北新书局出版),《英国近代小说集》(1929 年,北新书局出版)。

第五卷译作卷(二),编入朱湘生前翻译与零散发表的译诗,后来汇编成《番石榴集》(1936 年,商务印书馆出版)。

这次出版,为尊重原作者,力求保持朱湘作品的本来面貌,沿用了那个时代的习惯用语与用字,只对个别漏字或误排之处做了校正。

为方便读者分册阅读,每卷附《朱湘传略及其作品》,裨使读者全面理解朱湘的文学贡献特别是诗歌创作的杰出成就。

朱湘逝世过早,但著译丰硕,全集疏漏讹误之处在所难免,希望读者多多批评指正。

安徽文艺出版社

目　　录

中书集

文学闲谈

集外文

ZHONG SHU JI

中书集

打弹子

打弹子最好是在晚上。一间明亮的大房子，还没有进去的时候，已经听到弹子相碰的清脆声音。进房之后，看见许多张紫木的长台并列排着，鲜红的与粉白的弹子在绿色的呢毯上滑走。整个台子在雪亮的灯光下照得无微不见，连台子四围上边嵌镶的菱形螺钿都清晰的显出。许多的弹竿笔直的竖在墙上。衣钩上面有帽子，围巾，大氅。还有好几架钟，每架下面是一个算盘——听哪，嗒啦一响，正对着门的那个算盘上面，一下总加了有二十开外的黑珠。计数的伙计一个个站在算盘的旁边。

也有伙计陪着单身的客人打弹子。这样的伙计有两种，一种是陪已经打得很好的熟客打，一种是陪才学的生客打。陪熟客打的，一面低了头运用竿子，一面向客人嬉笑的说："你瞅吧！这竿儿再赶不上你，这碗儿饭就不吃啦！"陪生客打的，看见客人比了大半天，竿子总抽上了有十来趟，归根还是打在第一个弹子的正面就不动了，他看着时候，说不定心里满觉得这位客人有趣，但是脸上决不露出一丝笑容，只随便的带说一句："你这球要低竿儿打红奔白就得啦。"

打弹子的人有穿灰色爱国布罩袍的学生，有穿藏青花呢西服的教员，有穿礼服呢马褂淡青哔叽面子羊皮袍的衙门里人。另有一个，身上是浅色花缎的皮袍，左边的袖子撸了起来，露出细泽的灰鼠里子，并且左手的手指上还有一只耀目的金戒指。这想必是富商的儿子罢。这些人里面，有的面呈微笑，正打眼着"眼镜"。有的把竿子放去背后，作出一个优美的姿势来送它。有的这竿已经有了，右掌里握着的竿子从左手手面上顺溜的滑过去，打的人的身子也跟着灵动的扭过，再准备打下一竿。

"您来啦！您来啦！"伙计们在我同子离掀开青布绵花帘子的时候站起身，来把我们的帽子接了过去。"喝茶？龙井？香片？"

弹子摆好了，外面一对白的，里面一对红的。我们用粉块擦了一擦竿子的头，开始游戏了。

这些红的、白的弹子在绿呢上无声的滑走，很像一间宽敞的厅里绿毡毹上面舞蹈着的轻盈的美女。她披着鹅毛一样白的衣裳，衣裳上面绣的是金线的牡丹，柔软的细腰上系着一条满缀宝石的红带，头发扎成一束披在背后，手中握着一对孔雀毛，脚上穿的是一双红色的软鞋。脚尖矫捷的在绿毡毹上轻点着，一刻来了厅的这方，一刻去了厅的那方，一点响声也听不出，只偶尔有衣裳的窸窣，环佩的丁当，好像是替她的舞蹈按着拍子一样。

这些白的、红的弹子在绿呢上活泼的驰行，很像一片草地上有许多盛服的王孙公子围着观看的一双斗鸡。它们头顶上戴的是血一般红的冠。它们弯下身子，拱起颈，颈上的一圈毛都耸了起来，尾巴的翎毛也一片片的张开。它们一刻退到后头，把身体蜷伏起来，一刻又奔上前去,把两扇翅膀张开,向敌人扑啄。四围的人看得呆了,只在得胜的鸡骄扬的叫出的时候,他们才如梦初醒,也跟着同声的欢呼起来。

弹子在台上盘绕,像一群红眼珠的白鸽在蔚蓝的天空上面飘扬。弹子在台上旋转,像一对红眼珠的白鼠在方笼的架子上面翻身。弹子在台上溜行,像一只红眼珠的白兔在碧绿的草原上面飞跑。

还记得是三年前第一次跟了三哥学打弹子,也是在这一家。现在我又来这里打弹子了,三哥却早已离京他往。在这种乱的时世,兄弟们又要各自寻路谋生,离合是最难预说的了;知道还要多少年,才能兄弟聚首,再品一盘弹子呢?

正这样想着的时候,看见一对夫妇,同两个二十左右的女子,带着三个小孩子,一个老妈子,进来了球房:原来是夫妻俩来打弹子的。他们开盘以后,小孩子们一直站在台子旁边看热闹,并且指东问西,嘴说手画,兴头之大,真不下似当局的人。问的没有得到结果的时候,还要牵住母亲的裙子或者抓住她的弹竿唠叨的尽缠:被父亲呵了几句,才暂时静下一刻,但是不到多久,又哄起来了。

事情凑巧:有一次轮到父亲打,他的白球在他自己面前,别的三个都一齐靠在小孩子们站的这面的边上,并且聚拢在一起,正好让他打五分的;那晓得这三个孩子看见这些弹子颜色鲜明得可爱,并且圆溜溜的好玩,都伸出双手踮起脚尖来抢着抓弹子;有一个孩子手掌太小,一时抓不起弹子来,他正在抓着的时候,父亲的弹子已经打过来了,手指上面打中一下,痛得呱呱的大哭起来。老妈子看到,赶紧跑过来把他抱去了茶几旁边,拿许多糖果哄他止哭。那两个孩子看见父亲的神气不对,连忙双手把弹子放回原处,也悄悄的偷回去茶几旁边坐下了。母亲连忙说:"一个孩子已经够嚷的啦。咱们打球吧。"父亲气也不好，不气也不好，狠狠的盯了那两个孩子一眼，盯得他们在椅子上面直扭，他又开始打他的弹子了。

在这个当儿，子离正向我谈着"弹子经"。他说："打得妙的时候，一竿子可以打上整千。"他看见我的嘴张了一张，连忙接着说下："他们功夫到家的妙在能把四个球都赶上一个台角里边去，而后轻轻的慢慢的尽碰。"我说："这未免太不'武'了！大来大往，运用一些奇兵，才是我们的本色！"子离笑了一笑，不晓得他到底是赞成我的议论呀还是不赞成。其实，我自己遇到了这种机会的时候，也不肯轻易放过，所惜本领不高，只能连个几竿罢了。

我们一面自己打着弹子，一面看那对夫妇打。大概是他们极其客气，两人都不愿占先的原故，所以结果是算盘上的黑珠有百分之八十都还在右头。我向四围望了一眼，打弹子的都是男人，女子打的只这一个，并且据我过去的一点经验而言，女子上球房我这还是第一次看见。我想了一想，不觉心里奇怪起来："女子打弹子，这是多么美的一件事！毡觚的平滑比得上她们肤容的润泽，弹竿的颀长比得上她们身段的苗条；弹子的红像她们的唇，弹子的白像她们的脸；她们的眼珠有弹丸的流动，她们的耳珠有弹丸的匀圆。网球在女界通行了，连篮球都在女界通行了，为什么打弹子这最美的、最适于女子玩耍的，最能展露出她们身材的曲线美的一种游戏反而被她们忽视了呢？"那晓得我这样替弹子游戏抱着不平的时候，反把自己的事情耽误了，原来我这样心一分，打得越坏，一刻工夫已经被子离赶上去半趟，总共是多我一趟了。

现在已经打了很久了，歇下来看别人打的时候，自家的脑子里面都是充满着角度的纵横的线。我坐在茶几旁边，把我的眼睛所能见到的东西都拿来心里面比量,看要用一个什么角度才能打着。在这些腹阵当中,子离口噙的烟斗都没有逃去厄难。有一次我端起茶杯来的时候曾经这样算过:"这茶杯作为我的球,高竿,薄球,一定可以碰茶壶,打到那个人头上的小瓜皮帽子。不然,厚一点,就打对面墙上那架钟。"

钟上的计时针引起了我的注意,现在时间已经不早了。我向子离说:"这个半点打完,我们走吧。"

"三点! 一块找! 要辅币! 手巾! ……谢谢您! 您走啦! 您走啦!"

临走出球房的时候,听到那一对夫妻里面的妻子说:"有啦! 打白碰到红啦!"丈夫提出了异议。但是旁观的两个女郎都帮她:"嫂嫂有啦! 哥哥别赖!"

北海纪游

　　九日下午，去北海，想在那里作完我的《洛神》，呈给一位不认识的女郎；路上遇到刘兄梦苇，我就变更计划，邀他一同去逛一天北海。那里面有一条槐树的路，长约四里，路旁是两行高而且大的槐树，倚傍着小山，山外便是海水了；每当夕阳西下清风徐来的时候，到这槐荫之路上来散步，仰望是一片凉润的青碧，旁视是一片渺茫的波浪，波上有黄白各色的小艇往来其间，衬着水边的芦荻，路上的小红桥，枝叶之间偶尔瞧得见白塔高耸在远方，与它的赭色的塔门、黄金的塔尖，这条槐路的景致也可说是兼有清幽与富丽之美了。我本来是想去那条路上闲行的，但是到的时候天气还早，我们就转入濠濮园的后堂暂息。

　　这间后堂傍着一个小池，上有一座白石桥，池的两旁是小山，山上长着柏树，两山之间竖着一座石门，池中游鱼往来，间或有金鱼浮上。我们坐定之后，谈了些闲话，谈到我们这一班人所作的诗行由规律的字数组成的新诗之上去。梦苇告诉我，有许多人对于我们的这种举动大不以为然，但同时有两种人，一种是向来对新诗取厌恶态度的人；一种是新诗作了许久与我们悟出同样的道理的人，他们看见我们的这种新诗以后，起了深度的同情。后来又谈到一班作新诗的人当初本是轰轰烈烈，但是出了一个或两个集子之后，便销声匿迹，不仅没有集子陆续出来，并且连一首好诗都看不见了。梦苇对于这种现象的解释很激烈，他说这完全是因为一班人拿诗作进身之阶，等到名气成了，地位有了，诗也就跟着扔开了。他的话虽激烈，却也有部分的真理，不过我觉着主要的原因另有两个：浅尝的倾向，抒情的偏重。我所说的浅尝者，便是那班本来不打算终身致力于诗，不过因了一时的风气而舍些工夫来此尝试一下的人。他们当中虽然不能说是竟无一人有诗的禀赋、涵养、见解、毅力，但是即使有的时候，也不深。等到这一点子热心与能耐用完之后，他们也就从此销声匿迹了。诗，与旁的学问旁的艺术一般，是一种终身的事业，并非靠了浅尝可以兴盛得起来的。最可恨的便是这些浅尝者之中有人居然连一点自知之明都没有，他们居然坚执着他们的荒谬主张，溺爱着他们的浅陋作品，对于真正的方在萌芽的新诗加以热骂与冷嘲，并且挂起他们的新诗老前辈的招牌来蒙蔽大众：这是新诗发达上的一个大阻梗。还有一个阻梗便是胡适的一种浅薄可笑的主张，他说，现代的诗应当偏重抒情的一方面，庶几可以适应忙碌的现代人的需要。殊不知诗之长短与其需时之多寡当中毫无比例可言。李白的《敬亭独坐》虽然只有寥寥的二十个字，但是要领略出它的好处，所需的时间之多，只有过于《木兰辞》而无不及。进一层，我们可以说，像《敬亭独坐》这一类的抒情诗，忙碌的现代人简直看不懂。再进一层说，忙碌的现代人干脆就不需要诗，小说他们都嫌没有工夫与精神去看，更何况诗？电影，我说，最不艺术的电影是最为现代人所需要的了。所以，我们如想迎合现代人的心理，就不必作诗；想作诗，就不必顾及现代人的嗜好。诗的种类很多,抒情不过是一种,此外如叙事诗、史诗、诗剧、讽刺诗、写景诗等等那一种不是充满了丰富的希望,值得致力于诗的人去努力? 上述的两种现象,抒情的偏重,使诗不能作多方面的发展,浅尝的倾向,使诗不能作到深宏与丰富的田地,便是新诗之所以不兴旺的两个主因。

我们谈完之后,时候已经不早了;我们便起身,转上槐路,绕海水的北岸,经过用黄色与淡青的琉璃瓦造成的琉璃牌楼,在路上谈了一些话,便租定一只小划船。这时候西北方已经起了乌云,并且时时有凉风吹过白色的水面,颇有雨意,但是我们下了船。我们看见一个女郎独划着一只绿色的船,她身上穿着白色的衣裙,手上戴着白色的手套,草帽是淡黄色的,她的身躯有节奏的与双桨交互的低昂着,在船身转弯的时候,那种一手顺划一手逆划两臂错综而动的姿势更将女身的曲线美表现出来;我们看着,一边艳羡,一边自家划船的勇气也不觉的陡增十倍。本来我的右手是因为前几天划船过猛擦破了几块皮到如今刚合了创口的,到此也就忘记掉了。我们先从松坡图书馆向漪澜堂划了一个直过,接着便向金鳌玉蝀桥放船过去;半路之上,果然有雨点稀疏的洒下来了。雨点落在水面之上,激起一个小涡,涡的外缘凸起,向中心凹下去,但是到了中心的时候,又突然的高起来,形成一个白的圆锥,上连着雨丝。这不过是刹那中的事。雨涡接着迅捷的向四周展开去,波纹越远越淡,以至于无。我此时不觉的联想起济慈的四行诗来:

Ever let the fancy roam,

Pleasure never is at home;

At a touch sweet pleasure melteth,

Like to bubbles when rain pelteth.

　　雨大了起来。雨点含着光有如水银粒似的密密落下。雨阵有如一排排的戈矛,在空中熠耀;匆促的雨点敲水声便是衔枚疾走时脚步的声息。这一片飒飒之中,还听到一种较高的声响,那就是雨落在新出水的荷叶上面时候发出来的。我们掉转船头,一面愉快的划着,一面避到水心的席棚下休息。

棹　　歌

水　心

仰身呀桨落水中,

　　对长空;

俯首呀双桨如翼,

　　鸟凭风。

头上是天,

　　水在两边,

更无障碍当前;

　　白云驶空,

　　鱼游水中,

快乐呀与此正同。

岸　侧

仰身呀桨在水中，
　　对长空；
俯首呀双桨如翼，
　　鸟凭风。
　　树有浓荫，
　　葭苇青青，
野花长满水滨；
　　鸟啼叶中，
　　鸥投苇丛，
蜻蜓呀头绿身红。

风　朝

仰身呀桨落水中，
　　对长空；
俯首呀双桨如翼，
　　鸟凭风。
　　白浪扑来，
　　水雾拂腮，
天边布满云霾；
　　船晃得凶，
　　快往前冲，

小心呀翻进波中。

雨　　天

仰身呀桨落水中，
　　　对长空；
俯首呀双桨如翼，
　　　鸟凭风。
　　雨丝像帘，
　　水涡像钱，
一片缭乱轻烟；
　　雨势偶松，
　　暂展朦胧，
瞧见呀青的远峰。

春　　波

仰身呀桨落水中，
　　　对长空；
俯首呀双桨如翼，
　　　鸟凭风。
　　鸟儿高歌，
　　燕儿掠波，
鱼儿来往如梭；

白的云峰，

青的天空，

黄金呀日色融融。

夏　　荷

仰身呀桨落水中，

对长空；

俯首呀双桨如翼，

鸟凭风。

荷花清香，

缭绕船旁，

轻风飘起衣裳；

菱藻重重，

长在水中，

双桨呀欲举无从。

秋　　月

仰身呀桨落水中，

对长空；

俯首呀双桨如翼，

鸟凭风。

月在上飘，

船在下摇，

何人远处吹箫？

芦荻丛中，

吹过秋风，

水蚓呀应着寒蛩。

冬　雪

仰身呀桨落水中，

对长空；

俯首呀双桨如翼，

鸟凭风。

雪花轻飞，

飞满山隈，

飞向树枝上垂；

到了水中，

它却消溶，

绿波呀载过渔翁。

雨势稍停，我们又划了出来。划了一程之后，忽然间刮起了劲风来；风在海面上吹起一阵阵的水雾，迷人眼睛，朦胧里只见黑浪一个个向我们滚来。浪的上缘俯向前方，浪的下部凹入，真像一群张口的海兽要跑来吞我们似的，水在船旁舐吮作响，船身的颠摇十分厉害：这刻的心境介于悦乐与惊恐之间，一心一目之中只记着，向前划！向前划！

虽然两臂麻木了,右手上已合的创口又裂了,还是记着,向前划!

上岸之后,虽然休息了许久,身体与手臂尚自在那里摆动。还记得许多年前,头一次凫水,出水之后,身子轻飘飘的,好像鸟儿在空中飞翔一般;不料那时所感到的快乐又复现于今天了。

吃完点心之后,(今天的点心真鲜!)我们离开漪澜堂,又向对岸渡过去,这次坐的是敞篷船。此刻雨阵过了,只有很疏的雨点偶尔飘来。展目远观,见鱼肚白的夕空渲染着浓灰色以及淡灰色的未尽的雨云,深浅不一,下面是暗青的海水,水畔低昂着嫩绿色的芦苇,时有玄脊白腹的水鸟在一片绿色之中飞过。加上天水之间远山上的翠柏之色,密叶中的几点灯光,还有布谷高高的隐在雨云之中发出清脆的啼声,真令人想起了江南的烟雨之景。

上岸后,雨又重新下起来。但是我们两人的兴却发作了:梦苇嚷着要征服自然;我嚷着要上天王殿的楼上去听雨。我们走到殿的前头,瞧见琉璃牌楼的三座孤门之上一毫未湿,便先在这里停歇下来。这时候天已经黑了,我们从槐树的叶中可以看得见天空已经转成了与海水一样深青的颜色,远处的琼岛亮着一片灯光,灯光倒映在水中,晃动闪灼,有波纹把它分隔成许多层。雨点打在远近无数的树上,有时急,有时缓。急时,像独坐在佛殿中,峥嵘的殿柱与庄严的佛像只在隐约的琉璃灯光与炉香的光点内可以瞧见;沉默充满了寺内殿堂,寂静弥漫了寺外的山岭;忽然之间,一阵风来,吹得檐角与塔尖的铁马铜铃不断的响,山中的老松怪柏谡谡的呼吼,杂着从远峰飘来的瀑布的声响,真是战马奔腾,怒潮澎湃。缓时,像在一座墓园之内,黄昏的时候,鸟儿在树枝上栖息定了,乡人已经离开了田野与牧场回到家中安歇,坟墓中的幽灵一齐无声的偷了出来,伴着空中的蝙蝠作回旋的哑舞;

他们的脚步落得真轻，一点声息不闻，只有萤虫燃着的小青灯照见他们憧憧的影子在暗中来往；他们舞得愈出神，在旁观看的人也愈屏息无声；最后，白杨萧萧的叹起气来，惋惜舞蹈之易终以及墓中人的逐渐零落投阳去了；一群面庞黄瘦的小草也跟着点头，飒飒的微语，说是这些话不错。

雨声之中，我们转身瞧天王殿，只见黑魆魆的一点灯火俱无，我们登楼听雨的计划于是不得不中止了。我们又闲谈起来。我们评论时人，预想未来，归根又是谈到文学上去。说到文学与艺术之关系的时候，我讲：插图极能增进读者对于文学书籍的兴趣，我们中国旧文学书中的插图工细别致，《红楼梦》一书更得到画家不断的为它装画。在西方这一方面的人才真是多不胜数，只拿英国来讲，如从前的克鲁可贤（Cruikshank）、现代的毕兹雷（Beardsley），又如自己替自己的小说作插图的萨克雷（Thackeray），都是脍炙人口的；还有文学与音乐的关系，我国古代与在西方都是很密切的，好的抒情诗差不多都已谱入了音乐，成了人民生活的一部分；新诗则尚未得到音乐上的人才来在这方面致力。

我们谈着，时刻已经不早了。雨算是过去了，但枝叶间雨滴依然纷乱的洒下，好像雨并没有停住一般。偶尔有一辆人力车拖过，想必是迟归的游客乘着园内预备的车；还偶尔有人撑着纸伞拖着钉鞋低头走过，这想必是园中的夫役。我们起身走上路时，只见两行树的黑影围在路的左右，走到许远，才看见一盏被雨雾朦了罩的路灯。大半时候还是凭着路中雨水洼的微光前进。

我们一面走着，一面交谈。我说出了我所以作新诗的理由，不为这个，不为那个，只为它是一种崭新的工具，有充分发展的可能；它是一方未垦的膏壤,有丰美收成的希望。诗的本质是一成不变万古长新的;它便是人性。诗的形体则是一代有一代的:一种形体的长处发展完了,便应当另外创造一种形体来代替;一种形体的时代之长短完全由这种形体的含性之大小而定。诗的本质是向内发展的;诗的形体是向外发展的。《诗经》《楚辞》、何默尔的史诗,这些都是几千年以上的文学产品,但是我们这班后生几千年的人读起它们来仍然受很深的感动;这便是因为它们能把永恒的人性捉到一相或多相,于是它们就跟着人性一同不朽了。至于诗的形体则我们常看见它们在那里新陈代谢。拿中国的诗来讲,赋体在楚汉发展到了极点,便有"诗"体代之而兴。"诗"体的含性最大,它的时代也最长;自汉代上溯战国下达唐代,都是它的时代。在这长的时代当中,四言盛于战国,五古盛于汉魏六朝唐代,七古盛于唐宋,乐府盛的时代与五古相同,律绝盛于唐。到了五代两宋,便有词体代"诗"体而兴。到了元明与清,词体又一衍而成曲体。再拿英国的诗来讲,无韵体(blank verse)与十四行诗(son-net)盛于伊丽莎白时代,乐府体(ballad measure)盛于十七世纪中叶,骈韵体(rhymed couplet)盛于多莱登(Dryden)蒲卜(Pope)两人的手中。我们的新诗不过说是一种代曲体而兴的诗体,将来它的内含一齐发展出来了的时候,自然会另有一种别的更新的诗体来代替它。但是如今正是新诗的时代,我们应当尽力来搜求,发展它的长处。就文学史上看来,差不多每种诗体的最盛时期都是这种诗体运用的初期;所以现在工具是有了,看我们会不会运用它。我们要是争气,那我们便有身预或目击盛况的福气;要是不争气,那新诗的兴盛只好再等五十年甚至一百年了。现在的新诗,在抒情方面,近两年来已经略具雏形;但叙事诗与诗剧则仍在胚胎之中。据我的推测,叙事诗将在未来的新诗上占最重要的位置。因为叙事体的弹性极大,《孔雀东南飞》与何默尔的两部史诗(叙事诗之一种)便是强有力的证据。所以我推想新诗将以叙事体来作人性的综合描写。

两行高大的树影矗立在两旁,我们已经走到槐路上了。雨滴稀疏的淅沥着。右望海水,一片昏黑,只有灯光的倒影与海那边的几点灯光闪亮。倒是为了这个原故,我们的面前更觉得空旷了。

我们走到了团城下的石桥,走上桥时,两人的脚步不期然而然的同时停下。桥左的一泓水中长满了荷叶:有初出水的,贴水浮着;有已出水的,荷梗承着叶盘,或高或矮,或正或欹;叶面是青色,叶底则淡青中带黄。在暗淡的灯光之下,一切的水禽皆已栖息了,只有鱼儿喋喋的声音、跃波的声音,杂着漫长的水蚓的轻嘶,可以听到。夜风吹过我们的耳边,低语道:一切皆已休息了,连月姊都在云中闭了眼安眠,不上天空之内走她孤寂的路程;你们也听着鱼蚓的催眠歌,入梦去罢。

咬菜根

"咬得菜根，百事可作。"这句话，便是我们祖先留传下来，教我们不要怕吃苦的意思。

还记得少年的时候，立志要作一个轰轰烈烈的英雄，当时不知在那本书内发见了这句格言，于是拿起案头的笔，将它恭楷抄出，粘在书桌右方的墙上，并且在胸中下了十二分的决心，在中饭时候，一定要牺牲别样的菜不吃，而专咬菜根。上桌之后，果然战退了肉丝焦炒香干的诱惑，致全力于青菜汤的碗里搜求菜根。找到之后，一面着力地咬，一面又在心中决定，将来作了英雄的时候，一定要叫老唐妈特别为我一人炒一大盘肉丝香干摆上得胜之筵。

萝卜当然也是一种菜根。有一个新鲜的早晨，在卖菜的吆喝声中，起身披衣出房，看见桌上放着一碗雪白的热气腾腾的粥，粥碗前是一盘腌菜，有长条的青黄色的豇豆，有灯笼形的通红的辣椒，还有萝卜，米白色而圆滑，有如一些煮熟了的鸡蛋。这与范文正的淡黄荠差得多远！我相信那个说咬得菜根百事可作的老祖宗，要是看见了这样的一顿早饭,决定会摇他那白发之头的。

还有一种菜根,白薯。但是白薯并不难咬,我看我们的那班能吃苦的祖先,如果由奈河桥或是望乡台在过年过节的时候回家,我们决不可供些什么煮得木头般硬的鸡或是浑身有刺的鱼。因为他们老人家的牙齿都掉完了,一定领略不了我们这班后人的孝心;我们不如供上一盘最容易咬的食品:煮白薯。

如果咬菜根能算得艰苦卓绝,那我简直可以算得艰苦卓绝中最艰苦卓绝的人了。因为我不单能咬白薯,并且能咬这白薯的皮。给我一个刚出灶的烤白薯,我是百事可作的;甚至教我将那金子一般黄的肉通同让给你,我都做得到。唯独有一件事,我却不肯做,那就是把烤白薯的皮也让给你;它是全个烤白薯的精华,又香又脆,正如那张红皮,是全个红烧肘子的精华一样。

山药、慈菇,也是菜根。但是你如果拿它们来给我咬,我并不拒绝。

我并非一个主张素食的人,但是却不反对咬菜根。据西方的植物学者的调查,中国人吃的菜蔬有六百种,比他们多六倍。我宁可这六百种的菜根,种种都咬到,都不肯咬一咬那名扬四海的猪尾或是那摇来乞怜的狗尾,或是那长了疮脓血也不多的耗子尾巴。

梦苇的死

　　我踏进病室,抬头观看的时候,不觉吃了一惊,在那弥漫着药水气味的空气中间,枕上伏着一个头。头发乱蓬蓬的,唇边已经长了很深的胡须,两腮都瘦下去了,只剩着一个很尖的下巴;黧黑的脸上,一双眼睛特别显得大。怎么半月不见,就变到了这种田地? 梦苇是一个翩翩年少的诗人,他的相貌与他的诗歌一样,纯是一片秀气;怎么,这病榻上的就是他吗?

　　他用呆滞的目光,注视了一些时,向我点头之后,我的惊疑始定。我在榻旁坐下,问他的病况。他说,已经有三天不曾进食了。这病房又是医院里最便宜的房间,吵闹不过。乱得他夜间都睡不着。我们另外又闲谈了些别的话。

　　说话之间,他指着旁边的一张空床道,就是昨天在那张床上,死去了一个福州人,是在衙门里当一个小差事的。昨天临危,医院里把他家属叫来了,只有一个妻子,一个小女孩子。孩子很可爱的,母亲也不过三十岁。病人断气之后,母亲哭得九死一生,她对墙上撞了过去,想寻短见，幸亏被人救了。就是这样，人家把他从那张床上抬了出去。医院里的人，照旧工作；病房同住的人，照常说笑。他的一生，便这样淡淡的结束了。

我听完了他的这一段半对我说、半对自己说的话之后，抬起头来，看见窗外的一棵洋槐树。嫩绿的槐叶，有一半露在阳光之下，照得同透明一般。偶尔有无声的轻风偷进枝间，槐叶便跟着摇曳起来。病房里有些人正在吃饭，房外甬道中有皮鞋声音响过地板上。邻近的街巷中，时有汽车的按号声。是的，淡淡的结束了。谁说这办事员，说不定是书记，他的一生不是淡淡的结束，平凡的终止呢。那年轻的妻子，幼稚的女儿，知道她们未来的命运是个什么样子！我们这最高的文化，自有汽车、大礼帽、枪炮的以及一切别的大事业等着它去制造，那有闲工夫来过问这种平凡的琐事呢！

混人的命运，比起一班平凡的人来，自然强些。肥皂泡般的虚名，说起来总比没有好。但是要问现在有几个人知道刘梦苇，再等个五十年，或者一百年，在每个家庭之中，夏天在星光萤火之下，凉风微拂的夜来香花气中，或者会有一群孩童，脚踏着拍子唱：

室内盆栽的蔷薇，

窗外飞舞的蝴蝶，

我俩的爱隔着玻璃，

能相望却不能相接。

冬天在熊熊的炉火旁，充满了颤动的阴影的小屋中，北风敲打着门户，破窗纸力竭声嘶的时候，或者会有一个年老的女伶低低读着：

我的心似一只孤鸿，

歌唱在沉寂的人间。

心哟，放情的歌唱罢，

不妨壮，也不妨缠绵，

歌唱那死之伤，

歌唱那生之恋。

咳，薄命的诗人！你对生有何可恋呢？它不曾给你名，它不曾给你爱，它不曾给你任何什么！

你或者能相信将来，或者能相信你的诗终究有被社会正式承认的一日，那样你临终时的痛苦与失望，或者可以借此减轻一点！但是，谁敢这样说呢？谁敢说这许多年拂逆的命运，不曾将你的信心一齐压迫净尽了呢？临终时的失望，永恒的失望，可怕的永恒的失望，我不敢再往下想了。

我还记得：当时你那细得如线的声音，只剩皮包着的真正像柴的骨架。临终的前一天，我第三次去看你，那时我已从看护妇处，听到你下了一次血块，是无救的了。我带了我的祭子惠的诗去给你瞧，想让你看过之后，能把久郁的情感，借此发泄一下，并且在精神上能得到一种慰安，在临终之时，能够恍然大悟出我所以给你看这篇诗的意思，是我替子惠做过的事，我也要替你做的。我还记得，你当时自半意识状态转到全意识状态时的兴奋，以及诗稿在你手中微抖的声息，以及你的泪。我怕你太伤心了不好，想温和的从你手中将诗取回，但是你孩子霸食般的说："不，不，我要！"我抬头一望，墙上正悬着一个镜框，框上有一十字架，框中是画着耶稣被钉的故事，我不觉的也热泪夺眶而出，与你一同伤心。

　　一个人独病在医院之内，只有看护人照例的料理一切，没有一个亲人在旁。在这最需要情感的安慰的时候，给与你以精神的药草，用一重温和柔软的银色之雾，在你眼前遮起，使你朦胧的看不见渐渐走近的死神的可怖手爪，只是呆呆的躺着，让憧憧的魔影自由的继续的来往于你丰富的幻想之中，或是面对面的望着一个无底深坑里面有许多不敢见阳光的丑物蠕动着，恶臭时时向你扑来，你却被缚在那里，一毫也动不得，并且有肉体的苦痛，时时抽过四肢，逼榨出短促的呻吟，抽挛起脸部的筋肉：这便是社会对你这诗人的酬报。

　　记得头一次与你相会，是在南京的清凉山上杏院之内。半年后，我去上海。又一年，我来北京，不料复见你于此地。我们的神交便开始于这时。就是那冬天，你的吐血，旧病复发，厉害得很。幸亏有丘君元武无日无夜的看护你，病渐渐的退了。你病中曾经有信给我，说你看看就要不济事了，这世界是我们健全者的世界，你不能再在这里多留恋了。夏天我从你那处听到子惠去世的消息，那知不到几天你自己也病了下来。你的害病，我们真是看得惯了。夏天又是最易感冒之时，并且冬天的大病，你都平安的度了过来，所以我当时并不在意。谁知道天下竟有巧到这样的事？子惠去世还不过一月，你也跟着不在了呢！

　　你死后我才从你的老相好处，听到说你过去的生活，你过去的浪漫的生活。你的安葬，也是他们当中的两个：龚君业光与周君容料理的。一个可以说是无家的孩子，如无根之蓬般的漂流，有时陪着生意人在深山野谷中行旅，可以整天的不见人烟，只有青的山色、绿的树色笼绕在四周,驮货的驴子项间有铜铃节奏的响着。远方时时有山泉或河流的琤琮随风送来,各色的山鸟有些叫得舒缓而悠远,有些叫得高亢而圆润,自烟雾的早晨经过流汗的正午,到柔软的黄昏,一直在你的耳边和鸣着。也有时你随船户从急流中淌下船来。两岸是高峻的山岩,倾斜得如同就要倒塌下来一般。山径上偶尔有樵夫背着柴担夷然的唱着山歌,走过河里,是急迫的桨声,应和着波浪舐船舷与石岸的声响。你在船舱里跟着船身左右的颠簸,那时你不过十来岁,已经单身上路,押领着一船的货物在大鱼般的船上,鸟翼般的篷下,过这种漂泊的生活了。临终的时候,在渐退渐远的意识中,你的灵魂总该是脱离了丑恶的城市、险诈的社会,飘飘的化入了山野的芬芳空气中,或是挟着水雾吹过的河风之内了罢?

在那时候,你的眼前,一定也闪过你长沙城内学校生活的幻影,那时的与黄金的夕云一般灿烂缥缈的青春之梦,那时的与自祖母的磁罐内偷出的糕饼一般鲜美的少年之快乐,那时的与夏天绿树枝头的雨阵一般的来得骤去得快,只是在枝叶上添加了一重鲜色,在空气中勾起了一片清味的少年之悲哀,还有那沸腾的热血、激烈的言辞、危险的受戒、炸弹的摩挲,也都随了回忆在忽明的眼珠中、骤热的面庞上,与渐退的血潮,慢慢的淹没入迷瞀之海了。

我不知道你在临终的时候,可反悔作诗不?你幽灵般自长沙飘来北京,又去上海,又去宁波,又去南京,又来北京;来无声息,去无声息,孤鸿般的在寥廓的天空内,任了北风摆布,只是对着在你身边漂过的白云哀啼数声,或是白荷般的自污浊的人间逃出,躲入诗歌的池沼,一声不响的低头自顾幽影,或是仰望高天,对着月亮,悄然落晶莹的眼泪,看天河边坠下了一颗流星,你的灵魂已经滑入了那乳白色的乐土与李贺、济慈同住了。

> 巢父掉头不肯住,
> 东将入海随烟雾。
> 诗卷长留天地间,
> 钓竿欲拂珊瑚树。

你的诗卷有歌与我俩的中间的诗卷,无疑的要长留在天地间,她像一个带病的女郎,无论她会瘦到那一种地步,她那天生的娟秀,总在那里,你在新诗的音节上,有不可埋没的功绩。现在你是已经吹着笙飞上了天,只剩着也许玄思的诗人与我两个在地上了,我们能不更加自奋吗?

书

  拿起一本书来,先不必研究它的内容,只是它的外形,就已经很够我们的赏鉴了。

  那眼睛看来最舒服的黄色毛边纸,单是纸色已经在我们的心目中引起一种幻觉,令我们以为这书是一个逃免了时间之摧残的遗民。它所以能幸免而来与我们相见的这段历史的本身,就已经是一本书,值得我们的思索、感叹,更不须提起它的内含的真或美了。

  还有那一个个正方的形状,美丽的单字,每个字的构成,都是一首诗;每个字的沿革,都是一部历史。飙是三条狗的风:在秋高草枯的旷野上,天上是一片青,地上是一片赭,中疾的猎犬风一般快的驰过,嗅着受伤之兽在草中滴下的血腥,顺了方向追去,听到枯草飒索的响,有如秋风卷过去一般。昏是婚的古字:在太阳下了山,对面不见人的时候,有一群人骑着马,擎着红光闪闪的火把,悄悄向一个人家走近。等着到了竹篱柴门之旁的时候,在狗吠声中,趁着门还未闭,一声喊齐拥而入,让新郎从打麦场上挟起惊呼的新娘打马而回。同来的人则抵挡着新娘的父兄,作个不打不成交的亲家。

印书的字体有许多种:宋体挺秀有如柳字,麻沙体夭矫有如欧字,书法体娟秀有如褚字,楷体端方有如颜字。楷体是最常见的了。这里面又分出许多不同的种类来:一种是通行的正方体;还有一种是窄长的楷体,棱角最显;一种是扁短的楷体,浑厚颇有古风。还有写的书:或全体楷体,或半楷体,它们不单看来有一种密切的感觉,并且有时有古代的写本,很足以考证今本的印误,以及文字的假借。

如果在你面前的是一本旧书,则开章第一篇你便将看见许多朱色的印章,有的是雅号,有的是姓名。在这些姓名别号之中,你说不定可以发见古代的收藏家或是名倾一世的文人,那时候你便可以让幻想驰骋于这朱红的方场之中,构成许多缥缈的空中楼阁来。还有那些朱圈,有的圈得豪放,有的圈得森严,你可以就它们的姿态,以及它们的位置,悬想出读这本书的人是一个少年,还是老人;是一个放荡不羁的才子,还是老成持重的儒者。你也能借此揣摹出这主人翁的命运:他的书何以流散到了人间? 是子孙不肖,将它舍弃了? 是遭兵逃反,被一班庸奴偷窃出了他的藏书楼? 还是运气不好,家道中衰,自己将它售卖了来填偿债务,或是支持家庭? 书的旧主人是这样。我呢? 我这书的今主人呢? 他当时对着雕花的端砚,拿起新发的朱笔,在清淡的炉香气息中,圈点这本他心爱的书,那时候,他是决想不到这本书的未来命运,他自己的未来命运,是个怎样结局的;正如这现在读着这本书的我,不能知道我未来的命运将要如何一般。

更进一层,让我们来想象那作书人的命运:他的悲哀,他的失望,无一不自然的流露在这本书的字里行间。让我们读的时候,时而跟着他啼,时而为他扼腕太息。要是,不幸上再加上不幸,遇到秦始皇或是董卓,将他一生心血呕成的文章,一把火烧为乌有;或是像《金瓶梅》《红楼梦》《水浒传》一般命运,被浅见者标作禁书,那更是多么可惜的事情呵!

天下事真是不如意的多。不讲别的,只说书这件东西,它是再与世无争也没有的了,也都要受这种厄运的摧残。至于那琉璃一般脆弱的美人,白鹤一般兀傲的文士,他们的遭忌更是不言可喻了。试想含意未伸的文人,他们在不得意时,有的樵采,有的放牛,不仅无异于庸人,并且备受家人或主子的轻蔑与凌辱;然而他们天生得性格倔强,世俗越对他白眼,他却越有精神。他们有的把柴挑在背后,拿书在手里读;有的骑在牛背上,将书挂在牛角上读;有的在蚊声如雷的夏夜,囊了萤照着书读;有的在寒风冻指的冬夜,拿了书映着雪读。然而时光是不等人的,等到他们学问已成的时候,眼光是早已花了,头发是早已白了,只是在他们的头额上新添加了一些深而长的皱纹。

咳!不如趁着眼睛还清朗,鬓发尚未成霜,多读一读"人生"这本书罢!

空中楼阁

你说不定要问：空中怎么建造得起楼阁来呢？连流星那么小雪片那么轻的东西都要从空中坠落下来，落花一般的坠落下来，更何况楼阁？我也不知怎样的，然而空中实在是有楼阁。玉皇大帝的灵霄宝殿、王母的瑶池同蟠桃园、老君的炼丹房以及三十三天中一切的洞天仙府，真是数不尽说不完的。它们之中，只须有一座从半空倒下来，我们地上这班凡人，就会没命了。幸而相安无事，至今还不曾发生过什么危险。虽然古时有过共工用头（这头一定比小说内所讲的铜头铁臂的铜头还要结实）碰断天柱的事体发生，不过侥幸女娲补得快，还不曾闹出什么大岔子，只是在雨后澄霁的时光，偶尔还看见那弧形的五彩裂纹依然存在着。现在是没有共工那种人了，我们尽可放心的睡眠，不必杞人忧天罢！

共工真是一个傻子，不顾别人的性命，还有可说；他却连自己的性命都不顾了。也很难讲，谁敢说他不是觉着人间的房屋太低陋龌龊了，要打通一条上天的路，领着他的一班手下的人，学齐天大圣那样的去大闹一次天宫,把玉皇大帝赶下宝座,他自己却与一班手下人霸占起一切的空中楼阁呢。女娲一定是为了凡间的姊妹大起恐慌,因为那班极色的男子,最喜欢想仙女的心思。他们遇到一个美貌的女子,总是称赞她像天仙。万一共工同他的将士,真正上了天,他们还不个个都作起刘晨、阮肇来,将家中一班怨女,都抛撇在人间守活寡吗?

并且天上的宫殿,都是拿蔚蓝的玉石铺地,黄金的暮云筑墙,灯是圆大的朝阳,烛是辉煌的彗星,也难怪共工想登天了。在那边园囿之中,有白的梅花鹿,遨游月宫的白兔,耸着耳朵坐在钵前,用一对前掌握着玉杵捣霜,还有填桥的喜鹊鼓噪,衔书的青鸟飞翔,萧史跨着的凤凰在空中巧啭着它那比箫还悠扬宛转的歌声。银白的天河在平原中无声的流过,岸旁茂生着梨花一般白的碧桃,累累垂有长生之果的蟠桃,引刘阮入天台的绛桃。别的树木更是多不胜举。菌形的灵芝黑得如同一柄墨玉的如意。郊野之中,也有许多的虫豸,蚀月的蟾蜍呵,啼声像鬼哭的九头鸟呵,天狼呵,天狗呵,牛郎的牛呵,老君的牛呵,还有那张果老骑的驴子,它都比凡人尊贵,能够住在天上。

咳!在古代不说作人了!就是作鸡狗都有福气。那时的人修行得道,连家中的鸡狗,都是跟着飞升的。你瞧那公鸡,它斜了眼睛,净向天上望,它一定是在羡慕它的那些白日飞升的祖宗呢。空中的楼阁、海上的蜃楼、深山的洞府、世外的桃源,完了,都完了,生在现代的人,既没有琴高的鲤,太白的鲸鱼,骑着去访海外的仙山,也没有黄帝的龙,后羿的金鸟,跨了去游空中的楼阁。

寓　　言

　　从前的时候，人不怕老虎，老虎也不咬人。

　　有一天，王大在山里打了许多野鸡野兔，太多了，他一个人驮不动，只好分些绑在猎犬的背上，惹得那狗涎垂一尺，净拿舌头去舐鼻子。猎户一面走着，一面心里盘算那只兔子留着送女相好，那只野鸡拿去镇上卖了钱推牌九。

　　他正这样思忖的时候，忽见前头来了一只老虎，垂头丧气的与一个大输而回的赌徒差不多。

　　王大说："您好呀？寅先生为何这般愁闷，愁闷得像一匹丧家之犬。看你那尾巴，向来是直如钢鞭的，如今却夹起在大腿之间了；还有那脚步向来是快如风的，如今也像缠了脚的老太太，进三步退两步了。"

　　老虎说："王老，你有所不知，说起来话真长着呢！"说到这里，它叹气连天的。"我家有八旬老母，双眼皆瞎，又有才满月的豚儿，还睡在摇篮里，偏偏在这时把拙荆亡去了。今天一清早，我就出去寻找食物，走了一个整天——"说到这里，它忽然看见王大背上与猎犬背上满载着的野品，便道："呀，原来都在这里，怪不得我空跑了一天呢！"

它接着哀恳道："王老，先下手为强，这句俗语我也知道。不过，我实在是家有老母小儿，它们已经整天不曾有一物下咽了。我如今正年富力强，饿上十天半个月还不打紧，它们一老一幼，却怎么捱得过呢！万一它们有个长短——"

它说到这里，忍不住的伤心大哭起来，一颗颗的眼泪，从大而圆的眼眶里面滴下，好像许多李子杏子似的。它的哭声惊动了头顶上树枝间的割麦插禾，一齐飞入天空，问道："这是为何？这是为何？"

王大只是摇头。

老虎又哀求道："不看金面看佛面，我前生也姓王，只看我额上的王字便是记认。你对于同宗，难道也忍心坐视不救吗？"

王大只是摇头。

老虎陡然暴怒起来，它大吼一声，跳上去把王大的头一口咬下来，说道："看你再摇，这铁石心肠的畜生！"

猎狗摇着尾巴，笑嘻嘻的说："大王，你过劳贵体了，让小畜替你把这些野鸡野兔连着王大的身体一齐驮去宝洞罢！"

自此之后，老虎知道人是一种贱的东西，只怕强权，不讲道理，于是逢着便咬，报它昔日的仇。

衚 衕

我曾经向子惠说过，词不仅本身有高度的美，就是它的牌名，都精巧之至。即如《渡江云》《荷叶杯》《摸鱼儿》《真珠帘》《眼儿媚》《好事近》这些词牌名，一个就是一首好词。我常时翻开词集，并不读它，只是拿着这些词牌名慢慢的咀嚼。那时我所得的乐趣，真不下似读绝句或是嚼橄榄。京中胡同的名称，与词牌名一样，也常时在寥寥的两三字里面，充满了色采与暗示，好像龙头井、骑河楼等等名字，它们的美是毫不差似《夜行船》《恋绣衾》等等词牌名的。

"胡同"是"衚衕"的省写。据文字学者说，是与上海的"弄"一同源自巷字。元人李好古作的《张生煮海》一曲之内，曾经提到羊市角头砖塔儿衚衕，这两个字入文，恐怕要算此曲最早了。各胡同中，最为国人所知的，要算八大胡同；这与唐代长安的北里，清末上海的四马路的出名，是一个道理。

京中的胡同有一点最引人注意，这便是名称的重复：口袋胡同、苏州胡同、梯子胡同、马神庙、弓弦胡同，到处都是，与王麻子、乐家老铺之多一样，令初来京中的人，极其感到不便，然而等我们知道了口袋胡同是此路不通的死胡同，与"闷葫芦瓜儿""蒙福禄馆"是一件东西，苏州胡同是京人替住有南方人不管他们的籍贯是杭州或是无锡的街巷取的名字，弓弦胡同是与弓背胡同相对而定的象形的名称，以后我们便会觉得这些名字是多么有色采，是多么胜似纽约的那些单调的什么 Fifth Avenue, Fourteenth Street, 以及上海的侮辱我国的按通商五口取名的什么南京路、九江路。那时候就是被全国中最稳最快的京中人力车夫说一句："先儿，你多给两子儿。"也是得偿所失的。尤其是苏州胡同一名，它的暗示力极大。因为在当初，交通不便的时候，南方人很少来京，除去举子；并且很少住京，除去京官。南边话同京白又相差的那般远，也难怪那些生于斯卒于斯、眼里只有北京、耳里只有北京的居民，将他们聚居的胡同，定名为苏州胡同了。（苏州的土白，是南边话中最特采的；女子是全国中最柔媚的。）梯子胡同之多，可以看出当初有许多房屋是因山而筑，那街道看去有如梯子似的。京中有很多的马神庙，也可令我们深思，何以龙王庙不多，偏多马神庙呢？何以北京有这么多马神庙，南京却一个也不见呢？南人乘舟，北人乘马，我们记得北京是元代的都城，那铁蹄直踏进中欧的鞑靼，正是修建这些庙宇的人呢！燕昭王为骏骨筑黄金台，那可以说是京中的第一座马神庙了。

京中的胡同有许多以井得名。如上文提及的龙头井以及甜水井、苦水井、二眼井、三眼井、四眼井、井儿胡同、南井胡同、北井胡同、高井胡同、王府井等等，这是因为北方水分稀少，煮饭、烹茶、洗衣、沐面，水的用途又极大，所以当时的人，用了很笨缓的方法，凿出了一口井之后，他们的快乐是不可言状的，于是以井名街，纪念成功。

胡同的名称，不特暗示出京人的生活与想象，还有取灯胡同、妞妞房等类的胡同。不懂京话的人，是不知何所取意的。并且指点出京城的沿革与区分：羊市、猪市、骡马市、驴市、礼士胡同、菜市、缸瓦市，这些街名之内，除去猪市尚存旧意之外，其余的都已改头换面，只能让后来者凭了一些虚名来悬拟当初这几处地方的情形了。户部街、太仆寺街、兵马司、缎司、銮舆卫、织机卫、细砖厂、箭厂，谁看到了这些名字，能不联想起那辉煌的过去，而感觉一种超现实的兴趣？

黄龙瓦、朱垩墙的皇城，如今已将拆毁尽了。将来的人，只好凭了皇城根这一类的街名，来揣想那内城之内、禁城之外的一圈皇城的位置罢？那丹青照耀的两座单牌楼呢？那形影深嵌在我童年想象中的壮伟的牌楼呢？它们那里去了？看看那驼背龟皮的四牌楼，它们手挂着拐杖，身躯不支的，不久也要追随早夭的兄弟于地下了！

破坏的风沙，卷过这全个古都，甚至不与人争韬声匿影如街名的物件，都不能免于此厄。那富于暗示力的劈柴胡同，被改作辟才胡同了；那有传说作背景的烂面胡同，被改作縇缦胡同了；那地方色采浓厚的蝎子庙，被改作协资庙了。没有一个不是由新奇降为平庸，由优美流为劣下。狗尾巴胡同改作高义伯胡同，鬼门关改作贵人关，勾阑胡同改作钩帘胡同，大脚胡同改作达教胡同：这些说不定都是巷内居者要改的，然而他们也未免太不达教了。阮大铖住南京的裤裆巷，伦敦的 Rotten Row 为贵族所居之街，都不曾听说他们要改街名，难道能达观的只有古人与西人吗？内丰的人，外啬一点，并无轻重。司马相如是一代的文人，他的小名却叫犬子。《子不语》书中说，当时有狗氏兄弟中举。庄子自己愿意为龟。颐和园中慈禧后居住的乐寿堂前立有龟石。古人的达观，真是值得深思的。

迎　神

——过檀香山岛作

是一个弦月之夜。白色的祈塔与巨石的祭坛竖立在海岸沙滩上。晚汐舐黄沙作声,一道道的湖水好像些白龙自海底应召而来。干如垩过的伞形棕榈静立在微光之下。朦胧中可以看见祭场四隅及中央的木雕与石镌的窄长而幻怪的神首,有如适从地府伸出头来,身躯尚在黄泉之内似的。

祭司身上一丝不挂,手执香炬,虔步入白塔之中。他旋转上塔的最高层,在寂静与缥缈中对着天空海洋默祷,求神祇下降。

祷了又祷,直至一颗星落下苍穹:神祇降了!他狂喜的——因为这一夜他若是祷不下大神来,便将被土人视为污渎而剥皮——他狂喜的挽起角螺来,自东西南北四方的窗棂吹出迎神之调,到居住在茅草铺的或板木搭的房屋的岛民耳中,叫他们知道,神祇降了!

他们一片欢呼的,在祖裸之棕色身躯上围起青草扎成的短裙,把那用头发与鲸牙雕具编的圈练悬挂在颈项,手里敲着硕大的葫芦,舞蹈到沙滩之上来。

岛王闻声,披起了犬牙编制的胸甲,排列仪仗,双掌高捧一个白羽为面、赤羽为眉目口鼻的神首,领着王后宫女与侍卫的武士,也向沙滩而来。

祭坛上已经燃了鲸膏之燎。燎火闪灼的照见坛的四围,以及各神首的周遭,都有岛民绕着在狂舞高歌。沉重郁闷的葫芦声响,嘹亮嘈杂的金器铿锵,杂着坛上燎火中柴木的爆裂,融合成了一曲热烈而奇异的迎神之歌。

但葫芦金器的声响,忽然停了,歌唱也止了,因为他们看见白羽的神面捧到了祭坛的燎火当前,他们一齐匍匐上了白沙之地。

侍御的胡刺乐工轻拨动胡刺的胶弦,在悄静中低语。有如从辽远的古昔中,行近了逝者的叹声,叹那些先他们而离世的泉下人,有些是漂着一叶刀鱼形的小舟,一去不回,葬身在鱼腹之中;有些是在这四周被海围起的小岛上,同繁殖的兽群争竞一息的生机,终于丧了生命。弦声颤抖着、哽咽着,把岛民的悲哀挣扎,一齐倾吐在这悄然谛听着的神首之前,求他继续着他的庇佑。不然,那终古拿舌舐着这岛屿的洋便会携带了长喙的鳄鱼、银甲的鲨鱼、须锐长如矛头的巨虾、头庞大过屋舍的长鲸,以及数不清的粘胶、恶臭、瘤疖满身如蟾拨、形状丑怪如魔鬼的海中物类,来湮没尽这岛屿,吞咽尽这些虔诚的男女,那时纯洁的祈塔、巩固的祭坛都要随了人类荡涤净尽,更无匏金的声响、舞蹈的火焰,来娱悦这羽翼此岛的神祇了。

祭祀的牺牲这时已经都陈设在祭坛之上:白如处女的兔子、披着彩衣的野雉、四掌有如鱼鳍的玳瑁、花皮有如人工的鱼类、顶戴王冠的波罗蜜、芬芳远溢的五谷——这些都由祭司捧着,绕行白羽的神面三周,投入了跳跃着伸舌的燎火之中。白烟挟着香味,像一条蜿蜒的白蛇升上了天空。

岛民又立起身,绕着白羽的神面,歌唱起来。这送神之歌不像迎神时那样嘈杂不安了。它像一个催眠的歌调,茅屋中袒裸的母亲在身画龙蛇的婴孩的摇篮旁边低吟的一个催眠的歌调;它好像自近而远,送神祇随了白烟飞腾上夜云之幕,送那如梦中幻景的一声不响的岛王与仪仗捧着白羽的神面复回岛宫,送那镰刀形的弦月暂时朦胧在昼夜无眠的浪涛上,终于沉下了海底。

和平与黑暗降下了这一片人已散尽火已烬灭的平沙之上,只有高耸的塔影、酣眠的棕榈尚可依稀的看见。

日与月的神话

景深兄：近来作了几首英文诗，是取材自我国的神话，作时猛然悟出这些神话是极其美丽。即如太阳在文学中叫作金乌，这名字已经用滥了。但是我们把这两个字揣摹一番之后，便可知道它们好像一颗金橘，在很小的果皮之内蕴满了想象的甜汁，虽然随处都有，见年复生，仍旧减去不了它的佳妙。把太阳比作乌鸦，有两层道理：很显明的一层便是太阳飞过天空像乌鸦一样，第二层道理是人在向太阳直望了一刻之后，转看他物，便如有一黑物阻梗在眼前。古人的想象把这黑的观念同飞的观念联络起来，于是把太阳比作了乌鸦。乌鸦的毛，因光泽之故，对光看时，呈现金色。这更使这比喻来得的确。

日起扶桑，日落若木：这并非异想天开，确有道理。太阳起落之时，云霞确实像树，枝条四展的树。若木的"若"字最有意味。并且乌鸦不是筑巢在树上吗？日起落时的霞彩是宇宙中美景之一，中外的诗人都曾极力描写过，有人比它作头发，那是英国的 Spenser，他的那行诗是状比朝霞，我忘记掉了，不过雪莱套他写了一行 Blind with thine hair

the eyes of day(见《夜》),有人比它作阑干,那是英国的济慈,那行诗是
When barred clouds bloom the soft – dying day(见《秋曲》),我在《日色》
中也曾写过这样几行:

> 云天上幻出扇形,
> 仿佛羲和的车轮,
>   慢慢的
> 沉没下西方。

这些譬喻中,试问,那一个能胜过"扶桑"——桑,对了,那是中国
的国树,不是 oak,不是 fir,不是 linden,不是 holly——试问那一个能胜
过"若木"——从"艸"字头的若,骤看起来,真像一个树名呢。

月亮有神,这是无论那一国都那般想象的。但是自有文化的一两
万年以来,却不曾有过一国像我们中国这样,对于月亮中的黑影也加
以想象的解释。桂树便是这样在月宫旁生长了起来。缥缈的桂花香
息虽能稍解望月的人对这一轮圆镜中阴影的憎恶,古人的想象终于免
不了造出一个吴刚来,掮起斧头去斫树根。但是斧头尽管砍它的,阴
影仍然存留着。这当然是因为吴刚太老了,不中用了。要是换个壮汉
子运斤成风,桂树是早已砍倒了。

后羿射落九日,只留一日,这传说的来源极古。年代久远,后人便
把羿与太阳混合在了一起。他们见月升于日落时,日出时又隐去,便
想象这是太阳在追赶着月亮。不能是月亮追赶太阳,因为从不曾有过
阴追赶阳的事情。在他们想象中,太阳是后羿,于是月亮便成了他的
逃妻。其实我们知道,后羿的妻子并不曾偷到什么不死之药吞了,逃

去月中作了月神,她是被后羿的国相寒浞偷了! 月亮里有兔子那是当然。并且是白的家兔,不是黄的野兔。这畜生捣霜的本领委实太差:你看那月光下的草地,不是溅满了霜沫吗?

弟子沅　十七年三月十二日

画　　虎

"画虎不成反类狗，刻鹄不成终类鹜。"自从这两句话一说出口，中国人便一天没有出息似一天了。

谁想得到这两句话是南征交趾的马援说的。听他说这话的侄儿，如若明白道理，一定会反问："伯伯，你老人家当初征交趾的时候，可曾这样想过：征交趾如若不成功，那就要送命，不如作一篇《南征赋》罢。因为《南征赋》作不成，终究留得有一条性命。"

这两句话为后人奉作至宝。单就文学方面来讲，一班胆小如鼠的老前辈便是这样警劝后生：学老杜罢，学老杜罢，千万不要学李太白。因为老杜学不成，你至少还有个架子；学不成李的时候，你简直一无所有了。这学的风气一盛，李杜便从此不再出现于中国诗坛之上了。所有的只是一些杜的架子，或一些李的架子。试问这些行尸走肉的架子、这些骷髅，它们有什么用？光天化日之下，与其让这些怪物来显形，倒不如一无所有反而好些。因为人真知道了无，才能创造有；拥着伪有的时候，决无创造真有之望。

狗，鹜。鹜真强似狗吗？试问它们两个当中，是谁怕谁？是狗怕鹜呢，还是鹜怕狗？是谁最聪明，能够永远警醒，无论小偷的脚步多么轻，它都能立刻扬起愤怒之呼声将鄙贱惊退？

画不成的老虎，真像狗，刻不成的鸿鹄，真像鹜吗？不然，不然。成功了便是虎同鹄，不成功时便都是怪物。

成功又分两种：一种是画匠的成功，一种是画家的成功。画匠只能摹拟虎与鹄的形色，求到一个像罢了。画家他深探入创形的秘密，发见这形后面有一个什么神，发号施令，在陆地则赋形为劲悍的肢体、巨丽的皮革，在天空则赋形为剽疾的翮翼、润泽的羽毛：他然后以形与色为血肉毛骨，纳入那神，搏成他自己的虎鹄。

拿物质文明来比方：研究人类科学的人如若只能亦步亦趋，最多也不过贩进一些西洋的政治学、经济学，既不合时宜，又常多短缺。实用物质科学的人如若只知萧规曹随，最多也不过摹成一些欧式的工厂商店，重演出惨剧，肥寡不肥众。日本便是这样：它古代摹拟到一点中国的文化，有了它的文字、美术；近代摹拟到一点西方的文化，有了它的社会实业：它只是国家中的画匠。我们这有几千年特质文化的国家不该如此。我们应该贯进物质文化的内心，搜出各根底原理，观察它们是怎样配合的、怎样变化的，再追求这些原理之中有那些应当铲除，此外还有些什么原理应当加入，然后淘汰扩张，重新交配，重新演化，以造成东方的物质文化。

东方的画师呀！**麒麟**死了，狮子睡了，你还不应该拿起那枝当时伏羲画八卦的笔来，在朝阳的丹凤声中，点了睛，让困在壁间的龙腾越上苍天吗？

徒步旅行者

　　往常看见报纸上登载着某人某人徒步旅行的新闻,我总在心上泛起一种辽远的感觉,觉得这些徒步旅行者是属于另一个世界——一个浪漫的世界;他们与我,一个刻板式的家居者,是完全道不同不相为谋的。我思忖着,每人与生俱来的都带有一点冒险性,即使他是中国人,一个最缺乏冒险性的民族……希腊人不也是一个习于家居,不愿轻易的离开乡土的民族么? 然而几千年来的文学中,那个最浪漫的冒险故事,《奥德赛》,它正是希腊民族的产品。这一点冒险性既是内在的,它必然就要去自寻外发的途径,大规模的或是小规模的,顾及实益的或是超乎实益的。林德白的横渡大西洋飞航、孛尔得的南极探险,这些都是大规模的,因之也不得不是顾及实益的, ——虽然不一定是顾虑到个人的实益,——唯有小规模的徒步旅行,它是超乎实益的,它并不曾存着一种目的,任是扩大国家的版图,或是准备将来军事上的需要,或是采集科学上的文献;徒步旅行如其有目的,我们最多也不过能说它是一种虚荣心的满足,这也是人情,不能加以非议——那一张沿途上行政人物的签名单也算不了什么宝贝，我们这些安逸的家居者倒不必去眼红，尽管由它去落在徒步旅行者的手中，作一个纪念品好了。这一种的虚荣心倒远强似那种两个人骂街，都要占最后一句话的上风的虚荣心。所以，就一方面说来，徒步旅行也能算得是艺术的。

史蒂文生作过一篇《徒步旅行》，说得津津有味；往常我读它，也只是用了文学的眼光，就好像读他的《骑驴旅行》那样。一直到后来，在文学传记中知道了史氏自己是曾经尝过徒步旅行的苦楚的，是曾经在美国西部——这地方离开苏格兰，他的故乡，是多么远！——步行了多时，终于倒在地上，累的还是饿的呢？我记不清楚了，幸亏有人走过，将他救了转来的，到了这时候，我回想起来他的那篇《徒步旅行》，那篇文笔如彼轻灵的小品文，我便十分亲切的感觉到，好的文学确是痛苦的结晶品；我又肃敬的感觉到，史氏身受到人生的痛苦而不容许这种丑恶的痛苦侵入他的文字之中，实在不愧为一个伟大的客观的艺术家，那"为艺术而艺术"的一句话，史氏确是可以当之而无愧。

史氏又有一篇短篇小说，*Providence and the Guitar*，里面描写一个富有波希米亚性的歌者的浪游，那篇短篇小说的性质又与上引的《徒步旅行》不同，那是《吉诃德先生》的一幅缩影，与孟代（Catulle Mendēs）的

Je m'en vais par les chemins, li-re-lin

一首歌词的境地倒是类似。孟氏的这首歌词说一个诗人浪游于原野之上，布袋里有一块白面包，口袋里有三个铜钱，——心坎里有他的爱友，——等到白面包与铜钱都被扒手给捞去了的时候，他邀请这个扒

手把他的口袋也一齐捞去，因为他在心坎里依然存得有他的爱友。这是中古时代行吟诗人 Troubadour 的派头；没有中古时代，便容不了这些行吟诗人，连危用(Villon)都嫌生迟了时代，何况孟氏。这个，我们只能认它作孟氏的取其快意的寄寓之词罢了。

就那个由浪游者改行作了诗人的岱维士(W. H. Davies)说来，徒步旅行实在是他的拿手——虽说能以偷车的时候，他也乐得偷车。据他的《自传》所说，徒步旅行有两种苦处，狗与雨。他的《自传》那篇诚实的毫不浮夸的记载，只是很简单的一笔便将狗这一层苦处带过去了；不知道他是怕狗的呢，还是他作过对不住狗这一族的事，——至少，我们可以想象得出，狗的多事未尝不是为了主人，这个，就一个同情心最开阔的诗人说来，岱氏是应当已经宽恕了的。不过，在当时，肚里空着，身上冻着，腿上酸着，羞辱在他的心上、脸上，再还要加上那一阵吠声，紧追在背后提醒着他，如今是处在怎样的一种景况之内，这个，便无论一个人的容量有多么大，岱氏想必也是不能不介然于怀的。关于雨这一层苦处，岱氏说得很详尽；这个雨并非

润物细无声

的那种毛毛雨，(其实说来，并不一定要它有声，只要它润了一天一夜，徒步旅行者便要在身上，心上沉重许多斤了。)这个雨也并非

花落知多少

的那种隔岸观火的家居者的闲情逸致的雨；它不是一幅画中的风景，

它是一种宇宙中的实体,濡湿的、寒冷的、泥泞的。那连三接四的梅雨,就家居者看来,都是十分烦闷、惹厌,要耽误他们的许多事务,败兴他们的各种娱乐;何况是在没遮拦的荒野中,那雨向你的身上,向你的没有穿着雨衣的身上洒来、浸入,路旁虽说有漾出火光的房屋,但是那两扇门向了你紧闭着,好像一张方口哑笑的向了你在张大,深刻化你的孤单,寒冷的感觉,这时候的雨是怎么一种滋味,你总也可以想象得出罢……不然,你可以去读岱氏的《自传》,去咀嚼杜甫的

> 布衾多年冷似铁,
>
> 娇儿恶卧踏里裂,
>
> 长夜沾湿何由彻!

那三句诗;再不然,你可以牺牲了安逸的家居,去作一个毫无准备的徒步旅行者。

杜甫也是一个迫于无奈的徒步旅行者;只要看他的

> 芒鞋见天子,
>
> 脱袖露两肘。

这寥寥十个字,我们便可以想象得出,他是步行了多少的时日,在途中与多少的困苦摩肩而过,以致两只衣袖都烂脱了;我们更可以想象开去,他穿着一双草鞋,多半是破的,去朝见皇帝于宫庭之上,在许多衣冠整肃的官吏当中,那是,就他自己说来,够多么可惨的一种境况;那是,就俗人说来,多么叫人齿冷的一种境况……至所谓

相见惊老丑

他还只曾说到他的"所亲"呢。

我记得有一次坐火车经过黄河铁桥,正在一座一座的数计着铁栏的时候,看见一个老年的徒步旅行者站在桥的边沿,穿着破旧的还没有脱袖的短袄,背着一把雨伞,伞柄上吊着一个包袱;我当时心上所泛起的只是一种辽远的感觉,以及一种自己增加了坐火车的舒适的感觉……人类的囿于自我的根性呀!像我这样一个从事于文学的人尚且如此,旁人还能加以责备么?现在我所唯一引以自慰的,便是我还不曾堕落到那种嘲笑他们那般徒步旅行者的田地;杜甫的诗的沉痛,我当时虽是不能体味到,至少,我还没有嘲笑,我还没有自绝于这种体味。淡漠还算得是人之常情,敌视便是鄙俗了。

西方的徒步旅行者,我是说的那种迫于无奈的,我不知道他们是怎么一种行头,虽说吉卜西的描写与他们的插图我是看见过的,大概就是那般在街上卖毯子的俄国人的装束,就那般瑟缩在轮船的甲板上的外国人的装束想象开去,我们也可以捉摸到一二了……这许多漂泊的异乡人内,不知道也有多少《哀王孙》的诗料呢。

这卖毯子的人教我联想到危用,那个被驱出巴黎的徒步旅行者。他因为与同党窃售教堂中的物件,下了监牢,在牢里作成了那篇传诵到今的《吊死曲》,他是准备着上绞台的了;遇到皇帝登位,怜惜他的诗才,将他大赦,流徙出京城,这个"巴黎大学"的硕士,驰名于全巴黎的诗人便卢梭式的维持着生活,向南方步行而去;在奥类昂公爵(Charles d' Orléans 也是一个驰名的诗人)的堡邸中,他逗留了一时,与公爵以

及公爵的侍臣唱和了一篇限题为

在泉水的边沿我渴得要死

的 ballade（巴俚曲），——大概也借了几个钱；——接着，他又开始了他的浪游，一直到保兜地方，他才停歇了下来，因为又犯了事，被逼得停歇在一个地窖里。这又是教堂中人干的事；那个定罪名的主教治得他真厉害，不给他水喝，——忘记了耶稣曾经感化过一个妓女，——只给他面包吃，还不是新鲜的，他睡去了的时候，还要让地窖里的老鼠来分食这已经是少量的陈面包。徒步旅行者的生活到了这种田地，也算得无以复加了。

江行的晨暮

美在任何的地方，即使是古老的城外，一个轮船码头的上面。

等船，在划子上，在暮秋夜里九点钟的时候，有一点冷的风。天与江，都暗了；不过，仔细的看去，江水还浮着黄色。中间所横着的一条深黑，那是江的南岸。

在众星的点缀里，长庚星闪耀得像一盏较远的电灯。一条水银色的光带晃动在江水之上。看得见一盏红色的渔灯。

岸上的房屋是一排黑的轮廓。

一条趸船在四五丈以外的地点。模糊的电灯，平时令人不快的，在这时候，在这条趸船上，反而，不仅是悦目，简直是美了。在它的光围下面，聚集着有一些人形的轮廓。不过，并听不见人声，像这条划子上这样。

忽然间，在前面江心里，有一些黝黯的帆船顺流而下，没有声音，像一些巨大的鸟。

一个商埠旁边的清晨。

太阳升上了有二十度;覆碗的月亮与地平线还有四十度的距离。几大片鳞云粘在浅碧的天空里;看来,云好像是在太阳的后面,并且远了不少。

山岭披着古铜色的衣,褶痕是大有画意的。

水汽腾上有两尺多高。有几只肥大的鸥鸟,它们在阳光之内,暂时的闪白。

月亮是在左舷的这边。

水汽腾上有一尺多高;在这边,它是时隐时显的。在船影之内,它简直是看不见了。

颜色十分清润的,是远洲上的列树,水平线上的帆船。

江水由船边的黄到中心的铁青到岸边的银灰色。有几只小轮在喷吐着煤烟:在烟囱的端际,它是黑色;在船影里,淡青、米色、苍白;在斜映着的阳光里,棕黄。

清晨时候的江行是色采的。

烟　　卷

　　我吸烟是近四年来的事——从前我所进的学校里，是禁止烟酒的，——不过我同烟卷发生关系，却是已经二十年了。那是说的烟卷盒中的画片，我在十岁左右的时候，便开始收集了。我到如今还记得我当时对于那些画片的搜罗是多么热情，正如我当时对于收集各色的手工纸、各国的邮票那样。有的是由家里的烟卷盒中取来的，恨不得大人一天能抽十盒烟才好；还有的是用制钱——当时还用制钱——去，跑去，杂货铺里买来的。儿童时代也自有儿童时代的欢喜与失望：单就搜集画片这一项来说，我还记得当时如其有一天那烟盒中的画片要是与从前的重复了，并不是一张新的，至少有半天，我的情感是要梗滞着，不舒服，徒然的在心中希冀着改变那既成的事实。收集全了一套画片的时候，心里又是多么欢喜！那便是一个成人与他所恋爱的女子结了婚，一个在政界上钻营的人一旦得了肥缺，当时所体验到的鼓舞，也不能在程度上超越过去。

　　便是烟卷盒中的画片这一种小件的东西，就中都能以窥得出社会上风气的转移。如今的画片，千篇一律的，是印着时装的女子，或是侠义小说中的情节；这一种的风气，在另一方面表现出来，便是肉欲小说与新侠义小说的风行，再在另一方面表现出来，便是跳舞馆像雨后春笋一般的竖立起来，未成年的幼者弃家弃业的去求侠客的纪载不断的出现于报纸之上。在二十年前，也未尝没有西洋美女的照相画片，——性，那原是古今中外一律的一种强有力的引诱；在十年以前，我自己还拿十岁时候所收集的西洋美女的照相画片之内的一张剪出来，插在钱夹里。——也未尝没有《水浒传》上一百〇八人的画片——《水浒传》，它本来是一部文学的价值既高，深入民心的程度又深的书籍，可以算是古代的白话文学中唯一的能以将男性充分的发挥出来的长篇小说，（我当时的失望啊，为了再也搜罗不到玉麒麟卢俊义这张画片的原故！）——不过在二十年前，也同时有军舰的照相画片、英国的各时代的名舰的画片、海陆军官的照相画片、世界上各地方的出产物的画片……这二十年以来，外国对于我国的态度无可异议的是变了，期待改变成了藐视，理想上的希望改变了实际上的取利；由画片这一小项来看，都可以明显的看见了。

当时我所收集的各种画片之内，有一种是我所最喜欢的，并不是为的它印刷精美，也不是为的它搜罗繁难。它是在每张之上画出来一句成语或一联的意义，而那些的绘画，或许是不自觉的，多少含有一些滑稽的意味。"若要工夫深，钝铁磨成针""爬得高，跌得重"，以及许多同类的成语，都寓庄于谐的在绘画中实体的演现了出来，映入了一个上"修身"课，读古文的高小学生的视觉……当时还没有《儿童世界》《小朋友》，这一种的画片便成为我的童年时代的《儿童世界》《小朋友》了。

画片,这不过是烟卷盒中的附属品,为了吸烟卷的家庭中那般儿童而预备的,在中国这个教育,尤其是儿童教育落伍的国家,一切含有教育意义的事物,当然都是应该欢迎、提倡的。——不过就一般为吸烟而吸烟的人说来,画片可以说是视而不见的;所以在出售于外国的高低各种,出售于中国的一些烟盒、烟罐之内,画片这一项节目是蠲除去了。

烟卷的气味我是从小就闻惯了,嗅它的时候,我自然也是感觉到有一种香味,——还有些时候,我撮拢了双掌,将烟气向嗅官招了来闻;至于吸烟,少年时代的我也未尝没有尝试过,但是并没有尝出了什么好处来,像吃甜味的糖、咸味的菜那样,所以便弃置了不去继续,——并且在心里坚信着,大人的说话是不错的,他们不是说了,烟卷虽是嗅着烟气算香,吸起来都是没有什么甜头,并且晕脑的么?

我正式的第一次抽烟卷,是在二十六岁左右,在美国西部等船回国的时候;我正式的第一次所抽的烟卷,是美国国内最通行的一种烟卷,"幸中"(Lucky Strike)。因为我在报纸、杂志之上常时看到这种烟卷的触目的广告,而我对于烟卷又完全是一个外行,当时为了等船期内的无聊,感觉到抽烟卷也算得一条便利的出路,于是我的"幸中"便落在这一种烟卷的身上。

船过日本的时候,也抽过日本的国产烟卷,小号的,用了日本的国产火柴,小匣的。

回国以后,服务于一个古旧狭窄的省会之内;那时正是"美丽牌"初兴的时候,我因为它含有一点甜味,或许烟叶是用甘草焙过的,我便抽它。也曾经断过烟,不过数日之后,发现口的内部的软骨肉上起了一些水泡,大概是因为初由水料清洁的外国回来,漱口时用不惯霉菌充斥着的江水、井水的原故，于是烟卷又照旧的吸了起来，数日之后，那些口内的水泡居然无形中消灭了。从此以后，抽烟卷便成为我的一种习惯了。医学所说的烟卷有毒的这一类话，报纸上所登载的某医士主张烟卷有益于人体以及某人用烟卷支持了多日的生存的那一类消息，我同样的不介介于怀……大家都抽烟卷，我为什么不？如其他是有毒的，那么茶叶也是有毒的，而茶叶在中国原是一种民需，又是一种骚人墨客的清赏品，并且由中国销行到了全世界，——好像烟草由热带流传遍了全世界那样。有人说，古代的饮料，中国幸亏有茶，西方幸亏有啤酒，不然，都来喝冷水，恐怕人种早已绝迹于地面了，这或许是一种快意之言。不过，事物都是有正面与反面的。烟、酒，据医学而言，都是有毒的，但是鸦片与白兰地，医士也拿了来治病。一种物件

我们不能说是有毒或无毒，

只能说，适当、不适当的程度，

在施用的时候。

抽烟卷正式的成为我的一种习惯以后，我便由一天几支加到了一天几十支，并且，驱于好奇心、迫于环境，各种的烟卷我都抽到了，江苏菜一般的"佛及尼"与四川菜一般的"埃及"，舶来品与国货，小号与"Grandeur""Navy cut"与"Straight cut"，橡皮头与非橡皮头，带纸咀的与不带纸咀的，"大炮台"与"大英牌"，纸包与"听"与方铁盒。我并非一个为吸烟而吸烟的人，——这一点自认，当然是我所自觉惭愧的，——我之所以吸烟，完全是开端于无聊，继续于习惯，好像我之所以生存那样。买烟卷的时候，我并不限定于那一种；只是买得了不辣

咽喉的烟卷的时候，我决不买辣咽喉的烟卷，这个如其算是我对于烟卷之选择上的一种限定，也未尝不可。吸烟上的我的立场，正像我在幼年搜罗画片，采集邮票时的立场，又像一班人狎妓时的立场；道地的一句话，它便是一般人在生活的享受上的立场。

我咀嚼生活，并不曾咀嚼出多少的滋味来，那么，我之不知烟味而作了一个吸烟的人，也多少可以自宽自解了。我只知道，优好的烟卷浓而不辣，恶劣的烟卷辣而不浓；至于普通的烟卷，则是相近而相忘的，除非到了那一时没得抽或是那抽得太多了的时候。

橡皮头自然是方便的，不过我个人总嫌它是一种滑头，不能叼在唇皮之上，增加一种切肤的亲密的快感；即使有时要被那烟卷上的稻纸带下了一块唇皮，流出了少量的血来，个人的，我终究觉得那偶尔的牺牲还是值得的，我终究觉得"非橡皮头"还是比橡皮头好。

烟咀这个问题，好像个人的生活这个问题，中国的出路这个问题一样，我也曾经慎重的考虑过。烟咀与橡皮头，它们的创作是基于同一的理由。不过烟咀在用了几天以后，气管中便会发生一种交通不便的现象，在这种的关头上，烟油与烟气便并立于交战的地位，终于烟油越裹越多，烟气越来越少，烟咀便失去烟咀的功效了。原来是图求清洁的，如今反而不洁了；吸烟原来是要吸入烟气到口中，喉内的，如今是双唇与双颊用了许大的力量，也不能吸到若干的烟气，一任那火神将烟卷无补于实际的燃烧成了白灰、黑灰。肃清烟咀中的积滞，那是一种不讨欢喜的工作；虽说吸烟是为了有的是闲工夫，却很少有人愿意将他的闲工夫用在扫清烟咀中的烟油的这种工作之上。我宁可去直接的吸一支畅快的烟，取得我所想要取得的满足，即使熏黄了食指与中指的指尖。

有时候，道学气一发作，我也曾经发过狠来戒烟，但是，早晨醒来的时候，喉咙里总免不了要发痒、吐痰……我又发一个狠，忍住；到了吃完午饭以后，这时候是一饱解百忧，对于百事都是怀抱着一种一任其所之，于我并无妨害的态度，于是便记忆了起来，自己发狠来戒吸的这桩事件，于是便拍着肚皮的自笑起来，戒烟不戒烟，这也算不了怎么一回大事，肚子饱了，不必去考虑罢……啊，那一夜半天以后的第一口深吸！这或者便是道学气的好处，消极的。

还有时候，当然是手头十分窘急的时候，"省俭"这个布衣的，面貌清癯的神道教我不要抽烟，他又说，这一层如其是办不到，至少是要限定每天吸用的支数。于是我便用了一只空罐装好今天所要吸的支数；这样实行了几天，或是一天，又发生了一种阻折，大半是作诗，使得我悖叛了神旨，在晚间的空罐内五支五支的再加进去烟卷。我，以及一般人，真是愚蠢得不可救药，宁可将享受在一次之内疯狂的去吞咽了，在事后去受苦，自责，决不肯，决不能算术的将它分配开来，长久的去受用！

烟卷，我说过了，我是与它相近而相忘的；倒是与烟卷有连带关系的项目，有些我是觉得津津有味，常时来取出它们于"回忆"的池水，拿来仔细品尝的。这或许是幼时好搜罗画片的那种童性的遗留罢。也许，在这个世界上，事物的本身原来是没有什么滋味，它们的滋味全在附带的枝节之上罢。

烟罐的装璜，据我个人的嗜好而言，是"加利克"最好。或许是因为我是一个有些好"发思古之幽情"的文人，所以那种以一个蜚声于英国古代的伶人作牌号的烟卷，烟罐上印有他的像，又引有一个英国古代的文人赞美烟草的话,最博得我的欢心。正如一朵花,由美人的手中递与了我们,拿着它的时候,我们在花的美丽上又增加了美丽的联想。

广告,烟卷业在这上面所耗去的金钱真正不少。实际的说来,将这笔巨大的广告费转用在烟卷的实质的增丰之上,岂不使得购买烟卷的人更受实惠么?像一些反对一切的广告的人那样,我从前对于烟卷的广告,也曾经这样的想过。如今知道了,不然。人类的感觉,思想是最囿于自我,最漠于外界的……所以自从天地开辟以来,自从创世以来,苹果尽管由树上落到地上,要到牛顿,他才悟出来此中的道理;没有一根拦头的棒,实体的或是抽象的,来击上他的肉体,人是不会在感觉,思想之上发生什么反应的。没有鲜明刺目的广告,人们便引不起对于一种货品的注意。广告并不仅仅只限于货品之上,求爱者的修饰,衣著便是求爱者的广告,政治家的宣言便是政治家的广告,甚至于每个人的言语、行为,它们也便是每个人的广告。广告既然是一种基于人性的需要,那么,充分的去发展它,即使消费去多量的金钱,那也是不能算作浪费的。

广告还有一种功用,增加愉快的联想。"幸中"这种烟卷在广告方面采用了一种特殊的策略;在每期的杂志上,它的广告总是一帧名伶、名歌者的彩色的像,下面印有这最要保养咽喉的人的一封证明这种烟并不伤害咽喉的信件,页底印着,最重要的一层,这名伶、名歌者的亲笔签名。或许这个签字是公司方面用金钱买来的,(这种烟也无异于他种的烟,受恩的人并不至于受良心上的责备。)购买这种烟卷的人呢,我们也不能说他们是受了愚弄,因为这种烟卷的售价并没有因了这一场的广告而增高,——进一步说,宗教,爱国,如其益处撇开了不提,我们也未尝不能说它们是愚弄。这一场的广告,当然增加了这种烟卷的销路,同时也给与了购者以一种愉快的联想;本来是一种平凡的烟卷,而购吸者却能泛起来一种幻想,这个、那个名伶,名歌者也同时在吸用着它。又有一种广告,上面画着一个酷似那"它的女子"Clara Bow 的半身女像,撮拢了她的血红的双唇,唇显得很厚,口显得很圆,她又高昂起她的下巴,低垂着她的眼睑,一双瞳子向下的望着;这幅富于暗示与联想的广告,我们简直可以说是不亚于魏尔伦(Verlaine)的一首漂亮的小诗了。

抽烟卷也可以说是我命中所注定了的,因为由十岁起,我便看惯了它的一种变相的广告——画片。

说诙谐

大概,诙谐的本质,与格吱的,它们颇是相似。

这一次,我在一家理发店里,有理发匠替我槌背挖骨,挖到腰上的时候,我忍不住的笑出来了。后来,我一想,民间有一种俗话,说是怕格吱的男人都是怕老婆的;肉体上的刺激与反应既然是无由避免,于是,我便不得不教理发匠停止了他的挖骨。普天下的男人,虽说是没有一个不怕老婆的,不过,他们决不肯透漏出此中的消息来,因之,道貌岸然的,他们,至少,要装扮成一个若无其事的模样。我们,对于那种直接的或是间接的有损于自我的尊严的诙谐,也是采取着同样的处置。

天幸的有一种男人,那种不怕格吱的……这种人究竟存在与否,我实在是怀疑。以常理来测度,能忍住的男人是很多,至于完全能以格吱了不笑的男人,那恐怕是不会有的。

一定便是为了这个原故,剧本内不常见有诙谐——讽刺的大前提——的成分,而小说内却是不少,甚至于,有的整部都是诙谐的成分。诙谐而一下转成了讽刺，即使是泛指的，都已经是有损于自我的尊严；尤其是，忍不住的又笑了出来，这个更是可以教自我由羞而恼的在家里看小说，总不会有外人来窥破这种损己的秘密，并且，人的那种天生的需要诙谐的本性也可以凭此而发泄了。

说自我

抓着这支笔的手——自然是右手了，虽说不比吃饭，那是一定得要用口的，左手也可以写得字，不过，习惯教我从小起就用右手来写字了，并且话还是一样的说得。沸腾在这脑中的思想——也并不像爱伦·坡那样说的，文章先已经都打成了腹稿，接着才去把它抄录下来；只是一时间忽然意识到，这是一篇文章了，便提起笔来写下去，并不曾预计到内容将要是怎样的，只是凭赖了这一念之萌，就把这篇文章的将来交付进了它的手里。这只手与这一片思想，它们便是现在的自我。

记得也在许多的时候，曾经为了后来的运用而贮藏过一些材料在这个头颅里，不过，就了自觉的一方面说来，那些材料都还不曾使用过……至少，是并不曾像当时所想象的那样去使用过。我也可以预料到，将来自己再看这篇文章的时候，这创作过程中所感觉到的这一点心头的美味，仍然会复活起来；并且，有时候，还会发生一点惊讶与自喜。

这一个孱弱、矛盾的自我，客观的看来，它是多么渺小、短促、无价值；不过，主观的看来，它却便是一个永恒只一个宝贝，一个纳有须弥的芥子了。

它简直就是一个国家。

在它的国度之内，有主人，有仆人，也有战争、和解。

如其这颗心并不是我自己的，我真不知道要怎样的去妒忌它，因为，这个国度之内的乐趣都是"江汉朝宗"于它了。脑筋里思想，因了思想而获得的快乐，它是被心去享受了；肚子的命运似乎好一点，因为，在饥饿着的时候，它偶尔也能够感觉到一种暂时的乐趣——这种乐趣，与出游了好久以后回家来吞冷茶的那时候所感到的乐趣，恰好是一样。

《新生》的第一篇十四行里说，诗人看见自己的心被克去了，这或者便是它的报应。

它实在是过于自私了。不说这整个的躯体都是无昼无夜的在供给它以甜美的螫刺；便是在这个躯体与其他的躯体，抽象的或是具体的，发生接触之时，乐趣也还不都全是它的。有的自我，在毁坏、苦痛其他的自我之中，寻求到快乐，也有的在创造、愉悦其他的自我之中；客观的说来，自然是后一种好。不过，主观的说来，两种的目标便只是一个。

自我的心便是国家的银行。

科学，哲学，等于脑；宗教，艺术，等于心。

说说话

我是一个口齿极钝的人，连普通的应酬我都不能够对付，所以，我对于说话说得极多并且极为伶俐的人是十分的羡慕。好像手工、图画这两样，我从前在学校里面读书的时候，十分的羡慕着那些成绩优美的同学那般。

洒扫，应对，这本是古训里所说的一种儿童所应受的教育；在近三十年左右的家庭之内，洒扫这一项家庭教育的项目似乎是已经普遍的废除了，至于应对，大人也不过在说错了的时候，提撕一句；在说得不好的时候，叹一口气；或是灰心了的不作声：他们并不每天划出若干时刻来教授儿童以"应对"这一种课程，或是聘请一个家庭教师来教授，或是用了家长的名义向学校方面要求着在学校课程内增加这一种课程。于是，说话我便从小不会了。其实，即使是学校内有"应对"这一种课程，我也不见得能够学得好——不见手工、图画，我是成绩那么拙劣么？

大概，说话时候所须注重的第一点是，从何说起。照例的寒暄，这已经是难于开口了,因为它颇有一点像学校里面国文班上所出的题目,这题目的范围之内所可说的话差不多早已经被旁人说完了,要想推陈出新,决不是一件容易事。至于,由寒暄进而作宽泛的谈话,那简直是我所害怕的,好像从前在中学的头几年里我怕学期、学年的大考那样。不晓得对谈的人爱听的是那一种话;即使晓得了,自己也多半不见得能够在这一方面搜索枯肠可以搜索得一些——不说许多——谈话的资料来。面对面的僵坐着,终究不是事,于是,急忙之内,我便开口说话了……不幸,我所说的话恰巧是对谈的人所不爱听的,甚至于,他所认为是存心得罪的。这简直是糟糕!因为,已经是僵窘的对话,如今又加添了一种意气的成分进去。这个,在一个不善辞令的人处来,是最难受的了。反报么,间接的便实证了适才所无心呐出的话是有意的;不反报么,未免有失身份;解释么,一个不会说话的人要想解释一句失言,我经验的知道,是不仅无补,并且会增加误会的。那么,只好不作声了。这个,并不见得能把严重的局面缓和下去。因为,这时候的面部表情,如其是沉闷的,对谈的人可以测想为臆怪;如其是和悦的,对谈的人又可以测想为在肚里暗笑。

模棱两可,这是说话时候所须注重的第二点。人世间的事情,最难料到是要怎么变化的。要是说出了一句肯定的话来,而事情的转变并不是像肯定的那样,这时候,曾经听见了这句话的人未免是要对于说者的判断力发生怀疑了。这个,在社会上,是极为有损于说者的。所以,一个人要是想不在这一方面吃亏,最好是在说话的时候不著边际;如此,事情无论是怎么收场,这模棱两可的话,虽然不见得是说中了,至少是没有说错。还有一层。人与人之间,在多种的情境内,是不能够说直话的;撒谎既不是一件社会上所容许的事情,那么,便只好把话说得令人难以捉摸了。

空洞无物，这是说话时候所须注重的第三点。一个人与一个人见了面，谈起话来，这一番对话，当然的，是集中于一件事情之上了。这件事情，过去的情形怎样，将来会怎样，现在对话时候是要这样的去接近，这些，在每个对话者的胸内，差不多都已经有了一个谱子；既然如此，在本题之上，便不需要作文章，只要旁敲侧击，借了一些题外的话来达意，也就够了。喜欢绕弯子，或许是人的一种生性，因为绕弯子是有玄秘的色采，艺术的色采的。

面部表情，这是说话时候所须注重的第四点。譬如说，你现在说出了一句想起来是极为滑稽的话来，这时候，你的面部表情应当是严肃的，因为，那样，教听者在事后回想起来，会更觉得有趣。又譬如说，你说挖苦的话，便应当在面部呈露出一种和蔼可亲的模样；那样，听者，如其不是十分聪明的，便不会立刻悟出你是在挖苦他，你既然可以逃避去当场的反报，又可以让他在事后寻思，悟出来了的时候，去饱尝那一种自羞自悔的酸滋味。

这些便是一个不会说话的人对于说话这种艺术的观察。或许天下居然会有人，同我一样的拙于辞令，那么，这一番的说话，不能说是有什么帮助，只能说是，让他看了，可以与我同发一声慨叹，会说话的人真是天生的，人为不了。

想入非非

——贾宝玉在出家一年以后去寻求藐姑射山的仙人

　　自从宝玉出了家以来，到如今已是一个整年了。从前的脂粉队，如今的袈裟服；从前的立社吟诗，如今的奉佛诵经……这些，相差有多远，那是不用说了。却也是他所自愿，不必去提。

　　只有一桩，是他所不曾预料得到的。那便是，他的这座禅林之内，并不只是他自己这一个僧徒。他们，恐怕是只有很少的几个人，像他这般，是由一个饱尝了世上的声色利欲的富家公子而勘破了凡间来皈依于我佛的。从前，他在史籍上所知道的一些高僧，例如达摩的神异、支遁的文采、玄奘的淹博，他们都只是旷世而一见的，并不能以在任何地方，任何时候都遇到。他所受戒的这座禅林，跋涉了许久，始行寻到的，自然是他所认为最好的了。在这里，有一个道貌清癯、熟谙释典的住持；便是在听到过他的一番说法以后，宝玉才肯决定了：在这里住下，剃度为僧的。这里又有静谧的禅房可以习道；又有与人间隔绝的胜景可以登临。不过，喜怒哀乐，亲疏同异，那是谁也免不了的，即使是僧人，像他这么整天的只是在忙着自己的经课，在僧众之间是寡于言笑的,自然是要常常的遭受闲言冷语了。

黛玉之死,使得他勘破了世情的,到如今,这一个整年以后,在他的心上,已经不像当初那么一想到便是痛如刀割了。甚至于,在有些时候——自然很少——他还曾经纳罕过,妙玉是怎么一个结果:她被强盗劫去了以后,到底是自尽了呢,还是被他们拦挡住了不曾自尽?还是,在一年半载,十年五载之后,她已经度惯了她的生活?当然不能说是欢喜,至少是,那一种有洁癖的人在沾触到不洁之物那时候所立刻发生的肉体之退缩已经没有了。

虽然如此,黛玉的形象,在他的心目之前,仍旧是存留着。或许不像当时那样显明,不过依然是清晰的。并且,她的形象每一次涌现于他的心坎底层的时候,在他的心头所泛起的温柔便增加了一分。

这一种柔和而甜蜜的感觉,一方面增加了他的留恋;一方面,在静夜,檐铃的声响传送到了他的耳边的时候,又使得他想起来了烦恼。因为,黛玉是怎么死去的?她岂不便是死于五情么?这使得她死去了的五情,它们居然还是存在于他——宝玉的胸中,并且,不仅是没有使得他死去,居然还给与了他一种生趣!

在头半年以内,无日无夜的,他都是在想着,悲悼着黛玉。这是很自然的事情。半年快要完了的时候,黛玉以外的各人,当然都是女子了,不知不觉的,渐渐的侵犯到他的心上,来占取他的回忆与专一。以至于到了下半年以内,她们已经平分得他的思想之一半了。这个使得他十分的感觉到不安,甚至于,自鄙。他在这种时候,总是想起了古人的三年庐墓之说……像他与黛玉的这种感情,比起父母与子女的感情来,或者不能说是要来得更为浓厚一些,至少是,一般的浓厚了;不过,简直谈不上三年的极哀,也谈不上后世所改制的一年的,他如今是半年以后,已经减退了他的对于黛玉之死的哀痛了。他也曾经想过各种各样的方法,要使得他的心内,在这一年里面,只有一个林妹妹,没有旁人——但是,他这颗像柳絮一般的心,漂浮在"悼亡"之水上的,并不能够禁阻住它自己,在其他的水流汇注入这片主流的时候,不去随了它们所激荡起的波折而回旋。

　　天长地久有时尽,
　　此恨绵绵无尽期。

这两句诗,他想,不是诗人的夸大之词,便是他自己没有力量可以作得到。

　　在这种时候,他把自己来与黛玉一比较,实在是惭愧。她是那么的专一!

　　也有心魔,在他的耳边,低声的说:宝钗呢? 晴雯呢? 她们岂不也是专一的么? 何以他独独厚于彼而薄于此? 并且,要是没有她们,以及其他的许多女子,在一起,黛玉能够爱他到那种为了他而情死的田地么?

　　他不能否认,宝钗等人在如今是处于一种如何困难,伤痛的境地;但是,同时,黛玉已经为他死去了的这桩事实,他也不能否认。他告诉心魔,教它不要忽略去了这一层。

　　话虽如此,心魔的一番诱惑之词已经是渐渐的在他的头颅里著下根苗来了。他仍然是在想念着黛玉;同时,其他的女子也在他的想念上逐渐的恢复了她们所原有的位置。并且,对于她们,他如今又新生有一种怜悯的念头。这怜悯之念,在一方面说来,自然是她们分所应得的;不过,在另一方面说来,它便是对于黛玉的一种侵夺。这种侵夺他是无法阻止的,所以,他颇是自鄙。

佛经的讽诵并不能羁勒住他的这许多思念。如其说,贪嗔爱欲便是意马心猿,并不限定要作了贪嗔爱欲的事情才是的,那么,他这个僧人是久已破了戒的了。

他细数他的这二十几年的一生,以及这一生之内所遭遇到的人,贾母的溺爱不明、贾政的优柔寡断、凤姐的辣、贾琏的淫,等等,以及在这些人里面那个与他是运命纠缠了在一起的人,黛玉——这里面,试问有谁,是逃得过五情这一关的? 人世间的悲欢离合,无一不是五情这妖物在里面作怪!

由我佛处,他既然是不能够寻求得他所要寻求到的解脱,半路上再还俗,既然又是他所吞咽不下去的一种屈辱,于是,自然而然的,他的念头又向了另一个方向去希望着了。

庄子的《南华真经》里所说的那个藐姑射山的仙人,大旱金石流而不焦,大浸稽天而不溺,那许是庄周的又一种“齐谐”之语。不过,这里所说的“大旱”与“大浸”,要是把它们来解释作五情的两个极端,那倒是可以说得通的。天下之大,何奇不有? 虽然不见得一定能找到一个真是绰约若处子的藐姑射仙人,或许,一个真是槁木死灰的人,五情完全没有了,他居然能以寻找得到,那倒也不能说是一件完全不可能的事体。

他在这时候这么的自忖着。

本来,一个寻常的人是决不会为着钟爱之女子死去而抛弃了妻室去出家的;贾宝玉既然是在这种情况之内居然出了家,并且,他是由一个唯我独尊的“富贵闲人”一变而为一个荒山古刹里的僧侣的,那么,他这样的异想天开要去寻求一个藐姑射仙人,倒也不足为奇了。

由离开了家里,一直到为僧于这座禅林,其间他也曾跋涉了一些时日。行旅的苦楚,在这一年以后回想起来,已经是褪除了实际的粗糙而渲染有一种引诱的色采了。静极思动,乃是人之常情。于是,宝玉,著的僧服,肩着一根杖、一个黄包袱,又上路去了。

我的童年

（一）引言

如今，自传这一种文学的体裁，好像是极其时髦。虽说我近来所看的新文学的书籍、杂志、附刊，是很少数的；不过，在这少数的印刷品之内，到处都是自传的文章以及广告。

这也是一时的风尚。并且，在新文学内，这些自传体的文章，无疑的，是要成为一种可珍的文献的。

从前，先秦时代的哲理文，汉朝的赋，唐朝的律诗、绝句，五代与宋朝的词，元朝的曲，明朝的小品文，清朝的训诂，这些岂不也都是一时的风尚么？

《论语》《孟子》《庄子》之内，那些关于孔丘、孟轲、庄周的生活方面的记载，只能说是传记体裁的。它们究竟有多少自传的性质，在如今，我们确是难以断言。

以著作我国的第一部正式历史的人，司马迁，来作成我国的第一篇正式的自传，《太史公自序》，这可以说是最自然不过的事情。当然，他的那篇《自序》，与我们心目中所有的关于自传这种文学体裁的标准，是相差很远的。

不过，由他那时候起，一直到清朝，我国的自传体文，似乎都是遵循了他的《自序》所采取的途径而进行的。

在新文学里面，来写自传体文，大概总存有两个目标，指引后学与抚今追昔。后学可以是自己的家人、学生，也可以是自己所研究的学问之内的后进，也可以是任何人。

我是一个作新诗的人。虽说也有些人喜欢我的诗，不过要说是，我如今是预备来作一篇诗的自传，指引后学，那我是决不敢当的。至于我的一般的生活，那只是一个失败，一个笑话——就作诗的人的生活这一个立场看来，那当然还要算是极为平凡；就一般的立场看来，我之不能适应环境这一点，便可以被说是不足为训了。

要说是抚今追昔，那本来是老年人的一种特权。如今，按照我国的算法，我不过是一个三十岁开外的人。

不过，文学便只是一种高声的自语，何况是自传体的文章？作者像写日记那样来写，读者像看日记那样来看。就是自己的日记，隔了十年、二十年来看，都有一种趣味——更何况是旁人的日记呢？并且，文人就是老小孩子，孩子脾气的老头子；就他们说来，年龄简直是不存在的。

（二）旧文学与新文学

记得我之皈依新文学，是十三年前的事。那时候，正是文学革命初起的时代；在各学校内，很剧烈的分成了两派，赞成的以及反对的。辩论是极其热烈，甚至于动口角。那许多次，许多次的辩论，可以说是意气用事，毫无立论的根据。有人劝我，最好是去读《新青年》，当时的文学革命的中军，是刘半农的那封《答王敬轩书》，把我完全赢到新文学这方面来了。现在回想起来，刘氏与王氏还不也是有些意气用事，不过刘氏说来，道理更为多些，笔端更为带有情感，所以，有许多的人，连我也在内，便被他说服了。将来有人要编新文学史，这封刘答王信的价值，我想，一定是很大。

大概，新文学与旧文学，在当初看来，虽然是势不两立；在现在看来，它们之间，却也未尝没有一贯的道理。新文学不过是我国文学的最后一个浪头罢了。只是因为它来得剧烈许多，又加之我们是身临其境的人，于是，在我们看来，它便自然而然的成为一种与旧文学内任何潮流是迥不相同的文学潮流了。

它们之间的歧异，与其说是质地上的，倒不如说是对象上的。

（三）作小说

这还是十一二岁时候的事情。

那时候，在高小，上课完了以后，除去从事于幼年时代的各种娱乐以外，便是乱看些书。在这些书里，最喜欢的便是侠义小说。记得和一个同班曾经有过一种合作一部《彭公案》式的侠义小说的计划；虽说彼此很兴奋的互相磋商了许多次，到底是因为计划太大了，没有写……在那个时候，我们两个都是不出十四岁的少年。

除了旧小说以外，孙毓修所节编的《童话》也看得上劲。一定就是在这些故事的影响之下，我写成了我的第一篇小说创作。如今隔了有十七年左右，那篇，不单是详细的内容，就是连题目，我都记不清楚了。仿佛是说的一只鹦鹉在一个人家里面的所见所闻。

以后，也曾经想作过《桃花源记》式的文章，可是屡次都没有写成。

在新文学运动的这十几年之内，小说虽是看得很多，也翻译了一些短篇，不过这方面的创作却是一篇也没有。

据我看来，作小说的人是必得个性活动的，而我的个性恰巧是执滞，一点也不活动。

一定就是为了这个原故，我在编剧、演剧两方面也失败了。

在十二三岁的时候，和两个同班私下里演剧；准备、化装、排演，真是十分热闹——其实，那与其说是演剧，还不如说是好玩。

在这一次的排演里面，我还记得，我是扮的一个女子。七年以后，学校里面正式的演剧，我由一个女子而改扮一个老太婆了！

扮演老太婆的那次，我是一个失败的。一上了剧台，身子好像是一根木棍；面部好像是一个面具；背熟了的剧词，在许多时刻，整段的不告而别。居然有一个先生，他说我的老太婆的台步走得还像，也不知道他是安慰我，还是确有其事；因为，我的行步的姿态向来是极不优美的，身材不高而脚步却跨得很远，走路之时，是匆忙得很——我仿佛是对于四肢并没有多少筋节的控制力那样。至于我的两条臂膀，在走路的时候，摔出去很远，那更是同学之间的一种谈笑资料。

有时候，我勉强还可以演说，不料演剧的时候，居然是一塌糊涂到那种田地。这或者与我所以有时候可以写些短篇小说性质的小品文而却作不了短篇小说，是根源于同一种性格上的缺陷。

周启明所译的《点滴》，里面有一些散文诗性质的短篇小说；那一种的短篇小说，我看，或许便是像我这样性格的作诗的人所唯一的能作得了的。

（四）读书

我是六岁启蒙的，家里请的老师，第一部书是读的《龙文鞭影》。只记得这是一部四字一句的韵文史事书籍——关于它，我现在已经不记得其他的内容了。

书房在花园里，花园的那边是客厅。书房前面的院子里，有一个亭子。

老师大概是一个举人。我还记得，他在夏天里，是穿着一件细竹管编成的汗褂。

背不出书来，打手心的事情，大概是有——不过现在我是已经忘记了。只记得，有一次，那是读完了《龙文鞭影》以后，读《诗经》的当口，我不知道是那一页，再也背不出来，老师罚我，非得要背出来，才放我下学。只剩下我一个人，在书房里面；听见自己的声音，更加伤心，淌眼泪。大概是到底也没有背得出来，有家里大人讨保放我下学了。

十几年以后，我每逢想起《诗经》这一部书的时候，总是在心头逗引起了一种凄凉的情调，想必便是为了这个原故。

八九岁，读完了《四书》，以及《左传》的一小部分。就是在这个时候,学着作文了。

这是在离家有几里远的一个书馆里的事情。有一次,只剩下我一个人在馆里,心里忽然涌起了寂寞、孤单的恐惧,忙着独自沿了路途,向家里走去……这里是土地庙与庙前的一棵大树与树下的茶摊,这里是路旁的一条小河,这里是我家里田亩旁的山坡,终于,在家里前院的场地上,看见了有庄丁在那里打谷,这时候,我的心便放下了,舒畅了。

我的蒙馆生活是在十岁左右终止的。

十一岁时候,考取了高小一年级。这以后的十年,便是我的学校生活的期间,在小学,在大学期间,都曾经停过学。在一个工业学校的预科里面读过一年书。在青年会里读过英文。

说起来很有趣味:我后来又有机会看到我在工业学校里所作的一篇《言志》课卷,那里面说,将来学业完成了,除去从事于职业以外,闲暇的时候,要作一点诗,读一些诗文——这诗,不用说,是旧诗的意思;这诗文,不用说,也是旧诗文的意思。

在工业学校里,教国文的先生是豪放一派的;他喜欢喝酒,有一个酒糟鼻子,魏禧的《大铁椎传》是他所特别赞颂的一篇文章。

后来,我又有过一个国文先生,有"老虎"之称;不过他谨饬些。便是在他的课堂上,在自由交卷的时候,我学着作新诗。虽说他是一个旧学者,眼光倒还算是开明的,对于我的新诗课卷,并不拒绝。

听说他,像教我"四书"、《左传》的那个书馆先生那样,结局很是潦倒。

我读书,是决不能按部就班的。课本,无论先生是多么好,我对于它们总不能感觉到一种特殊的兴趣,便是那种我自己读我自己所选读的书籍,那时候所感觉到的兴趣。

大概，书的种类虽然是数不尽的多，不过，简单的说来，它们却只有两个。它们便是，不得不读的，以及自己爱读的书籍。由报纸一直到学校内的课本，就是不得不读的书籍。至于自己爱读的书籍，那就要看"自己"是谁了。譬如，我是一个作文、教书的人，我自己所爱读的书，要是与一个工程师所爱读的来对照，恐怕是会大不相同的。不过，普天下的大我，它却是有一种书籍决无不爱读之理的，那一种便是小说。

我也是一个人，当然逃不出这定例。十二岁到十四岁，爱读侠义小说。十五岁左右，爱读侦探小说。二十岁左右，爱读爱情小说。

侠义小说的嗜好一直延续到十几年以后，英国的司各德、苏格兰的史蒂文生、波兰的显克微支，他们的侠义小说，我为了慕名、机缘等的原故，曾经看了不少，实在是爱不忍释。

司各德各书，据我所看过的说来，它们足以使我越看越爱的地方，便是一种古远的氛围气，以及一种家庭之乐。"家庭之乐"这个词语，用来形容这些小说之内的那一种情调，骤看来或许要嫌不妥当。不过，仔细一想，我却觉得它要算是我所能找到的唯一的妥当的摹状之词了。这一种家庭之乐的情调，并不须在大团圆的时候，我简直可以独断的说，是由开卷的第一字起，便已经洋溢于纸上了。或许，作者所以能永远留念于世人的心上的原故，便在于他能够把这种乐居的情调与那种古远的氛围气有机的融合在一起。

史蒂文生的各部小说之内，我最爱读的一部是 The Master of Ballantrae。这篇长篇小说，与作者的一篇中篇小说，Dr. Jekyll and Mr. Hyde 以及一篇短篇小说《马克汉》，在精神上，似乎有孪生的关系。这三篇文章，我臆断的看来，或许便是作者对于他在一生之内所最感到兴趣的那个问题的一个叙述与分析。

显克微支的人物创造，Zagloba，与莎士比亚的 Falstaff 同属于一个人物类型，而并不雷同。

上举的各种侠义小说，有些可以叫作历史小说、心理小说，以及其他的名字；各书之内，除去侠义之部分以外，还有言情、社会描写等等成分。这实在是一切小说的常例。因为小说，与生活相似，是复杂的。小说之能引起共同的爱好，其故亦即在此。

侦探小说，我除去柯南道尔的各部著作以外，看得不多。至于他的各部侦探小说，中译本我是差不多全看完了，在十五岁的时候，原文本我也看过一些，在二十五岁的时候。年龄的增加并不曾减退过我对于它们的爱好。

至于言情小说，我只说一部本国的，《红楼梦》。这部小说，坦白的说来，影响于人民思想，不差似"四书"、《五经》。胡适之关于本书的考证，只就我个人来说，并不曾减少了我对于本书的嗜好；潜意识的，我个人还有点嫌他是多事。这是十年前，我在看亚东图书馆本的《红楼梦》那时候所发生的感想。至于这十年以来，整年的忙着授课、教书、谋生，并不曾再看过这部小说。我看我将来也不会教到"中国小说"这种课程，所以，我只有把十年前的那点感想坦白的说出来；至于本书的评价，那自然有在这一方面专门研究的人可以发言。

杜甫的诗我是爱读的。不过，正式的说来，他的诗我只读过四次；并且，每次，我都不曾读完。第一次是由《唐诗别裁集》里读的一个选辑，第二次是读了，熟诵了全集的很少一部分，第三次是上"杜诗"课，第四次是看了全集的一大半。十五岁以后，喜欢杜诗的音调；二十岁左右,揣摹杜诗的描写;三十岁的时候,深刻的受感于杜的情调。我买书虽是买得不多,十年以来,合计也在一千圆以上,比上虽是差得不可以道里计,比下却总是有余;说起来可以令人惊讶,便是,杜诗我只买过石印一部,要是照了如今我对于杜诗的爱好说来,一买书,我必定会先把习见的各种杜诗版本一起买到。

只要是诗,无论是直行的还是横行的,只要是直抒情臆的诗,无论作得好与不好,我都爱。爱诗并不一定要整天的读诗。从前,在十八岁到二十岁的时候,曾经有过几个时期,我发过呆气,要除去诗歌以外,不读其他的书籍;现在回想起来,倒觉得有趣——不过,或许,我现在之所以能写成一点诗,我的诗歌培养便是完成于那几个时期之内。我是一个爱读诗、爱作诗的人,而在我所购置的已经是少量的一些书籍之内,诗集居然是更少;这个,说给那些还喜欢我的新诗而并不与我熟识的读者听来,他们一定是会诧异的。

我曾经作过一首题名《荷马》的十四行,算是自己所喜欢的一些自作之一……其实,这个希腊诗人的两部巨著,我只是潦草的看过,并不曾仔细的研究一番。在我写那首诗的时候,并不曾有原文的节奏、音调澎湃在我耳旁,我的心目之前只有 *Elson Grammer School Reader* 里面的这两篇史诗的节略。这个,说出来了,一定会教读者失笑的,如其他是一个一般的读者;或是教他看不起,如其他是一个学者。

我是一个极好读选本的人。选本我可读了又读,一点也不疲倦;至于全集,我虽说在各方面也都看过一些,不过,大半,我只是匆促的看过一遍,就不看第二遍了。杜甫与莎士比亚是例外。这两个诗人,读上了味道,真是百读不厌;从前,现在的无穷数的读者所说的话,我到现在已经恳切的感觉到,并非人云亦云的一种慕名语,我并且自己的欣幸,我现在已经达到了一个可以真诚的、深切的欣赏他们的诗歌的时期。他们的确是情性之正声。

说到不得不读的书籍,我是一个度过了二十年学校生活的人,当然,它们是课本了。在学生时期之内,我对于课本,无论是必修科还是选修科,是很不喜欢读的。现在回想起来,教育与生活一样,也是一种人为的磨练……我当初既是不能适应学校的环境,自然而然的,到了现在,我也便不能适应社会的环境了。

我真是一个畸零的人,既不曾作成一个书呆子,又不能作为一个懂世故的人。

投　　考

　　他已经考取了高小一年级。

　　这是一个师范的附属小学校,在本城的小学之内,算是很好的。只要国文、英文、算术这三门里面,有一门考及了格,便可以录取入学;他是考国文录取了的。

　　投考的时候,他是坐人力车去的。在车上,他的一颗心忐忑不安。平时,坐车子本来是一件快乐的事,因为,坐车与走路的速率不同,一个孩童对于这个是敏感的——风迎了面吹来,那愉快的感觉,真不亚似在热天,老女工给他洗了一个澡以后,他坐在床上抚摩四肢、胸、腹在那时候所发生的那种愉快的感觉。可是,这一天,他只在脑筋里记挂着那个怕它来又要它快完的考试。身外的一切,他都忘记了,除去那个布包,里面放着笔墨,他用了一双出汗的手紧握住的。他也没有心思,像平常坐车子的时候那样,去看街道两旁的店铺、房屋了。

　　是一个长辈带领着他来应试。一声"停下!"的时候,他在心里震动了一下,发见了车子停住在一条柳树沿着小溪的路边,面前便是学校的大门。他下了车。这校门，门上的铁楣他要把颈子仰得很高才能望见的，门旁排的校名直匾就他看来是字写得巨大而触目动心的，颇像是他的心目中的一个学校老师，凛凛的。校门内，一条宽敞、平坦的道路直达附属小学校的校门。

　　他在家里读过书，在乡塾里读过书；至于踏进学校的门，这还是第一次。这是一个与家馆，与乡塾迥不相同的地方。这条路是多么清净、整齐；路左边的柳树是多么碧绿、苗条；路右边的师范屋墙是多么高大、庄严！虽说学校里是要与许多素不相识的同学一起上课，读一些素来不知为何的书籍，他是很想考入这个学校的。他很想每天在这条路上走过，在上学、下学的时候，有很多也是来投考的人，跟着大人，从他的身边过去。看来，他们是若无其事的；并且，他们是那么络绎不绝……这个，使得他的那颗已是慌乱的心更加慌乱了。有几个，大概是旧生，引领着兄弟或者亲戚来投考的，一路上谈谈笑笑；他颇是羡慕他们。

　　他在家馆里所读的书早已忘记了。倒是在乡塾里所读的"四书"，为了预备考这个学校的原故，他曾经温习过。他，又在大人的督促之下，读了一点《古文观止》。至于作文，在乡塾里开了笔的，这几个月以来，他也作了一些功课；大人都还说是作得不错。他很喜欢看那些加在他的文课旁边的连圈；它们颇为使他觉得自傲，他希望，这次考试里面他所作的文章，学校老师也能够在上面加一些连圈。不过，题目是那么多，知道学校老师是要出那一个呢？要是出一个他所曾经作过的题目，他想，那就容易了。他可以定下神来回想他的原稿；要是时刻来得及，他还可以多加上一些文章进去。只要说得很多，老师一定是喜欢的。最重要的一层是，不要写错了字、写别了字。他在走进附属小学校的校门的时候,心里这么想着。可是,万一出的是一个他所不曾作过的题目呢……

蝉声在柳树上喧噪着。他想起来了,家旁一口塘的岸边,也有蝉声在柳树的密叶里,不过,与这里的似乎不同,这里的似乎带着有抽噎的声音,不像塘岸上的那么热闹,那么自在。

带领着他来这里的长辈在问门房。

他挟着布包,跟在后面。这布包里有一支笔、一个墨盒;墨盒是大人特为给他带来作考试之用的。他很怕墨盒里漏出了墨来,那时候,不仅笔与布包,便是他所穿的那件新单袍子都要弄脏了。当了老师、许多同伴的面,那未免是太难堪了。

他在走过一条廊。廊的左边是淡青色的墙壁,上面有瓦花窗;右边是一排胆色的廊柱,廊柱以外便是学校的操场,操场上有一些体育的设备,他并不知道名字,他很情愿在它们的上面玩耍,可是他又有一点害怕。

廊与操场的那头,是一排满是玻璃窗的教室。这不像家馆的书房,因为老师就是睡在那书房里;这又不像乡塾的书房,因为那就是堂屋,并且没有这么多的窗子。教室里的设备是完全异样的。他觉得有趣——他极其想考进这个学校。他把布包打开了,看见墨盒里的墨汁并不曾漏了出来,他的心里宽畅了。

他的长辈去了会客室,留下他一个人在这里。

已经有一些同伴在教室里,等候着考试。不过,他并没有与他们之内的任何人交谈,一则认生;二则不知道能否考取,他没有勇气去与他们谈话;三则他在纳闷着,老师是要出怎么一个题目。

等得不耐烦了。他打开盒来,蘸笔,在带来的纸张上写字。他的手有一点颤抖。他不写字了,腹诵着前几天所读的一篇古文。腹诵了有一半,便梗住了,在第一天腹诵时候所梗住的那个地方;再也想不起下文来。

便是这时候,监考的老师进来了。他看见同试者都站了起来,在老师上了讲坛的时候,行一鞠躬礼,再坐下,他也跟着照样作了。他向老师望了一眼,似乎是心里惭愧,不知道这种仪节,又似乎是心虚,适才的那篇文章没有腹诵出来……还好,老师并没有向他看。

老师,沿了前排的座位,在分散着试题。他焦急的等候着。他很懊悔,进来教室的时候,为什么要靠了门坐上这一排的最末一个座位,为什么不去那边,坐在那边外面一排的第一个座位上,因为,那样,他便可以第一个接到试题,赶早作文了。

一张油印的试题,带着一张打稿子的纸,与试卷,由前桌的同试者交给了他。

是一个他所不曾作过的题目。不过,还不算是顶难。

他把试卷放进抽屉里去了,怕打草稿的时候,一不当心,会在那上面沾了墨渍。他看见同试者有许多是用铅笔在打草稿,那是快得多了,他想;所以,他很反悔,为什么不把家里给他买的那支铅笔带来。不过,再一想,铅笔断了铅的时候,削起来是费事的,他又心里轻松了。

老师的脚步声过来过去个不停。除此以外,只听见纸张的窸窣声,与偶尔的一声抽屉响。

……会客室在那里呢——他一边打着草稿,一边这样的想——交了卷以后,他怎么去他的长辈那里呢……要是有这个大人在旁边——并不用告诉他文章里面要怎样说,只要是坐在一旁,让他在心里觉得,他并不是一个人在这里,也用不着去愁会客室是在什么地方,他想,他的文章一定会作得很好。他在想家了。

　　草稿虽是不算十分满意,为的怕时候不早了,来不及誊清,他便只得从抽屉里面去取出试卷来。一句、一句的抄,那是很吃力的一件事,因为他想把文章抄得很工整,并且一个字也不错,而他的小楷却是写得极慢,极不好的。老师从他面前走过去的时候,他的手动了一动,想着把他的文章掩盖起来;并且,脸忽的红了,心勃勃的跳得厉害。他以为老师是在看他的那一段自己颇是得意的文,心里有一点自傲。老师在他的一旁站了很久。他所坐的座位,加上他那种慌张的神情,着实是可疑的——不过,他自己并不觉得,他并不知道老师守望了许久是为的这个。

　　已经有几个人交卷了。这时候,他的文章也已经抄得只剩一两行了。他的心里宽畅了下去。同时,他反悔,早知道是如此,何以不把文章作得长一点呢?已经誊好了,它是难得再加的。不过,为了心里已经不慌乱的原故,他的神智清醒了:他可以慢慢的誊抄着剩余的文章,等候着下一个交卷的人,一同出教室,那样,会客室便不愁找不到了。

　　他到了会客室。他的长辈向他要草稿看。那个,他并没有带出来,是被他放在试卷里面,一起交进去了,这是他的糊涂之处,因为,他既是在等候着旁人交卷,他应当是会知道旁人是把草稿给带走的。多么不幸的事情! 他不能知道,试卷究竟是作得如何,它究竟能否教他考入这个学校!

　　他走过长廊的时候,向着教室、操场望了一眼;他那颗心里的一种滋味是异样的。

　　门外的蝉声十分喧噪,这是一个热闷的下午。他很想到塘边去抛瓦片。不过,他还是坐车回去的。

文艺作者联合会

文学这种工作可算得最自由了，凡是"心之所之"的话都尽可以说得。不过话说出去以后，是要人听的。话要是说得有理，说得好，那就必得求其理与好传到可能的最多数之中去。这里有一层困难，便是，说话的人太多了，读者们将要何舍何从呢？倘若能设立"文艺作者联合会"，会中有大家信仰的批评者组织起来一个新书审荐委员会，在机关月刊上评荐本月份各文学类别中的佳著，给读者以指导，那真要算是最圆满的解决方法了。

文学是一种职业，而同时精神最涣散的又算文人。出版业有了结合，文人却没有。作者中的夭亡，不须有的磨难，以及改行、投机等等，固然一部分要怪读者的稀少、外界的迫力，而一大半还要归咎于作者全体之无团结力。文人并不一定要参加政治或社会的运动，才能说是"走到十字街头"；组织一个保护权利、增进公益的团体，使它能遵循了正轨来进行、发展，并且把我国社会中最可恨而最常见的一种现象，倾轧，设法去避免：这正是一班作者的唯一的来表现社会力的途径。

保障作者的权利方面有对外的与对内的两种工作。对外上最扼要的一点是稿酬。无论是售权或抽率，都应当按酌一班书籍的销路以及未来之可能性，订出一种最低的格例，用联合会的力量，监察着出版业去践行。还有稿权的专利，应当明定年限；按照国际的通例，以作者卒后的第三十七年度为专利权的消尽期，并且规定作者的承继人有承继此种专利权的权利。这各项拟有具体的计划书之时，应当向当事的立法机关、行政机关交涉、进行，凭了自身的正义以及舆论的协助，求其定为律法，各方面遵行。

翻译西书时，如原著的专利权对于工作发生阻碍，可由联合会代替译者办理一切扫除障碍的手续。联合会到了势力雄厚之时，并可设立译事计划委员会，拟成系统的介绍翻译他国之文艺名著的计划，征选此种工作的健者分别担任。日本的翻译事业比我们发达得多，大家不肯作黄种中的牛后，这便是努力的时机了！

介绍我国的新旧文艺到外国去，也应该立为此会的目标之一，到了此会的实力充足了之时，便该立刻筹计出妥善的办法来进行。

保障权利方面对内的工作是侵袭的预防与惩罚，转载与采用的条例之规定。

促进公益方面，最重要的事件是失业者的救济、无名作家的援助、诗歌创作的提倡。文艺作者的性格是最怪僻、执拗的，一句话不投机，或是坚持一种异于流俗的主张，便可以自绝于生路。我所知道的，刘梦苇已经因此牺牲了充满希望的一生，这样的悲剧我们决不可坐看以后再行复演。联合会成立了，对于这类的失业者便可以推荐作品，或是给与实际的帮助。

小孩子走路，头一年最苦。初入境的作者，心中那种疑惧、不自信,简直就是地狱里的刀山。初期的作品难逃是幼稚的,不满己意的;加上文稿封寄后那长期的慢得像鲁阳挥了戈的守候——比起这种情景来,那求爱的第一书实在算不得什么。但是,感伤无益,我们要想一个补救的实际办法!

诗歌之重要,不须多说。何以在世界诗坛上占有极高位置的中国诗歌,到如今连书都不见出版了呢? 是写诗的后人不争气? 是中国已经变成了那全市没有公共图书馆的上海?

三百篇中的私情诗

《诗经》中有许多美妙的私情诗,正如《圣经》中有一篇美妙的《所罗门之歌》一般,《所罗门之歌》为《圣经》注解者所误解,《诗经》中的私情诗也遭遇了同样的命运,即如《邶风》中的《柏舟》明明是一篇极好的"弃妇词",就是同《孔雀东南飞》比起来也不相后,而注解者偏硬坐它是"言仁而不遇也;卫顷公之时,仁人不遇,小人在侧!"就中私情诗尤为一班的注家所误解,他们不仅是《诗经》的罪人,他们并且是孔子的罪人,因为孔子说过的,凡是要使于四方的人必得要读《诗经》。作使臣的人求能不辱使命,也没有别的法子,只是在辞令上用心罢了。试问《诗经》中是那一部分能教人善于辞令?试问孔子当时说出那些话的时候,心目中指着是《诗经》中的那一部分?不是那些私情诗吗?广义的说来,不是那些情诗吗?试问不善辞令的人能够说出"大夫夙退,无使君劳""虽则如毁,父母孔迩""厌浥行露!岂不夙夜?谓行多露""将仲子兮,无逾我里,无折我树杞。岂敢爱之?畏我父母"这一类的俏皮委婉的话来吗?所以我评孔子倒真是一个懂"诗"的人,他是决不会将纯粹的情诗附会到历史上去,将"仲子"解为"刺庄公也;不胜其母以害其弟,弟叔失道而公弗制,祭仲谏而公弗听,小不忍以致大乱焉"的;他也是决不会将情诗附会到极可发噱的事实上去,如解《郑风》的《子衿》为"刺学校废也;乱世则学校不修焉"的。

我们不必在这些曲解的注"诗"家的身上多耽搁罢,且让我们"携手同行"去直接鉴赏一些美妙的私情诗。情诗上标明一个"私"字,是缩小范围的意思,因为《诗经》中还有一种"非私"的情诗,即咏夫妻之情的是,它们也是很多的,如《周南》中的《卷耳》(一首佳妙的"怀人诗"),《汝坟》(一首佳妙的"相见欢"),《齐风》中的《鸡鸣》(一篇佳妙的 Curtain lecture),均是很好的例子。

仅就私情而言,好例子也是极多,如上举的《行露》《将仲子》皆是,又如《召南·野有死麕》篇中的

　　无使尨也吠!

《邶风·静女》篇中的

　　爱而不见,搔首踟蹰。
　　匪女之为美,美人之贻。

——注家解为"卫君无道,夫人无德"!幸亏卫君与夫人皆已去世了! ——
《卫风·氓》篇中的

士之耽兮,犹可说也;女之耽兮,不可说也。

——几千年后,情形还是照旧——
《郑风·山有扶苏》篇中的

不见子都,乃见狂且!
不见子充,乃见狡童!

——明明是幽会时喜极而谑之词,乃注解家解为"刺忽也;所美非美然!"真是"所美非美然"!——
《狡童》篇中的

彼狡童兮,不与我言兮。维子之故,使我不能餐兮。

——注解家看到这篇诗的时候,毫不迟疑的将"刺忽也"的"万应膏药"向上一贴——
《子衿》篇中的

青青子衿,悠悠我心;纵我不往,子宁不嗣音?
挑兮达兮,在城阙兮;一日不见,如三月兮。

——"刺学校废也;乱世则学校不修焉!"这学校是唯情学校吗?——
《溱洧》篇中的

> 溱与洧，方涣涣兮；士与女，方秉蕳兮。女曰，"观乎?"士曰，"既且。"且往观乎洧之外，洵讦且乐；维士与女，伊其相谑，赠之以勺药。

——如今是"赠之以钻戒"了——
《唐风·绸缪》篇中的

> 子兮子兮，如此良人何?

——明明是两句喜极而作珍重之词，"婚姻不得其时"？——
《无衣》篇中的

> 岂曰无衣七兮，不如子之衣，安且吉兮。

——道德的注解家是再不肯，或不能，把这几句诗看为珍惜情人馈遗之词的。——

我看见了这许多的私情诗，不觉为它们的两种长处所惊，一是它们俏皮，二是它们真实。俏皮，所以眼光如炬的孔子教出使的人去学它们的口齿伶俐；真实，所以四千年后的读者看见它们的时候，诗中的情形还是恍如目睹（虽然不必身历）。

古代的民歌

《乐府诗集》是一部极有价值的书，此书包括有许多极好的民歌，它又包括有许多考古的材料，我的性子是不近考古的，如今我就诗歌的眼光来批评这部书。

从前英国有白西主教（Bishop Percy）搜集英国古代的民歌，作成了他的《古代诗歌遗珍集》（*Reliques of Ancient Poetry*）一书，这书在后来的英国诗坛上引起了很大的影响。"浪漫复活时代"承"古典时代"之敝，正在徘徊于绝路的时候，忽然看见了《遗珍集》这样一部新鲜脱套的民歌集，不觉想象中十分的白热起来，因之在"古典时代"的此路不通的道途外另外走出了一条美丽的路，我们中国的旧诗，现在的命运正同英国"浪漫复活时代"的"古典主义"的命运一般，就是它已经变成了一个宝藏悉尽的矿山，它无论再掘上多少年，也是要徒劳无功的了；为今之计，只有将我们的精力移去别处新的多藏的矿山，这一种矿山，就我所知道的，共有三处，第一处的矿苗是"亲面自然（人情包括在内）"，第二处的矿苗是"研究英诗"，第三处的矿苗便是"攻古民歌"。古民歌除了《乐府诗集》之外,是更无他处可以找到了;我国的诗歌如果能够遵了我所预言的三条大道进行,则英国"浪漫复活时代"的诗人也不能专美于前了。

古代的民歌与一切的诗完全歧异:它并不像诗般限制题材,它是任何题材——只要引起他的情感的——都拿来写,它写这一种新的题材的时候,毫不迟疑,不像一般作诗的人要看看从前的名家曾经写过这一种的题材没有,胸中怀着十二分的犹豫;一班诗的仿效者只知戴上古人的眼镜来看自然,决不肯,决不赞成,用自己的眼睛来看,作民歌的人则因眼界清净,并无古人的影子阻梗其间,所以他能赤裸裸的将真实的自然看出,它也不像诗般用喻陈陈相因,它是以此譬喻是否鲜明来作选用的标准,决不像一般庸碌的作诗的人要步步小心谨慎的摹仿前人,凡是前人未曾用过的譬喻他都不敢去用;民歌在句法上极其自由,有三字一句的,四字一句的,五字一句的,六字一句的,七字一句的,一篇之中,长短错落,极其生动,民歌又喜欢在文字上游戏,这一种特点虽然过于注意了,很能引起重大的恶影响,但能用得得当,也未尝不能添加一种新鲜的风味:这便是民歌的五种特采,题材不限,抒写真实,比喻自由,句法错落,字眼游戏。

民歌中的字眼游戏分为两类:异形同音字的游戏,同音异义字的游戏。第一类的异形同音字的游戏如"碑""悲":

"石阙昼夜题,碑泪常不燥。"

"三更昼石阙,忆子夜啼碑。"

"石阙生口中,衔碑不得语。"

"闻乖事难谐,况复临别离?伏龟语石板,方作千岁碑。"

又如"莲""怜":

"我念欢的的,子行由豫情:**雾露隐芙蓉,见莲不分明。**"

"余花任郎摘,慎莫罢侬莲。"

"作生隐藕叶,莲侬在何处。"

"湖燥芙蓉萎,莲汝藕欲死。"

又如"梧""吾":

"桐树生门前,出入见梧子。"

"仰头看桐树,桐花特可怜。愿天无霜雪,梧子解千年。"

"桐树不结花,何由得梧子。"

又如"题""啼":

"石阙昼夜啼,碑泪常不燥。"

"顿书千丈阙,题碑无罢时。"

又如"蹄""啼":

"奈何不可言:朝看暮牛迹,知是宿蹄痕。"

又如"由""油":

"双灯俱时尽,奈许两无由。"

又如"驶""死":

"走马织悬帘,薄情奈当驶。"

第二类的同形异义字的游戏如"匹":

"昼夜理机缚,知欲早成匹。"

又如"关":

"擒门不安横,无复相关意。"

又如"骨":

"飞龙落药店,骨出只为汝。"

又如"散":

"百弄任郎作,唯莫'广陵散'。"

又如"道":

"黄蘖万里路,道苦真无极。"

又如"华":

"郎君不浮华,谁能呈实意。"

"摘菊持饮酒,浮华着口边。"

又如"子":

"五果林中度,见花多忆子。"

"桐树不结花,何由得梧子。"

又如"实":

"还君华艳去,催送实情来。"

"郎君不浮华,谁能呈实意。"

又如"颠倒":

"欢少四面风,趋使侬颠倒。"

还有合此两类的游戏而成的,如"星""心",及"负":

"画背作失图,子将负星历。"

这些例子,都是很有趣味的,从前英国伊丽莎白皇后时代诗学最盛,当时的戏曲家如莎士比亚等在他们的戏曲中是常有这种游戏的,当时的诗人,如多恩(John Donne)也有《破晓》(*Daybreak*)一诗,诗中有这么一句:

"并非破晓了,破的是我的心。"("The day breaks not; it is my heart.")

这首诗是一首抒情诗,正如我在上面所举的各《乐府诗集》的例子一般。

句法错落的例子如《战城南》"战城南,死郭北,野死不葬乌可食"一首;《西门行》"出西门,步念之:今天不作乐,当待何时?"一首;《东门行》"出东门,不顾归"一首;《悲歌行》"悲歌可以当泣,远望可以当归,思念故乡郁郁累累"一首。这一方面最好的例子,长篇中要算《孤儿行》。《孤儿行》中如:

"孤儿生,孤子遇生,命独当苦。"

三句,第二句中只加上一个"遇"字,便将一种似怨别人又似怨孤儿自己的情境表现出来了;又如:

"南到九江,东到齐与鲁。"

两句,第二句中的"与"字未尝不可去掉,但是加入它的时候,则节奏和谐抑扬的多。短篇中最好的例子则推《古歌》一首,这首歌中的开端是:

"秋风萧萧愁杀人,出亦愁,入亦愁,座中何人,谁不怀忧?令我白头。"

这起端诚然如《古诗源》的选者沈德潜所说的,是"苍莽而来,飘风急雨,不可遏抑",但它最妙在加入末一句"令我白头",这一句出人意料,加增了十二分的力量。

民歌中比喻新颖的例子,如:

"朝霜语白日,知我为欢消。"

"欢作沉水香,侬作博山炉。"

"侬作北辰星,千年无转移。欢行白日心,朝东暮复西。"

皆是。民歌在修辞上不仅有比喻新颖的长处,并且时时作奇语,如"寒不能语,舌卷入喉""忆子腹糜烂,肝肠寸寸断"之类。

古代民歌最大的两种长处是描写真实,与题材不限。这两种长处,严格的说来,只是一件事物的两方面:题材不限便是说古代民歌能够描写到诗外的题材,描写真实便是说古代民歌能够将诗所写的题材描写得更为活现,并且能够将诗的题材的各相都描写到,不像诗中仅仅描写此题材的一相。

说到描写真实一层,诗中未尝没有描写真实的文章;汉唐是诗中的创造时代,这一种描写真实的诗是很不少,不用说了,就是到了明清那种摹仿的时代,也未尝没有描写真实的文章出现。即如明代王世贞的拟古乐府的五言绝句,便是很好的例子,又如清代谢芳连的咏田园景物的五言绝句:

"阴云翛然来,秋瓜喜新涤。村际日华明,檐边雨犹滴。"

"晚食爱凉风,家家豆棚坐。"

清代王士祯的仿佛泼墨画又仿佛入禅语的诗:

"时见一舟行,濛濛水云外。"

"一半白云流,半是嘉陵水。"

"雨后明月来,照见山下路。人语隔溪烟,借问停舟处。"

"江天一夜雪,不辨孤村路。时闻断雁声,遥向江南去。"

不过这些都是例外;一班作诗的人却都是只知誊抄古人,不敢或者说不能直接去誊抄自然的。古代作民歌的人因为没有古人阻梗在他们的眼中,所以遇到优异的民歌作家的时候,常常能不疑地去直接誊抄自然,不像诗中的优异作家还时常怀着一种犹豫的态度。

农家生活诗人中也有描写的,但皆偏于清远一方面。如王维、韦应物的田园五古是;清远便是注重神味的意思,它是很好的,但倘得一人来在"远"字的对方"近"字上面下点功夫,作出些写实的田园诗来,岂不也是很好吗? 诗人中也有这样一个人,这个人早被有眼光的沈德潜看出来了,他便是储光羲。储氏这一方面的成绩大半不是有意的,沈氏的发见也只能使他表示出他对于这位实写从事于"为天"的职业者生活之诗人的敬意,而不能使他看出这实在是诗学上的一种革命来,但一个仍不失为一个大诗人,一个也仍不失为一个大批评家。储氏这一方面的诗便是:

"既念生子孙,方思广田畴。"

"儿孙每更抱。"

"终年登险阻,不复忧安危。"(两句极有经验之谈,却被沈氏解为"山中之险阻,异世途之险阻,故登而不危",也是未能免俗之言。)几个很少并且很短的例子;例子虽少,仍不失为一种革命,望读者不要因它们的"量"小而将它们的"质"重忽略掉了。英国桑兹伯里(Saintsbury)评柯勒立基(Coleridge)为英国的第一流诗人,但桑氏所凭以判定柯氏之崇高位置的只是一首诗,这诗只有五十四行,并且未完,它便是《忽必烈汗》(Kubla Khan),这一种脱俗的眼光正是我们所应尊重、仿学的。

本来是讲农家生活的诗的,却岔入别条路去了,虽说路岔得并非徒劳无功,但让我们这次还是走回原路罢。

诗中描写田园生活的文章只有上述的两种,田园生活的艳的一方面则是向来没有看见过任何诗人着力描写过的,所以如此的原故,便是农家生活在从前文人的心目中是一种特别的象征的原故。我在上面批评沈德潜对于储光羲的田园诗所持的态度的话很可拿来此处参考。作民歌的人没有这种成见在他们的胸中,所以他们能够作出

"系桑条采春桑,采叶何纷纷;采桑不装钩,牵怀紫罗裙。"

"行者见罗敷,下担捋髭须;少年见罗敷,脱帽著帩头;

"耕者忘其耕,锄者忘其锄。来归相怨怒:但坐观罗敷!"

一类新艳的诗来。自古以来的诗人因为国俗重农的原故,所以对于农家总是存着一种尊重的态度,写到他们的时候,总是联想起天子躬耕后妃亲桑一类的古典来;农人勤苦,诚然是值得尊敬的,但不知农人也是"人",并非只是备人崇拜的"神",农人的生活除了耕耘外,也有他相的,"艳情"即此"他相"中的一相。

古代的诗中如《诗经》的"采采卷耳,不盈顷筐",又如唐人张仲素的"提笼忘采叶,昨夜梦渔阳',都是拿忘记手头的事来刻画忆远出神的,但《古乐府》中有这么两句:"与君同拔蒲,终日不盈把。"这简直是两人终日相对而将手头的事忘记了;翻陈出新,有趣之至。

又如:

"团扇复团扇,持许自遮面。憔悴无复理,羞与郎相见。"

一诗,立意新巧,不下英国诗人卜来尔(Prior)所作的《镜子交给维纳司的女子》:

> Venus, take my votive glass:
>
> Since I am not what I was,
>
> What from this day shall be,
>
> Venus, let me never see.

一诗。这一首《团扇诗》,毫不落入诗中成千成万的以秋扇见捐比女子见弃的恶札俗套。

古代民歌中描写真实的最好的例子要算《孤儿行》,诗中最沉痛的一段是:

"瓜车翻覆,助我者少,啖瓜者多,愿还我蒂,兄与嫂严,独且急归,当兴较计。

"乱曰:里中一何诜诜;愿欲寄尺书,将与地下父母,兄嫂难与久居!"

像这一种极妙的写实诗,不说英国最出名的民歌"Sir Patrick Spens"比它不上,就是英国的各大诗人也作它不出来;它是一首充满了土的气息的好诗,它的性质与想象幻妙的英诗完全不同。我们由此也可以看出一种我国的诗的可以发展到很高的地位的特采来。

说到题材不限一层,古代的民歌有两方面的贡献,第一方面是古代民歌描写感觉,第二方面是古代民歌发抒艳情。

现在的一班人都是埋怨我国古代不重科学的分工,文学,尤其是诗,在他们的眼中,是更谈不上"分工"二字的了;不知偏偏在我国古代的文学中有一种分工的现象发生,这一种分工的现象便是,诗重思想或豪放的情感,词重柔和的情感,所以词中还有周邦彦的《少年游》:

"低声问,向谁行宿? 城上已三更;马滑霜浓,不如休去,直是少人行。"

以及陆游的《朝中措》:

"怕歌愁舞懒逢迎,妆晚记春醒,一种向人深处,当时枉道无情。"

一类的写情细腻的词,"诗"中则一个这种例子也没有,只是苏轼的《石鼓歌》一类思路巧妙的诗比比可见。词,在一班旧学者的眼中,是远在诗之下的,因为词"格不高"。到了现在,新思想"洪水"般泛滥入中国后,这一种旧思想是铲除掉了;解放了的青年,对于文学有趣味的,就要怅惘的呼起来了,"难道中国竟没有一首言情的诗吗? 难道中国真是一片无情的沙漠吗?"不然,"恋情"在中国的诗境上也留下了她的足迹

的,不过我们要"礼失求诸野"罢了。"野"便是《乐府诗集》,它含有:

"三伏何时过,许侬红粉妆?"

"御路薄不行,窈窕决横塘;团扇障白日,面作芙蓉光。"

"揽裳踱,跣把丝织履,故教白足露。"

"笼车度蹋衍,故人求寄载;催牛闭后户,'无预故人事'!"

"扬州蒲锻环,百钱两三丛,不能买将还,空手揽抱侬!"

一类的写情艳丽刻画活现的民歌,表示出中国也有诗人在这一方面有成绩,并不见得只有英国有赫立克(Herrick)与卜来尔的。

英国的大诗人济慈作了许多描画美妙的感觉的诗,如《我踮着脚立于小山上》(*I Stood Tiptoe Upon a Little Hill*)一篇描写诗,又如《圣厄格尼司节的上夕》(*St. Agnes' Eve*)一篇长体叙事诗,都是描写一些新鲜的感觉的;这一种的诗在我国的诗中很难找到,除开《乐府诗集》中有两个例外:

"叠扇放床上,企想远风来;轻袖拂华妆,窈窕上高台。"

"天寒岁欲暮,朔风舞飞雪;怀人重衾寝,故有三夏热。"

尤其是第一首,这首诗就是教济慈用了他最得意的文笔来作,也只能作出这个样子来。

这便是古代民歌在诗的题材上的两种发展。

这五种古代民歌的特采,除掉字眼游戏一种之外,别的四种特采,都是值得我们从事于新诗的人的充分注意的;我不敢讲这四种特采在古代民歌中已经发展到了最高的地位,但它们都是有望的花种,我们如能将它撒在膏腴的土地上,它们一定能发出极美丽的花来。

一九二五年三月八日

五绝中的女子

　　我国各种诗体中提到女子的地方很少。五七言古诗中，除了一些借古代失宠的妃女而发挥自己的牢骚的诗，或是一些讥刺当代或古代的女子的诗外，简直不见有女子的踪迹，五七言律诗中的情形也差不多少。只有五七言绝句中歌咏女子的时候最多。而绝句中咏女子的诗也可分为几类，第一，与五七古一样，是咏古代失宠的妃女的诗，这一类诗的题材不外王昭君、班婕妤等等人，如皇甫冉的《婕妤怨》、王昌龄的《长信怨》等诗是；第二，也与五七言一样，是讥刺女子的诗，这一类诗的题材不外息夫人、杨贵妃等等人，如王维的《息夫人》、杜牧的《华清宫》等诗是；第三，是宫词，这一类的诗分为悲、乐两种，悲一方面的如崔国辅的《怨词》，刘方平的《春愁》，乐一方面如王昌龄的《朝来曲》，王建的宫词"太仪前日暖房来"一首等诗是；第四，是忆夫诗，这一类的诗如谢朓的《王孙游》，张仲素的《秋闺思》"秋天一夜静无云"一首等诗是，附于这一类的有一种"思君如"体的诗，如，徐干的杂诗："思君如流水，何有已穷时?"张九龄的《自君之出矣》："思君如满月，夜夜减清辉。"等诗是;第五,是咏女子意态的诗,这一类的诗便是我现在所要谈论的。

我所以特别提出这一类的诗来说,而将前四类忽略过去了,是因为第一第二两类浅一点,第三类稀一点,第四类滥一点的原故,——虽然各类中不乏佳作。唯有最末一类咏女子情态意念的诗极其新颖有趣,所以拣它出来谈谈。这一类的诗以五言绝句中的例子为最多,七言绝句中极少,依我所看见的,只有一个好例子:韩偓《新上头》中的

为爱好多心转惑,遍将宜称问旁人。

五言绝句中则这一种的例子不胜枚举,它们在中国的诗坛上实在占有一很有趣味的位置,这一类诗的远祖无疑的是《诗经·国风》中的情诗了,这一些"古典"的情诗大半是当时战国时代的一班无名氏作的;他们衣钵相传,直到六朝的时候,社会的情形与战国时代差不多远,于是这一类的诗便大盛起来(在唐代五绝的促成上,这一类的诗也是很有功劳的);这样,经过了唐宋金元,此类的诗生命不断如缕的延绵下去,直到明代诗学上复古的风气大盛,有王世贞从古诗中将这一类的诗复活起来,于是它们又盛,成了此类诗的发达第二期,与六朝时此类诗的发达第一期前后辉映,令西来的"情诗"船舶在我国诗岛的灯塔上还依稀的窥出有这一点光明照着,并非完全黑暗的。

此类诗的开卷第一篇便是一个无名氏的《乌夜啼》:

可怜乌柏鸟,强言知天曙;无故三更啼,欢子冒暗去。

第二首的作者是一个道士,叫宝月的《估客乐》:

> 莫作瓶落井,一去无消息。

刘孝威《咏美人冶妆》有这么两句:

> 上车畏不妍,顾盼更斜转。

又是一个无名氏在他的——或是她的,我考据不出来——《子夜警歌》中说:

> 恃爱如欲进,含羞出不前。

到了唐代,崔颢有两首《长干曲》是这样:

> 君家住何处?妾住在横塘。停舟暂借问,或恐是同乡。
> 家临九江水,来去九江侧。同是长干人,生小不相识!

李端的《听筝》中有这么两句:

> 欲得周郎顾,时时误拂弦。

金代有元好问生此仅存的硕果:

举头见郎至,低头采莲房。

如今到了明代了。王世贞一人作了四首这种的诗,并且它们都是可以传后的:

折杨柳歌

莫作中女郎,懊恼不可言:大姊得早嫁,小妹得娘怜。
桃花二三月,故爱东风吹:阿母不嫁女,忘取少年时!

那呵滩

郎来如上滩,五步三步留;郎去如下滩,謦疾不回头。

浮游花

侬作树上花,日日波上红;郎作波上花,浮游无定踪。

清代这一类的诗简直少有,只有吴伟业《古意》中的两句:

侬似衣上花,春风吹不去。

我们看了上面所征引的例子,知道这一类的诗也是分为两种,第一是咏女子意态的诗,第二是艳诗,并且附有一种"郎侬"体的诗的。

王维的诗

　　王氏在古体中五古长七古，绝句中五绝长似七绝，律诗中五律长似七律。这种工短句而不很工长句的事实并非偶然，它与作者的文体间是有一种密切的关系。因为作者的文体是一种重神韵的文体，讲究暗示而不讲究直叙，着重弦外之音而不着重言尽于辞，所以短句成了他的得意的工具，短句上再加短篇，所以王氏的五绝独擅今古。

　　五绝中诚然还有一个伟大的作家——李白；他们两人的著作我都是心爱的，我不情愿在他们之间下一种谁优谁逊的比较，即如李氏的

　　　　众鸟高飞尽，孤云独去闲。相看两不厌，只有敬亭山。

一首写出静坐的境地的抒情诗，以及

　　　　天下伤心处，劳劳送客亭；春风知别苦，不遣柳条青！

一首构思巧妙的诗,我们能在王氏的诗中找得出来吗? 然而王氏有

春池深且广,会待轻舟回;靡靡绿萍合,垂杨扫复开。

这样一首幽景的诗;

秋山敛余照,飞鸟逐前侣;彩翠时分明,夕岚无处所。

这样一首微妙的着色诗;

人闲桂花落,夜静春山空;月出惊山鸟,时鸣春涧中。

这样一首充满禅意的诗,也是李氏所作不出的,并且王氏有他个人的文体,终唐之世,只有杜甫的特别文体可以与它对映。

五言绝句的趋向很多,写境的趋向可以拿一个不出名的作家许浑的

夜战桑乾北,秦兵半不归;朝来有乡信,犹自寄寒衣。

一诗来代表,写景的趋向也可以拿一个不出名的作家畅当的

回临飞鸟上,高出世尘间;天势围平野,河流入断山。

一诗之中第一第三两句来代表,写情的趋向可以拿一首作者虽出名而

此诗尚未为人所真正发现的白居易的

绿蚁新醅酒,红泥小火炉;晚来天欲雪,能饮一杯无?

一首有微妙的抒情旨趣的诗作代表;重含蓄的趋向可以拿王昌龄的

日昃鸣珂动,花连绣户春;盘龙玉台镜,唯待画眉人。

一诗作代表,搜巧思的趋向可以拿李端的

鸣筝金粟柱,素手玉房前;欲得周郎顾,时时误拂弦。

一诗作代表。但这些代表著作在别国的文学中都可以找得出来的,唯有王维的那种既有情又有景,外面干枯,而内部丰腴的五言绝句是别国的文学中再也找不出来再也作不出来的诗。它们是中国特有的意笔之画与印度哲学化孕出的骄子,它们是中国一个富于想象的老人的肖像,它们是中国文化所有而他国文化所无的特产! 保存哪! 我们应当怎样的保存哪!

　　五言绝句重神韵,七言绝句重飘忽;飘忽便是沈德潜所谓的"一唱三叹",英国桑兹伯里所谓的"抒情的紧张"(lyrical intensity),这种抒情的紧张完全以诗的音乐表现情绪,在英国有雪莱(桑氏所以推重雪氏,即以此故)的诗,在中国便有七言绝句(就中首推李白的为最高)。这种七绝不是王维所擅长的;他虽然有"渭城朝雨浥轻尘"一首七绝为古今所传诵,但我觉得它很平常,我猜想它所以盛于当代的原故,是因为将它谱入音乐的乐谱,《阳关三叠》很美妙,所以辞也就借谱而传了。

王氏的用画笔,达禅机的两种特长在他的五言律诗中(七言律诗中稍为有一点),以及五言古诗中(七言古诗中也稍为有一点)同样的表现,不过不像在五言绝句中那样融洽而神妙罢了。

律诗中的七律是一种很堂皇的诗体,王氏用来作了不少应酬皇帝豪贵的诗,是很得体的。作者的如画的描写以及灵活的想象没有一个休歇的时候,所以就是在这种被动的当儿,也产生了不少的好句子,即如:

九天阊阖开宫殿,万国衣冠拜冕旒。

两句的庄严之景,

云里帝城双凤阙,雨中春树万人家。

两句的富丽之景,《敕赐百官樱桃》一首的流走自然,都是非大手笔不办的。

王氏的五言律诗中写一种清超的风景,与五言绝句中所写的充满禅性的幽景不同。如:

古木无人径,深山何处钟;泉声咽危石,日色冷青松。
日落江湖白,潮来天地青。

一类的写景是很上乘的。又有：

> 日影桑柘外，河明闾井间；牧童望村去，田犬随人还。

四句，将北方农田的景象活现的烘托出来了；我因了它们，不觉得联想起王氏唯一的后继，一个也是以五绝擅长的诗人，清代的王士祯的一首五绝：

> 苍苍远烟起，槭槭疏林响。落日隐西山，人耕古原上。

这首诗也是写北方的田景，写的也是同样的佳妙，我看，在北方住过的人，看了这两首诗，一定会想起那一种寥落的景色，而连声赞叹王士祯诗中的"疏"字，称美王维诗中"望"字的。

王维的五言律诗中又有几句为我所喜的，它们就是咏雪的

> 隔牖风惊竹，开门雪满山；洒空深巷静，积素广庭闲。

四句。它们之中别的都浅，就是一个"静"字与一个"闲"字深刻之至。

王氏的五言律诗久为世人传诵，所以我在这里只在写景上举了两个久见称道的例子，而别的不举；至于在达禅上，我则没有举任何例子，虽然这种例子也是很多的。沈德潜的《唐诗别裁集》中就有很多，所以我就不提了。唯有"日影桑柘外"四句以及"隔牖风惊竹"四句为前人所忽略，所以我特别的提出它们来谈一谈。

王氏的五言律诗清秀（前人称王氏为"词秀调雅，意新理惬；在泉

成珠，着壁成绘"，便是"清秀"的意思；但"清秀"两字只能包括他的五言律诗以及其他而言，他的五言绝句则非"清秀"两字所可范围的。）流走，令人读去，不像是读着一种诗体矫揉的诗，这便是他的五言律诗的最大长处；古人称美他的五律，将他与杜甫并列为五律中最伟大的作家，并非无由。

王氏的七言古诗可以当得"平稳"两字，此外更没有什么可以说的了。

从前的人说王维像陶潜，这不过是指他的五言古诗而说的，至于王氏的五言绝句、五言律诗，在陶氏的诗中那里找得出？王氏的五言古诗也是以短篇擅长，可以拿《春夜竹亭送钱少府归蓝田》：

> 夜静群动息，时闻隔林犬。
> 却忆山中时，人家涧西远。
> 羡君明发去，采蕨轻轩冕。

一首很有神韵的诗来代表；对比起来，它也可以说是与陶潜的"结庐在人境"一诗先后辉映了。

王氏到了老年，虽然禅寂、茹素，但在少年的时代，他也是一个英气勃勃摆脱一切的人，（陶潜在少年的时代也是很有志气的，"少时壮且厉，抚剑独行游"。两句诗便是一个确实的证据。）不然，王氏便写不出下举的好诗来：

> 五帝与三王，古来称天子；干戈将揖让，毕竟谁者是？
> 楚国有狂夫，茫然无心想。散发不冠带，行歌南陌上。孔子

与之言,"仁""义"莫能奖! 未尝肯问天,何事须"击壤"? 复笑采薇人:"胡为乃长往?"

　　风劲角弓鸣,将军猎渭城。草枯鹰眼疾,雪尽马蹄轻。忽过新丰市,还归细柳营;回看射雕处,千里暮云平。

周邦彦的《大酺》

"对宿烟收，春禽静，飞雨时鸣高屋。墙头青玉旆，洗铅霜都尽，嫩梢相触。润逼琴丝，寒侵枕障，虫网吹黏帘竹。"

南方的房屋高而瘦，不像北方的那样矮而肥；并且它们也比北地的大得多。住在江南的房屋中，愉悦的感觉到一种虚幽的风味。加上南方的房屋是较深的，光线不容易透进来，在屋顶上又有几块半明半暗的天窗，更增加起了室中的幽趣。在春天梅雨左右的时候，凡人手所接触到的东西都呈现一种新奇的潮润，并且一阵阵可喜的轻寒不时的向面上飘拂而来；连绵的雨声节奏的敲击于屋顶之上，在深邃的房屋中惊起了微妙的回音。

室口悬着去夏的竹帘；要是在北方，这时还是挂着冬天的青布棉帘呢。竹帘与房门一般，是阔而高的；帘腰上的横木用细绳系在屋檐之下，将帘悬起；绳子经过了不少的雨露风霜，变成深灰色了，有许多短的蛛丝黏附于绳上，帘纹间也可发见不少蛛丝的痕迹，至于介于竹帘与格子长门扇间的空间中更有一些完整的蛛网，网上还附着微小的雨点。帘与屋檐间有蛛网,在北方是不可能的,因帘常被掀起之故;在江南,则因竹帘有绳悬起,常处于不动的状态中,于是蜘蛛们的经纶之才便有了游刃的余地了。

我住屋的小院里有一棵杏树,枝叶茂密,枝条特别的柔韧,确有一种嫩梢相触的情景,宛不如北方的树木,枝与干一般的硬,像我们平常在古画中看见的一模一样。杏树的枝干是青黑色,叶子永远的新鲜,与北方雨后灰尘洗去的柳叶一样,在梅雨的时光中,杏叶上摇晃着一片白的颜色。杏荫覆满一院;屋中已是熹微的光景,被杏荫遮得更熹微了。室中的人,在这种时候,恍如置身于轻烟之中,又如神游于凉梦之内。

隔院是一棵刚才坼叶的梧桐,笔直的,大半截不见一叶,并且高而耸,与它身旁的檐壁一样。它活像一柄长伞,柄是淡绿,伞是可爱的透光的青。

不知从什么地方,不断的送来春鸠的啼声。

《救风尘》

元曲的思想无论是多么浅陋,人物是多么颠倒,但它也有它两种长处,使得它可以传后,它的第一种长处便是它为纯粹的戏剧,第二种长处便是它为社会的实写。元曲中能够代表这两种长处的便是关汉卿的《救风尘》。

从前谈曲的人总是将曲子分作场上案头两种。场上这种是以排演为目的的,就是我所说的"纯粹的戏剧"。排演既是它的目的,它的曲文自然是偏重于白描,它的说白自然是偏重于通俗了。

我们国内有人说,元曲中的曲文是抒情的,说白是叙事的;研究希腊戏曲的人也是同样的头脑,他们说,希腊戏曲中的合唱都是抒情的。其实不尽然;曲文——合唱——中固有抒情的部分,而叙事与解说的时候也并非没有。希腊的戏曲,我们试拿《亚加曼能》来讲,则这篇戏曲中的合唱诗便有许多是追述往事的;元曲我们试拿面前的《救风尘》来讲,也是一样,因为我们如果将它的说白与曲文分开来,只看说白,看此曲到底是说得怎一回事,那时我们一定是会失望的。

曲文用来叙事解说,而要不白描,是决不可以的了。我们试看《救风尘》第一折中的赵盼儿所发的一番议论是全折中最精采的一部分,而它却是用曲文写的;倘若在这种时候,曲文而不能白描(即是不能为听众所了解的意思),则他们将如买椟还珠,索然寡味,毫不能在心目之中明白的看见赵盼儿这个老于世情、语言中肯的娼家女了。

我们再看第三折中的

几番家待要不问,第一来我则是可怜见无主娘亲,第二来是我惯曾为旅偏怜客,第三来也是我自己贪杯惜醉人。到那里呵,也索费些精神。(这是赵盼儿决定从周舍手中救出宋引章时所说的话。)

又看同折中的

那好人家将粉扑儿浅淡匀;那里像咱干茨腊手抢着粉?好人家将那篦梳儿慢慢地铺鬓;那里像咱解了那褴胸带,下颏上勒一道深痕?好人家知个远近,觑个向顺,衡一味良人家风韵;那里像咱们恰便似空房中锁定个猢狲,有那千般不实乔躯老,有万种虚嚣歹议论,断不了风尘。

又看第四折中的

俺须是卖空虚,凭着那说来的言咒誓为活路。怕你不信呵遍花街请到娼家女,那一个不对着明香宝烛,那一个不指着皇天后土,那一个不赌着鬼戮神诛?若信这咒盟言,早死的绝门户!

这些段落都是与曲中情节紧有关联的,它们如不是用白描的曲文来写出,则听众将失了线索,减了兴趣,而排演的目的完全失败。

元曲的白描后人群推为元曲的一种特长,殊不知这种特长完全是被情势所造成的。

讲到曲中的说白,自元到清几百年中,我简直没有看见一个例子,能够比得上这篇《救风尘》的第三折(与第四折的一部分)。唯一的证明我的结论的方法是将原文征引下来:

(正旦云)周舍,你来了也。

(周舍云)我那里曾见你来?我在客火里,你弹着一架筝,
　　我不与了你个褐色绸缎儿?

(旦)小的,你可见来?

(小闲云)不曾见他有什么褐色绸缎儿!

(周)哦,早起杭州客火散了,赶到陕西,客火里吃酒,我不与
　　了大姐一分饭来?

(旦)小的们,你可见来?

(闲)我不曾见。

(周)我想起来了!你敢是赵盼儿么?……好好!当初破亲
　　也是你来。小二,关了店门。则打这小闲!

(旦)周舍,你坐下,你听我说。你在南京时,人说你周舍名
　　字,说得我耳满鼻满的,则是不曾见你;后得见你呵,害
　　的我不茶不饭,只是思想着你,听的你娶了宋引章教我

如何不恼？周舍，我待嫁你，你却着我保亲！

我好意将着车辆鞍马奁房来寻你，你划地将我打骂！小闲，拦回车儿，咱们去来！

（周）早知姐姐来嫁我，我怎肯打舅？

（宋引章上，骂了赵盼儿。）

（旦）周舍，你好道儿！你这里坐着，点的你媳妇来骂我这场，小闲，拦回车儿，咱回去来！

（周）好奶奶！请坐！我不知道她来！我若知道她来，我就该死！

（旦）你真个不曾使她来？……你舍的宋引章，我一发嫁你。……

（周）小二，将酒来。

（旦）休买酒，我车儿上有十瓶酒呢！

（周）还要买羊。

（旦）休买羊，我车上有个熟羊哩！

（周）好好好！待我买红去。

（旦）休买红，我箱子里有一对大红罗！周舍，你争什么那？你的便是我的；我的就是你的！

（周舍回家，休了宋引章；宋携休书与赵同逃，为周所发觉，赶上了。周骗得休书，咬碎。）

（宋）姐姐！周舍咬了我的休书也！

（旦上救科）

（周）你也是我的老婆！

（旦）我怎么是你的老婆！

（周）你吃了我的酒来！

（旦）我车上有十瓶好酒，怎么是你的？

（周）你可受我的羊来！

（旦）我自有一只熟羊，怎么是你的？

（周）你受我的红定来！

（旦）我自有大红罗，怎么是你的？……引章妹子，你跟将
　　他去！

（周）休书已毁了，你不跟我去，待怎么？

　　（外旦怕科）

（旦）妹子休慌莫怕，咬碎的是假休书！

这一段文章自身便是称赞，也用不到我们来称赞它了。

关汉卿是一个戏剧的天才（正如蒋士铨是一个诗剧的天才，杨潮
观是一个短剧艺术的天才）。他的天才上引的一段说白可以证实；我
又要引一段他对于社会的观察，也可证明他有戏剧的天才，因为凡是
有戏剧天才的人皆是眼光如炬能够灼见社会上的一切形形状状的。

娼妓制度的实情，以及为娼妓者的心理，我向来没有看见过有任
何文人描写过，写出它们的，并且写得逼真的，唯一文人便是关汉卿，
那本写娼妓的书便是《救风尘》。

　　妓女追陪，觅钱一世临收计。怎作的百纵千随？知重咱风流
媚。……待嫁一个老实的，又怕尽世儿难成对；待嫁一个聪俊的，
又怕半路里轻抛弃。……作丈夫的便作不得子弟；那作子弟的他
影儿里会虚脾，那作丈夫的忒老实。……我看了些觅前程俏女

娘，见了些铁心肠男子辈；便一生里孤眠，我也直甚颏？……

俺虽居在柳陌中，花街内，可是那件儿便宜？……

但来两三遭，不问那厮要钱，他便道："这弟子敲镘儿哩！"但见俺有些儿不伶俐，便说是，女娘家要哄骗东西。……

御园中可不道是栽路柳？好人家怎容这等娼优？……

那一个不嗛可可道横死亡？那一个不实丕丕拔了短筹？则你这亚仙子母老实头！普天下爱女娘的子弟口，那一个不指皇天各般说咒？恰似秋风过耳早休休！

我们看了这一段文章，觉着既不能诅咒她们，因为她们自有她们的辩解，但也不能亲近她们，因为我们与她们之间隔着一道"猜疑"的鸿沟；我们并且从此看出，猜疑促成了传统的观念，传统的观念与两性中的害群之马也促成了猜疑：这真是一出悲剧，一出极为深刻的悲剧。

我国戏曲中无一可以立于世界悲剧名著之林的则已，倘有，则它便是关汉卿的《救风尘》。

蒋士铨传

蒋士铨,字心余,又字苕生,号清容,晚号定甫,江西省铅山县人。他身材高大,眼睛很长。他原来姓钱,本是浙江省长兴县人。是明末清初钱家躲反,将蒋氏的祖父——那时只是一个小孩子——藏在了一只桶中扔在家里,被一个人发见了,他看见这个小孩子的相貌很奇怪,于是将这个孩子带了家去,他铅山地方有一个朋友姓蒋,那时刚巧还没有生儿子,他于是将这个小孩子给他的朋友作了义子:蒋氏之所以由姓钱而改姓蒋,就是这样起头的。

蒋氏的祖父蒋承荣由一个相貌奇怪的小孩子长成了一个性情孤介的大人。他是少年废学的,他对于家中生产之事很不看在眼里,他只同了几个好朋友去遍游名山大川,他曾经两次登过五岳。终究,他从这些汗漫游中不得志的回了家,自此以后,他只是吃斋奉佛,消去了他的一生。

在他的这些浪游中,他的妻子带着他们的最幼的儿子,蒋坚,在家中种菜作小生意以维持两人的生活;在这时候,他们的亲戚对于他们娘儿两个,是没有一个来过问的。

蒋坚便是蒋士铨的父亲,忽忽的长成一个二十岁的大人了,但他好学的心还是不倦;他日里念不了书,就在夜里念,念累了精神疲倦下去的时候,便用指爪在指甲与肉相连的地方去猛刺,以振作起读书的精神来;呕血在他看来,也是一件平常的事。他考举人考不取,于是发愤往游京师,在直隶山西两省的地方来往奔走,他作了许多任侠仗义的事情,有他的儿子后来作了一篇行状,将它们都记载了下来。

这个义烈之士的落第举人是到四十六岁的时候才娶亲的,他的妻子是她的父亲所奇爱之女,择婿一直择到了十八岁的时候,还没有择出一个惬意的女婿来;别的人将这位义士的事迹告诉了这位老头子,这位老头子竟慨然的将他的择婿十年的女儿嫁了这位四十六岁的老秀才了。

雍正三年十月二十八日卯时,蒋士铨生于江西省南昌省城,那时候他的父亲与他的两个伯伯已经分开家了,他们夫妻儿子三个分得一间小的房子,家中则是精光,只有一个小奴跟着他们,替他们洒扫炊汲。蒋氏自三岁一直到八岁,是住在外祖家里的,从十岁一直到二十岁,是住在父亲的朋友王氏家里的,蒋家之穷,由此可以想见。并且他住在外祖家中的六年里,有两年还闹过饥荒呢!

蒋氏从四岁起读书,都是他的母亲教的。四岁的时候,她因他年纪太小,还不能执笔,于是用竹丝排字,叫他认。认熟后,将字解散,叫他照排起来,直至一点不差,才放手。五岁的时候,她教他《论语》《孟子》《大学》《中庸》,并加讲解。七岁的时候,他的功课渐渐的紧起来了;他害病的时候,他的母亲写了许多首唐诗在墙上,带了他在诗下唱读,好将病痛忘记一点。病好之后,他读书偷懒一点的时候,她便对了灯伤心起来，到了夜深还是不住；他问她什么原故的时候，她便说："你是爸爸晚年所生的孩子；你想想看爸爸是怎样的喜欢你，有望于你？他如今出着远门，很少回家，那么教导你的责任，不都是在我的身上吗？要是他一天回来，看见你是这样不长进，这不都是我的过错吗？就说他不说我，我自己能不伤心吗？他外面虽不说，他的心里不也要伤心吗？"说到这里，她又哭起来了。小孩子听到了这些话，又看见了这种情景，不觉也哇哇的大哭起来。

蒋氏是十六岁时候开始作诗的。到第二年大病几乎要成痨病，无论服什么药，都没有用。蒋氏的体质本来就是多病的，他从出世到如今，一共害过三场大病。他在他的自传——《忠雅堂年谱》——里面说，他在十七岁大病时期内一个秋夜中，咳嗽很厉害，以致睡不着；他灰心的坐在床上，呆望着从窗棂中漏入的月光；忽然间脑中不可思议的起了一种念头，他立刻恍然大悟，他所以害这么大病是一个什么原故了；他于是挣扎起床，燃起烛来，从书簏中翻出他这一向所看的几十本淫靡绮丽的书，以及他近来作的四百多首的艳体诗，一齐搬到庭中，付之一炬，并且向天悔过，郑重的立誓，以后再不作任何邪妄的念头了。到了第二天一发亮，他就立刻匆忙的去到书店之中，买了一部《朱子语录》，回家诵读；并且自己立出一个课程表来，按表洗心的读书。这是八月的事，到了十一月的时候，他的病竟完全不见了！

这时候，他是住在他父亲朋友王氏的家中，王家藏书数万卷，都是供他坐拥的。他开始读杜甫、韩愈、李白、苏轼各家的诗集，他对于李白"神仙""遍宴"各类的诗是很不喜欢的，他说它们空而复。

二十一岁，他随了父亲，回南昌老家居住。他是在这年结婚的。二十二岁，入经塾；他的父亲交了三百钱给他一个堂兄代存，嘱咐一天给他三文,作菜蔬灯火之用。他自此以后,屡次受当道的赏识。二十三岁,即成举人。二十四岁,二十八岁,三十岁,他三次考进士,都没有考取。他是三十三岁才成进士的。他这三次的投考,所以不取,一次是因为主考说江西的名额已经取满,不再看卷子了!还有一次,是因为他的文章太长,他求加纸,竟没有允许!

他的父亲是在他第一次考进士的那年死的;隔了一年,他正二十六岁,大年初一的晚上,他看一看米瓮,只剩有五斗米,他正焦急着呢;忽然第二天早上,有人送来一封南昌县知县的信,说是,彭公青原极力推荐,——这个彭青原便是蒋氏的《一片石》中为娄妃立墓石的人——请他去当《南昌县志》的总纂。

他去了南昌,他见到南昌知县时的第一句话,便是说,城南丁家山有桓伊墓,墓地为劣僧所蹂躏。这个知县也是很好的,他听到了蒋氏的话,立刻叫人去量地;劣僧听到了这消息,吓得魂不附体,立刻逃之夭夭了。知县令人在墓前立起碑来(碑文就是请蒋氏作的),并且在坟的四周种起了新树,又立起告示,谕一切人等不得再来侵犯蹂躏这块墓地。

蒋氏这一类风雅的事迹是很多的。即如上述的娄妃墓,被蒋氏步行访得,立刻回去,告诉了彭青原,怂恿他立了一块墓石并且在坟前祭了一次:就是一个例子。

还有一次,他那时是三十九岁,他在北京得到了史可法的画像与手迹家书;四十九岁,他在扬州,扬州的梅花岭正是史可法殉难的地方,并且他访出了史可法的后人只是替史氏守着一个小祠;于是他就劝当地的盐运使——一个很肥的差缺——为史可法在梅花岭上修一祠堂并且建一衣冠墓;这位盐运使抬起算盘来打了一打,要用一千银子，——这数目就他的这个差事讲来也算很微的了，——他竟回绝了蒋氏！隔了一年，蒋氏托他的一个同年将史可法的画像转交给乾隆看见了，乾隆一看，天颜大喜，喜欢作诗的龙脑中立刻跳出一首七律来，并且叫朝中的诗臣每人依韵和了一首，即将他的那一笔我们大家眼熟的字以及各个臣工恭楷所写的各首七律发下，这一位拒绝了蒋氏的请求的两淮盐政，刻石以垂不朽。这位盐政奉了圣旨，立刻大兴土木，用去一万五千两(？)，造起了一所祠堂，一座御书楼。

他主持修纂《南昌县志》事，极其谨慎。相传从前的《南昌县志》是在明朝万历中烧掉了木板，当时已经一部俱无了。幸亏与蒋氏相好的彭青原巡抚，家藏各地志乘有几千本之多，蒋氏将它们都借来了，与同事们分开来查看，凡是关于南昌人事的地方，都抄录下来。

并且他在各乡之中大出告示，令各家将祖先的事迹著述都直接的送来县志局中备用；这样一来，一般胥吏衙役，向例是要借此来敲竹杠的，如今都只好向蒋氏怒目而视，无法可想了。

修县志的时候，他派同事中公慎的人担任采访，派廉正的人担任记传。志中节烈一类，尤为郑重；他在这类的文稿成功以后，将各节烈的姓名开出一张榜来，悬挂各乡之中，看有错误没有，有遗漏没有，因此结果圆满之至。

蒋氏是一个富有想象的人，并且主纂县志，在前代文人的心目中，是一件很荣耀而很郑重的工作，在这种时候，蒋氏的想象自然是很为活泼的了；所以他在他的自传里记下了一件性质近于神怪关于他的修志的事，就是，他在修志的时候，有一次梦见一位姓段的忠臣托兆，还有一次梦见一位烈妇托兆；后来，他在《河南通志》里找到段氏的死事情形，并且在书牒中发见描写某烈妇的容颜、状貌的文章，与他梦中所见的女子一个模样:这也算是很奇的了。

他又在三十一岁的时候一个十六的日子,梦见有跟班们带了轿子来接他去作官,他梦中精神恍惚,莫名所以,就上了轿子一径去了;到了之时,看见他中举人时的考师冯秉仁也在那里;这位冯考官约他十九上任,他心中到这时方才恍然,他想起了老母在堂无人服侍,于是向冯考师力辞。他醒了的时候,将梦中的事情向母亲说了;她听到了这些话极其痛心,于是立刻叫人去请和尚来作三天道场。三天刚要告毕,是十九的晚上了,他瞌睡入梦,又看见了上次的那顶轿子来接他,他向鬼官说,家有老母,自己不能去上任,请转达另觅高明;那知鬼官居然要用武力了,他大吃一惊,醒了转来;看见青灯如豆,他已经淌了几升口水,将衣袜都浸得透湿了。这时候听到室外的磬声正在铮铮的响着哪。次年去京,遇到了一个本家,向他说:"浙江有一个陈秀才,无疾而死,说是替江西蒋某人到阴间去作官的,是你吗?"这一件事较上事更奇了。从前法国哲学家兑加耳从监牢里出来的时候,听到背后向他高声叫道:"为真理而战,不要屈伏!"他回头一看,人影毫无,想必蒋氏的这些事也同兑氏的一样,只是一些被热烈的想象所酿成的特殊心理作用罢了。

在蒋氏任《南昌县志》总纂的时候,他有一次去访一个朋友,看见墙上贴着一首意致古雅的诗,他问他的朋友,知道是一个前任知府叫作靳椿的所作的,并且知道靳氏被参入狱,如今穷得很。他动了好奇心,于是随了朋友去找靳氏,原来是一个相貌古丑,声音洪亮,而肚子里有学问的人,他问靳氏为了什么事入狱,靳氏起初不肯讲,问了再三,靳氏才说:他蒙恩任了知府,极以廉节自励;不料他的前任是一个喜欢作生意的人,这个前任有一次拿了许多件东西来,托他代向各属下的知县出销,想敲一个几千银子的竹杠,他不肯担这个担子,用四十银子打发走了;那知本省臬台便是这位商人知府的亲戚,这样一来法网自然要加来他的身上了。蒋氏回了家的时候,叫人送了两石米去靳氏的家中,靳氏立成一首十几韵的诗答谢,蒋氏又替他在本省巡抚前代申请由,竟得放出。蒋氏与同事们凑起一笔钱,将他送回家去了。

这一类仗义的事情,蒋氏是作得很多的;有其父必有其子,这也是很自然的事情。

蒋氏是一个很有骨头的人。他在担任总纂《南昌县志》的时候,有他从前中举人时的考师有一次笑着向蒋氏说,某公想得你作他的门人,他一定帮你忙的,你情愿吗?蒋氏郑重的说,只有亲与师是不可假借的。考师听他这样,知道他的气节依然未改,不觉连声的赞叹个不止。还有一次,那时他四十岁了,有一个人向他说,他如果肯入景山去替内伶填戏本,皇上一定会赏识的,这人并且情愿自己作荐相如的狗监,但蒋氏一口谢绝了。

他自从以一个二十六岁的少年总纂《南昌县志》以后,又在三十八岁之时作“续文献通考馆”的纂修官,五十七岁充“国史馆”纂修官,专修《开国方略》十四卷。

四十二岁的时候,他任浙江绍兴府蕺山书院的院长,一直到四十七岁的时候;就中有一短时期,主持杭州崇文书院,在此六年中,母亲迎来了任上,儿孙罗列于膝前,并且山川如画,与当地诸名士相往来;在他的生活中,除了一时期外,便算这时候最自在。

这个“一时期”紧接着“蕺山书院时期”,便是“安定书院时期”;安定书院在扬州,“二分明月”的地方,那么也用不着说了。终结此时期的事情是他老母的死,那时他正入五十一岁。

蒋氏晚年受乾隆的赏识，五十四岁，北上，五十七岁，以候补御史终其政治的生活。

他生活之终则在乾隆五十年二月二十四日，那时他正过了六十的整寿。

妻张氏，妾王氏戴氏；子知廉，知节，知让，斗郎，知白，知重，知简，知约；孙，则自传中仅载一长孙中立。诗中载有五孙。

蒋氏的著作共有《忠雅堂文集》十二卷，《忠雅堂诗集》二十六卷，《补遗》二卷，应制的诗《簪笔集》一卷，《铜弦词》二卷，南北曲若干，戏曲一十五种（仅九种通行）。

蒋氏总共作曲一十五种：《一片石》（二十七岁春夏之交作），《康衢乐》《忉利天》《长生箓》《升平瑞》（上四种二十七岁为江西绅民遥祝皇太后寿而作），《空谷香》（三十岁十月作），《桂林霜》一名《赐衣记》（四十七岁五月作），《四弦秋》一名《青衫泪》（四十八岁九月作），《雪中人》（四十九岁十二月作），《香祖楼》一名《转情关》（五十岁二月作），《临川梦》（五十岁三月作），《第二碑》又名《后一片石》（五十二岁八月作），《冬青树》（五十七岁八月作），《采石矶》（五十七岁八月作），《采樵图杂剧》（五十七岁作）；通行的只有九种，叫作《藏园九种曲》，九种外的四种《万寿贺剧》以及《采石矶》《采樵图》我都没有见过，不知到底还有流行的本子没有。李调元在他的《雨村曲话》中说蒋氏五十八岁病痹，右手不能书后，"闻其疾中尚有左手所撰十五种曲未刊"，这我看不可靠。

《吟风阁》

《吟风阁》共包括短剧三十二出。据吴梅的《顾曲尘谭》说,这短剧集是杨笠湖作的;杨氏生于清乾隆时代,名潮观,与蒋士铨同时,有人简直说杨氏的戏曲胜似蒋氏。其实,两人各有所长,无从比较;蒋氏是一诗人,杨氏则以技术擅场。

杨氏短剧的佳妙真是前无古人,后无来者,他无疑的是短剧中最大的技术家。他的著作可以拿《黄石婆授计逃关》一剧来代表,其次则推《偷桃捉住东方朔》《邯郸郡错嫁才人》《汲长孺矫诏发仓》。

《发仓》此出的结构,目的在免去供给夫马,这件事总不能算是什么大事了,但以用来达此目的的手段则是一件经国大事,救灾;用尽了九牛二虎之力,结果是拾起一根针来,我们试回一回味道,一定会失笑出来的。此剧真正得到了喜剧的精神。

《邯郸郡》则活像一篇极妙的现代短篇小说。它是写的一个邯郸才人不得承恩被遣出宫嫁与厮养卒为妻的传说,此传说始于谢朓,后来杨慎简直说这厮养卒就是御赵王武臣归国的马夫;李白有一首诗

《邯郸才人嫁为厮养卒妇》云：

> 妾本丛台女,扬蛾入丹闺;自倚颜如花,宁知有凋歇? 一辞玉
> 阶下,去若朝云没。每忆邯郸城,深宫梦秋月,君王不可见,惆怅
> 至明发。

便是咏的此事。杨笠湖写来,虽无淡远的诗韵,但结构极为紧凑。他的这篇戏曲择定邯郸才人将要出嫁的头一天晚上来描写,它设想这才人此夜作了一梦,梦见赵王的王后死了,差人来迎她去作王后,但是一觉醒来,恰是她要出门嫁给厮养卒的日子。全曲只有四页,真可当得"短小精悍"四字了。

《偷桃》是一出绝妙的戏剧,全剧中充满了颠倒错乱的人物,全出中洋溢了一片笑声。曲中最畅快的一段是:

> (丑)在她门下过,怎敢不低头? 东方朔见驾。
>
> (旦)你怎敢到我仙园偷果?
>
> (丑)从来说,"偷花不为贼";花果事同一例!
>
> (旦)这厮是个惯贼,快拿下去,鞭杀了罢!
>
> (丑)原来王母娘娘这般小器! 倒像个富家婆! 人家吃你个
> 果儿,也舍不得,直甚生气! 且问,这桃儿有甚好处?
>
> (旦)我这蟠桃,非同小可! 吃了是发白变黑,返老为童,长生
> 不死。

（丑）果然如此？我已吃了二次，我就尽着你打，也打我不死！若打得死时，这桃可要吃它作甚？不知打我为甚来？

（旦）打你偷盗！

（丑）若讲偷盗，就是你作神仙的惯会偷！世界上人，那一个没有职事，偏你神仙，避世偷闲，避事偷懒，图快活偷安，要性命偷生，——不好说得——还有仙女们，在人间偷情养汉，就是得道的，也是盗日月之精华，窃乾坤之秘奥：你神仙那一样不是偷来的？还嘴巴巴说打我的偷盗！我倒劝娘娘，不要小器；你们神仙，吃了蟠桃也长生，不吃蟠桃也长生，只管吃它作甚，不如将这一园的桃儿尽行施舍凡间，教大千世界的人都得不老，岂不是个大慈悲，大方便哩？

（旦）你倒说得大方。

（丑）只是我还不信哩：你说，吃了发白变黑，返老为童，只看八洞神仙在瑶池会上不知吃了几遍，为何李岳仍然拐腿，寿星依旧白头？可不是捣鬼哩？哄人哩？

《黄石婆》是一出历史的短篇喜剧。它根据张良椎秦始皇于博浪沙，张良貌如妇人女子，张良遇黄石公，黄石公使他进履以柔其刚这三件正史的事实，加上作者自己的想象，创造与艺术，便作成了这一篇中国戏曲中最好的短篇喜剧。

此曲一开场便有一段妙文：

（丑）可道张良是个怎生模样？

（副净）你还不知！那张良身长一丈，腰大十围，虎背熊肩，铜
　　　头铁额，有万夫不当之勇；因此上，胆大包天，一铁锤
　　　几乎把秦王断送！我闻得张良那匹夫，他小指头也有
　　　擂槌粗，袖里铁锥千斤重，五行遁法会书符，虽然不是
　　　夜叉罗刹鬼，毕竟是好汉英雄大丈夫！

这是一幅维妙维肖的"风传"写真；它同时并使得想起了史事的读者，
或观者，失声的笑了出来。这史事便是，张良貌似妇人，这史事使曲中
的张良得以扮了一个童女，图逃出关去。

　　天下既有"黄石公"其人，"黄石婆"的存在也是情理所可容的了。
并且她真不愧为"黄石公"的内助，因为她的丈夫以进履抑张良的盛
气，她也能以改装再抑张良的盛气。她说不定是东方曼倩的老祖宗，
因为她很会挖苦人，她在张良改了装后，问他："你到底是个处女，是个
脱兔?"她又会捉弄人：

　　（丑）我关口上要捉张良，甚是紧急；你一路见有个张良么？
　　（老旦）（即黄石婆）你要捉张娘？她俗家就姓张，叫作张
　　　小娘！

笠翁十种曲

从前的时候,我看笠翁的曲子,我的意见完全与毁它们的人一般,它们的思想浅陋。到了现在我得到机会,将它们重看了一遍,我的意见改变了,——并不是说我现在讲它们不思想浅陋了,只是,我看出了它们在另一方面所有的长处。

笠翁自己说过的,"可惜元人,个个都亡了;若使至今还寿考,过余定不题凡鸟"。元曲的价值在搬演上,笠翁的戏曲也是一般。元人用了一种通元代之俗的文字来写他们的曲子,笠翁也用一种通清代之俗的文字来写他的曲子,在他的曲文中,我们没有看见过一个元人用的字眼,如"颠不剌的""兀的",等等,这因为他有眼光,知道通元代之俗的不必能通清代之俗。

笠翁的曲子所以能在戏台上收很大的功效,还有许多别的原故。

第一是情节新奇。别的人写凤求凰,他偏写一篇《凰求凤》;别的曲子里面总是生旦团圆,他的《奈何天》一曲之中偏是丑旦和合;别的戏便是戏没有什么曲折,他的《比目鱼》偏以戏作戏,并且戏中有戏。

第二是,结构紧凑。笠翁的戏曲,篇篇的布局都好;而尤推《凰求凤》一曲的结构为最好。

第三是,排场热闹。《蜃中楼》的《结蜃》出用一种新奇的布景来惊观众的眼目,便是一例。笠翁的曲子,还有一种地方引起细心人的注意,这便是它们差不多每篇中都有武行上场;这些武行大半时候是与戏中的情节没有什么大关系的,简直可以删去(除了《巧团圆》三篇),这些武行的穿插无疑是为投合一般喜欢看热闹的观众而设的。并且还有狮子、象、老虎、海豹、鬼,等等东西上台,这也是一般的"观"众所极欢迎的。

第四是,诙谐洋溢。笠翁的戏曲不仅是本本中充满了不绝的笑声与可笑的人,并且他还能创造出许多令人发噱的境地来,这是一个天才的喜剧家所独有的禀赋,并非一般人所可望到的。

这些都是笠翁的可誉的地方。

在一般的时候笠翁是很小心的;十种曲尤其是他的小心的著作(我们看他自己在他所作的《偶集》的"词曲部·宾白·词别繁减"一款中所说的"如其天假以年,得于所传十种外,别有新词",又看《十种曲》的第九种《巧团圆》的《词源》出中所说的"浪播传奇八种赚来一派虚名",只提起十种,而将他所作的许多种别的曲子略去不提,也可看出他的用意所在来了),但这十种小心的著作中也未免有些大意的地方。即以《怜香伴》一曲而论,我就无意的发见了两处大意:第一处是上卷之十七页的"画堂书"中有这么一句,"去春此日正悲秋",此句以"春"代"年"而用,或将"秋"虚用,固然勉强用得过去,但"春""秋"两字合用在这一句里面,终嫌有点刺眼;第二处是上卷之上的第十九页中有"也不负我一番捻髭之苦"一句,用"髭"字于一个少年的身上,未免不妥——虽然近代时髦的少年中也有蓄起短髭以示俏皮的。

评徐君志摩的诗

《志摩的诗》出版了。这本诗约略可以分成五类:散文诗、平民风格的诗、哲理诗、情诗、杂诗。

这五类诗里面,据徐君自己的意思,是觉得哲理诗这一类最满意;但是不幸,我的意思刚刚同他相反,我以为徐君在诗歌上自有他的擅长,不过哲理诗却是他的诗歌中最不满人意的。徐君替印度的诗哲当过翻译,哲理诗同时又是新文学先驱胡君适所极力提倡的一种东西,双方面的压力向他逼迫下来,一个人自然也不免动摇起来。其实哲学是一种理智的东西,同主情的文学,尤其是诗,是完全不兼容的。哲学家固然可以拿起文人的笔来表现他的哲理,好像我们中国的庄子写他的《南华经》那样,好像西方的普拉陀(Plato)写他的许多篇谈话那样,不过哲学的本质依然在那里,是一毫没有变动的。诗家的作品里面固然也有不少的理智成分在其间,但是诗歌中的理智成分同哲学中的理智成分绝对是两件东西。我们就拿英国诗来讲,英国诗人里面最理智的总要算多莱登(Dryden)、鲍卜(Pope)两个了,但是他们的理智并不是用来写一篇抽象的系统的哲学论文,却是用来创造一些精警的句子,记录一些脆利的观察,他们作品中的理智成分同滑稽成分、讽刺成分是分不开的;——我相信哲学里面要是一羼入滑稽或讽刺的成分进去,恐怕就要不成其为哲学了罢。——再看我们中国的诗,可恨! 可恨! 伦理诗,干燥无味千篇一律的伦理诗,倒是汗牛充栋,而像多、鲍的那种干脆警策的诗却只有一个硕果仅存的赵翼,赵氏的诗极富于理智的成分,如《古诗十九首》的

> 仙者长不死,元会为冬春,安期羡门辈,宜其至今存;何以五代来,但闻吕洞宾? ……岂非佺乔流,世远亦就湮,多活数百年,终归堕劫尘。
>
> 偶遇佳山水,谓如画图里;及观好画图,谓如真山水。

又如《读史》的

> 衰世尚名义,作事多矫激。郭巨贫养母,惧儿分母食。何妨委路旁,而必活埋诬?
>
> 荆公变祖法,志岂在荣利。盖本豪杰流,欲创富强治。……及思法必行,势须使指臂;群小遂竞进,流毒不可制。

又如《闲居读书》的

> 一字千万言,犹未得其真。当时无注脚,即以诏愚民。家喻而户晓,毋烦训谆谆。

> 人面仅一尺,竟无一相肖,人心亦如面,意象夐独造。同阅一
> 卷书,各自领其奥;同作一题文,各自擅其妙。问此胡为然?各有
> 天在窍。……所以才智人,不肯自弃暴,力欲争上游,性灵乃
> 其要。

得了,得了,我抄了这许多时候,还不过是在《瓯北诗钞》第一本的头三题诗里面,以后的例子之多,更不用说了。这些诗人,英国的多莱登、鲍卜,我国的赵翼,他们的作品中诚然是很富于理智成分,但是谁敢说,这种理智的成分同哲学中的理智成分是一个东西? 更进一层:我们研究英国文学的人平常总是听到说施士陛(Shakespeare)的人生哲学,但我们不可因此便说哲理诗是可以成立的。我们要知道文学的对象同哲学中人生观的对象虽同为人生,但一个是用具体的方法去创造人物,一个却是用抽象的方法去探求真理;方法同目的既然都不相同,彼此所得的结果,也就因之大相径庭。所以对象同是意志,在施士陛的刀下,雕刻出了一个韩烈特,在叔判豪(Schopenhauer)的机中,却抽理出了一篇“意志论”。这还是说诗剧;至于谈到抒情诗,那同哲学隔得更远了,太戈尔是不是一个哲学家,是另外一个问题;但他是一个诗人,是一个宗教家,我们大家是都承认的。他的诗不能叫作哲理诗,只能叫作宗教诗。只因为他的诗里充满了生、死、永恒、实在等等为宗教同哲学所共有的名词,于是一班头脑笼统的浅尝者便大叫起来道:“哲理诗呀! 诗哲呀!”并且捻捻自己的胡须,大声叹道:“德不孤,必有邻!”一班俗人懂得什么,他们也回声道,哲理诗,诗哲。一个人常时容易拿别人幻想中的“我”当作真“我”;太戈尔自有他的“我”在,但我敢断言,他的这“我”决非“诗哲”。太戈尔已经上了人家的当了,徐君难

道情愿蹈覆辙吗?

在《志摩的诗》中,从《沪杭车中》起,一直到《默境》,除去几个例外以外,都是徐君的所谓的哲理诗。这些诗有太氏的浅,而无太氏的幽——因为徐君的生性根本上就不近宗教。这些诗固然根本上已属不能成立,但是比较的说来,《默境》一诗更是不满人意中最不满人意的;不单如此,它简直是全本诗中坐红椅的一首诗——全本诗中最完美的一首诗是《雪花的快乐》。《默境》这首诗一刻用韵,一刻又不用,一刻又像旧词,一刻又像古文,杂乱无章;并且一刻叙事实,一刻说哲理,一刻又抒情绪,令读者恍如置身杂货铺中。这首诗诚然是徐君的一个不得意的时候,但是徐君作别类诗的不得意的时候决不像作这首所谓哲理诗之时跌得这般重。还有《哀曼殊斐儿》一诗,在徐君的诗中,也是一篇中下的作品。这首诗用韵一点不讲究,有时几段连着用一个韵,有时又一段一韵,这种紊乱的感觉不由得教人联想起拜伦不得意的时候来;全诗段落的布置也不惬意,尤其是第三段到第六段,这几段接得一点不自然,一点不活泼,一点不明顺,使人联想起华兹华斯(Wordsworth)不得意的时候的僵硬、勉强。这首诗的题材本来极好,而结果却作得这般不好,其中的原故并不是因为徐君缺乏才气,——作得出《雪花的快乐》的人决不至于令人生疑他作不出好的情诗来。——而是,又是,哲理诗这怪物从中作梗:哲学的对象是永恒的,情诗的对象是刹那的,哲学是理智中的理智,情诗是情感中的情感;两种相离到从九天之上到十八层地狱之下的田地,相异到从太阳的火到月亮的冰的程度的东西而想把它们融合在一起,不说徐君,就是复起施士陂于地下,他一定是要谨谢不敏的。哲学这种学问未尝不好,我自己就是一个很预备将来用一大部分精力时间在这种学问上的人,但是我们决不可把哲学拦入诗——正同我们决不可把诗拦入哲学一样。因为哲理诗这个东西从中作怪,所以拿《哀曼殊斐儿》的那样好的题材让徐君,新诗中最擅长于情诗的人来作,都失败了。——除开两行:

> 我昨夜梦登高峰,
> 见一颗光明泪自天坠落。

关于志摩的哲理诗的讨论让我们即此而止;让我们现在把口胃移来有味多多的散文诗上。散文诗这种体裁,我们大家都知道的是创自法国的波得雷尔同英国的王尔德、美国的惠特曼,这种诗谢绝音韵的帮助,而想专靠节奏同想象来传达出一种诗境。我们知道,节奏同文字有最密切的关系。英法的文字是双音,一字的各音读时有轻重之分,文法上又很复杂,所以这两种文字是很富于节奏的可能的;在这种节奏的可能性上,要是再加上艺术同想象,散文诗的灿烂的收获是可期而得的。不过我们中国的文字,一种单音的文法简单的文字,若是拿来作散文诗,它这方面的指望一定不十分大。中国文字自有它活动的领域,如"三百篇"同五言的简洁,七言的活泼,乐府长短句的和谐,五绝的古茂,七绝的悠扬,律体的铿锵,"楚辞"的嘹亮,词的柔和,曲的流走,这从中国文字产生出的诗体拿来同西方古今任何国的相比,都是毫无逊色的;不过我敢断言一句,散文诗却不在它的王畿以内。散文诗在我国文字里面顶多不过能升到一种附庸的地位,它的命运将要同四六一样,它们中的箭垛,它们裹的马革,同时是——骈俪。为什么呢? 节奏是散文诗的灵魂,我们中国的文字既没有多音字、读音的抑扬、文法的变化以创造节奏,便势不得不求救于双声叠韵同字句段落的排比;双声叠韵同字句段落的排比,这两种工具的可能性是极有限的,偶尔作个几回,未尝没有一点新鲜的色采,但是一作多了,单调的毛病也就随之出现了。所以我说,骈俪是中国散文诗的最高潮,同时也是它的致命伤。

徐君的散文诗便已经走上了这条路。我们任着他的那一篇散文诗,都可以看出这种排比的痕迹;即如它们的头一篇,头一篇的头一段,就是两个句子排比起来的。徐君作的这些散文诗,平均的说来,都还不弱。我们看它们的时候,可以看出作者的想象在这时候特别活泼,即如《婴儿》一诗里面的

你看她那遍体的筋络都在她薄嫩的皮肤底里暴涨着可怕的青色与紫色,像受惊的水青蛇在田沟里急泅似的。

这里面的观察是多么敏锐。又如《天宁寺闻礼忏声》一诗里面的

有如在月夜的沙漠里,月光柔和的手指轻轻的抚摩着热伤了的砂砾,在鹅绒般软滑的热带空气里,听一个骆驼的铃声,轻灵的,轻灵的,在远处响着,近了,近了,又远了。

这里面的境地是多么清远。又如《毒药》一诗里面的

在人道恶浊的洞水里流着,浮莩似的,五具残缺的尸体,他们是仁义礼智信,向着时间无尽的海澜里流去。

这里面的思想本来是抽象的,但是作者用了一种具体的譬喻来写,所以结果写得极其明显、亲切,最妙的是"浮荇似的"四个字,这四个字是譬喻中用譬喻,用得把效力增加了不少。还有一段,也是极想象的,这段在《毒药》里面,是贪心搂抱着正义,猜忌逼迫着同情,懦怯狎亵着勇敢,肉欲侮弄着恋爱,暴力侵陵着人道,黑暗践踏着光明。

这一段文章里面要不是有"逼迫"和"侵陵"犯雷同之病的这一点小疵,我真要把它拿来代表新文学中的散文诗了。《毒药》这诗,就本质上说来,就艺术上说来,可以说是这几年来散文诗里面最好的一首。我对于这首诗,除开上述的一点吹求外,另外只还有一个地方要批评,就是,我觉得第六段的末节"是的,猜疑淹没了一切……池潭里只见烂破的鲜艳的荷花"可以删去。

一个作家发现了一种工具的用途以后,自然是极其高兴,并且极其喜欢把它常拿出来使用;不过一种工具并非万能的,有些题材用得到它,但其他的题材则非用它来所可奏效的:正像一个小孩子发见了小刀有削梨的功用以后,快活得了不得,碰到铅笔也削,碰到纸也裁,碰到了自己的手指头,一刀划去,血出来了,自己也哭出来了。徐君在他的散文诗里面常常有

> 你们让你们熬着,壅着,迸裂着,滚沸着的眼泪流,直流,狂流,自由的流,痛快的流,尽性的流,像山水出峡似的流,像暴雨倾盆似的流。

这一类堆叠的写法;这种写法在散文诗里是可以容得,并且有徐君这样得法的写来,还是很好的。但是徐君一转而用这种方法来写"诗",

就失败了:《自然与人生》失之破碎,《地中海》失之平庸,《灰色的人生》失之畸倾。这个所以用在一种体裁上成功用在另一种体裁上反来失败的原因便是因为这两种体裁根本上不同:散文诗是拿段作单位,"诗"却是拿行作单位的。散文诗既然是拿段来作单位,容量就比较大得多多,所以它这一方面的可能性是比较大的。不过我们要是作"诗",以行为单位的"诗",则我们便不得不顾到行的独立同行的匀配。行的独立便是说每首"诗"的各行每个都得站得住,并且每个从头一个字到末一个字是一气流走,令人读起来时不至于生疲弱的感觉,破碎的感觉;行的匀配便是说每首"诗"的各行的长短必得要按一种比例,按一种规则安排,不能无理的忽长忽短,教人读起来时得到紊乱的感觉、不调和的感觉。《自然与人生》的第三段破碎;《地中海》全篇疲弱;《灰色的人生》第一段本来整齐划一,但第二段却同上一段不配合,第三段更是首尾不称,好像是一个矮子有一双尺半的大脚似的。这就是一种工具用错了地方的时候作者该得的惩罚。但是天才的光芒是不可掩抑的,所以就是在这种不通行的地方,它都能迸裂出些钻石似的火星来,即如《灰色的人生》里面的头一段,又如同一首诗里面的

> 我一把揪住了西北风,问他要落叶的颜色,
> 我一把揪住了东南风,问他要嫩芽的光泽。

徐君的平民风格的诗自然是学的吉卜林(Kipling)的乖了。这些诗里面,除去几首胡适博士式的人力车诗不值得我们去讨论以外,另外的都是些很有趣味的尝试。拿军营生活作题材的有《太平景象》,拿乡村生活作题材的有《一道金色的光痕》,拿爬穷生活作题材的有《一小幅

的穷乐图》，还有《卡尔佛里》用这种文体来写耶稣的就刑，《残诗》用这种文体来写清宫的封闭。另外有《盖上几张油纸》一首诗，虽是用的平民生活作题材，但却不是用的土白体写出来的。这些诗里虽然还没有完全成功的作品，但《盖上几张油纸》一诗的情调同《卡尔佛里》一诗的艺术也就卓卓不凡了。徐君的这些诗有两点特别的地方，一是取材平民的生活，一是采用土白的文体。取材平民生活的诗我们中国是早已有了，如《孤儿行》就是一个极好的例子；不过拿土白来作诗，在我们中国除了民歌不能算数以外，倒是没有看见一个诗人这样作过的。这种土白诗，在英国说来，吉卜林他实也不是创始的人，以前的谈尼生、白朗宁就都作过这种诗，更早还有白恩士（Burns），那是顶有名的了。拿土白来作诗，不过表面上的一时新鲜，作得多了，要是诗中的本质很稀薄，那时候也就惹人厌。但是拿土白作诗，或作文，却另外有一方面可以充分发展，这便是某一种土白中有些说话的方法特别有趣，有些词语极为美丽，极为精警，极为新颖，是别种土白或官话中所无的，这些文法的结构同词语便是文人极好的材料，可以拿来建造起佳妙的作品。从前爱尔兰的辛格（Synge）就是走的这条路，他作出了些极高的被人称为散文诗的戏剧来。所以我们不想作土白诗则已，要是想作土白诗，我们也必得走这条路上去发展。

徐君现在虽然还没有注意到我上面所说的一条路，但是就他的已成的平民风格的诗看来，也就可观了。《卡尔佛里》描写刑场的形形色色，无处不到，令人看到这篇诗的时候，就像曾经身临其地的样子，不是想象细密、艺术周到，是作不了的。《一条金色的光痕》的

——得罪那，问声点看，

> 我要来求见徐家格位太太,有点事体……
>
> 认真则,格位就是太太,真是老太婆哩,
>
> 眼睛赤花,连太太都勿认得哩!

写这妇人当下改口,真是写得势利如画。《盖上几张油纸》虽然第三第四两段写得勉强一点,头四段用一个韵,以后的几段又一段一个韵,用韵用得欠整齐一点,但是情调丰富,短促的句子又恰好能把这种情调表出,在现今的新诗里面确算得一首罕见的诗了。

如今要谈徐君的情诗了。在徐君的诗里面,有《去罢》的活泼,有《难得》的低徊,有《石虎胡同七号》一诗中

> 雨过的苍茫与满庭荫绿,织成无声幽暝,
>
> 小蛙独坐在残兰的胸前,听隔院蚓鸣。

两行诗的清秀的一类诗,自然是情诗了;在这些情诗里面,有《她是睡着了》一诗中

> 她是睡着了——
>
> 星光下一朵斜敧的白莲;
>
> 她入梦境了——
>
> 香炉里袅起一缕碧螺烟。
>
> 她是眠熟了——
>
> 涧泉幽抑了喧响的琴弦;
>
> 她在梦乡了——

粉蝶儿翠蝶儿翻飞的欢恋。

两段的想象，有《落叶小唱》的情调，并且有这两首诗所没有的音乐的一首诗，自然是《雪花的快乐》了。我曾经对朋友说过，徐君是一个词人；我所以这样说的原故，就是因为徐君的想象正是古代词人的那种细腻的想象，徐君诗中的音节也正是词中的那种和婉的音节。情诗正是徐君的本色当行。走过了哲理诗的枯寂的此巷不通行的荒径，走过了散文诗的逼仄的一条路程很短的小巷，走过了土白诗的陌生的由大街岔进去的胡同，到了最后，走上了情诗的大街，街上有挂满了美丽幻妙的小灯笼的灯笼铺，有雕金门面浅蓝招牌的茶叶店，有喷出晚香玉的芬芳的花厂，并且从堆满了红边的黑漆桶的酸梅汤店里飘出一片清脆的敲铜片的声音。不要多嘴！不要乱叫！在这里用不着开口，除非让涨在你喉间的赞美声迸出来；也可以张口，也可以张口，但你的张口必得像一个初到北京的乡下人进了五色陆离五音繁会的庙会惊奇得嘴唇合不拢来的时候的张口一样。

我们对于徐君的期望实在太殷，我们对于徐君的希望实在太大，这种期望希望使我们不得不更加严格，更加吹求，所以我现在总括的来把徐君的艺术批评一下。我们现在大家都是少年，徐君也还是一个少年，有缺点不要紧，只要以后慢慢的自己补救，有弱点也不要紧，最怕的就是执拗不化，不单不肯向别人认错，并且不肯向自己认错了。这并不是说徐君就是此中人的一个，不过是这些话久蓄在喉间现在借此一吐，痛快一下罢了。徐君艺术上的第一个缺点要算土音入韵。这种用土音入韵的例子俯拾即是，实在数不胜数，就拿开卷第一页的这页来讲，就已经有了两个例子，"发"同"脚"，"背"同"海"。这种土音的韵教人家看来很不畅快；尤其是在抒情诗里面，音韵为造成印象的一个很大的要素，现在忽然间插进一个土音到里面去，这真像吸凉粉正吸得滑溜有趣，忽然间一个隔逆，把趣味隔去了九霄云外的样子。推原其故，这便是因为徐君作土白诗作得太滑溜，不知不觉的也就拿土音来押韵了。徐君艺术上的第二个缺点，要算骈句韵（rhymed couplet）不讲究。用骈句韵的时候，第一忌的是上一联骈句的韵同下一联骈句的韵不分，第二忌的是这一联骈句的韵同再下一联骈句的韵重复。不幸这两种毛病徐君都犯了：《多谢天！我的心又一度的跳荡》一诗内的"处、露、酷、木"四韵连用，便是犯了第一种毛病，同一首诗内的"荡、光、爽、惘"便是犯了第二种毛病。《残诗》里面的"雷、灰、莓、尾、喂"更是大犯而特犯第一种毛病。徐君艺术上的第三个缺点要算用韵有时不妥。这种用韵的缺点在上面谈《盖上几张油纸》同《哀曼殊斐儿》两首诗的时候曾经提到过，还有《希望的埋葬》一诗，全诗的音韵杂乱无章，《她是睡着了》一诗本是两段用一个韵的，但是到了最后两段又毫无理由的改了用韵的方法。徐君艺术上的第四个缺点要算用字有时欠当，好比《留别日本》一诗末段的"壮旷"，《五老峰》一诗首段的"不可摇撼的'神奇'"，《希望的埋葬》一诗第六段的"'冷残'的衣裳"，我都觉得是可以再斟酌的。还有《问谁》一诗第六段的"徘徊"同下面的"凄迷"在音韵上差得太远，依我看，不如把"徘徊"改作"低徊"，"低徊"虽然依旧不能算是押得很满意，但比较的总算接近多了。徐君艺术上的第五个缺点要算诗行有时站不住。关于这一点，我在上面讨论徐君的散文诗的时候曾经谈到过。我的意思是：你要是想作散文诗，也好，各人有他的自由，我不反对；不过你既然作散文诗，你就得一段段的来写它，不能够把它分成行写；凡是成行写的文章我都要向它要"行的独立",不然,又何必分行呢？无论你的散文诗是多么好,不过你既不安本分的把它分行写出,我就要向你要行的独立,没有,我就大声说,这不是"诗"！我在上面举过的诗行站不住的诗现在搁开一边不提,只说《石虎胡同七号》一首诗末了一段的"一斤,两斤,杯底喝尽,满怀酒欢,满面酒红"这一行,《先生！先生！》一首诗第五段的"飞奔,急转的双轮,紧追,小孩的呼声"这一行,我们试问,在这两行里面,行的节奏,行的紧凑何在？徐君艺术上的第六个缺点要算有时欧化得太生硬了。好像开卷的第一首诗的末行"恋爱,欢欣,自由——辞别了人间,永远",这"永远"两字便是酿成这行的破碎的罪魁。又像《沙扬娜拉》一首诗里面"想赞美那别样的花酿,我曾经恣尝"这一行的"我曾经恣尝",《古怪的世界》一首诗里"怜悯！贫不是卑贱"这一行的"怜悯",《在那山道旁》一首诗里"向着她我转过身去"这一行的"向着她我",都是多么生硬！再像《破庙》的"恶狠狠的乌龙巨爪"一行上面可以加个"是"字,《在那山道旁》的"在青草里飘拂,她的洁白的裙衣"一行当中也可以加个"是"字,《希望的埋葬》的"长眠着美丽的希望"一行可以改作"长眠罢,美丽的希望",便比本来自然多了。还有《在那山道旁》一首诗里面的"为什么迟疑,这是最后的时机,在这山道旁,在这雾盲的朝上"一句我看也不如改作"这是最后的时机为什么迟疑,在这山道旁,在这雾盲的朝上"还比较的近中国语气一点。这首诗很好,但是可惜欧化得太生硬了。

这些都是少年诗人所常有的缺点,但同时,徐君也有少年诗人所特有的一种探险的精神。我们只要就用韵一方面来看,便可看出徐君是做了许多韵体上的尝试的。他的这个诗汇里面有《毒药》这一类的散文体诗,《康桥再会罢》这一类的无韵体诗,《残诗》这一类的骈句韵体诗,各种的奇偶韵体诗,《雪花的快乐》这一类的章韵体诗,甚至于还有一篇变相的十四行体诗,《天国的消息》。在这许多韵体里面,那一种徐君尝试成功了,那一种没有尝试成功,是另外一个问题,并且每种韵体尝试的次数不多,我们还无从完全判定它是否在新诗里有发展的可能,徐君是否适宜于用它;但是这种大胆的态度,这种冒全国的大不韪而来试用大众所鄙夷蹂躏的韵的精神,已经够引起大家的热烈的敬意了。

我上面的一番话有些说不定是错了,有些说不定徐君自己也已经感觉出来了。徐君的第一本诗已经这样不凡,以后的更是可想而知,我们等着,心中充满了一腔希望的等候着罢。

评闻君一多的诗

闻君的《屠龙集》《红烛》的删节修改的本子以及他在《红烛》以后所作的各诗的合集,预备出版了。大家都知道的闻君以及别的几位是清华的人。闻君是被视为老大哥的。然而老大哥是老大哥,诗是诗,完全不能彼此发生影响。而且在这种情形之下,我们更得要小心,因为一不在意,便易流入标榜的毛病。所以我在没有批评闻君的诗以前,先为自己立下一个标准,就是:宁可失之酷,不可失之过誉。我相信作新诗的人如其大家都能这样,越熟的人越在学问上彼此激励,越有交情的人越想避去标榜,那时候我国的新诗或者有点希望,不然,自骄与浅薄与停滞便会跟着发生,使新诗不特无进并且要退而归于无的。

闻君的诗可以分作两层讲:(一)短处;(二)长处。但是因为作者的诗还没有第二次印出的原故,在下面的文章里恐怕要征引很多,这是出于不得已,是要请读者诸君原谅的。

作者的第一种短处是用韵不讲究。这又分为三层:(一)不对;

(二)不妥；(三) 不顺。不对便是说韵用错了,不妥便是说韵用得寒伧,不顺便是说韵用得牵强。

用错了的韵的第一种是因按照土音而错了的,例如《李白之死》的

> 这时候他通身的知觉都已死去,
> 被酒力催迫着的呼吸几乎也要停驻。

两行中的"去""驻"二字按照官话说来是不能协韵的。用错了的韵的第二种是因盲从古韵而错了的,例如《伯夷》的

> 像极了妈妈临终的那一夜,
> 父亲说我们弟兄里你最像妈妈。

两行中的"夜""妈"两字按照近日的官话说来也是不能协韵的。用错了的韵的第三种是因不避应避的合口音而错了的,例如《大鼓师》的

> 让我搁起了三弦抛下了鼓。……
> 我们既不是英雄又不是儿女。

两行中的"鼓""女"二字。第四种用错了的韵完全是作者自己的过失,完全没有辩解可言的,例如《晴朝》的

> 但是在我的心内……
> 那是一种和平的悲哀。

两行中的"内""哀"二字。数了一数,这四种用错了的韵居然有六十处之多,这是免不了引起惊讶的。

韵用得不妥的便是那种拿"了""的"等虚字来协韵的所在。例如《叫卖歌》的

> 忽把孩儿的午梦惊破了——
> 薄荷糖!薄荷糖!
> 小锣儿在墙角敲。

三行中,用"了"字与"敲"字协韵。又如《孤雁》的

> 太难了,这里的意义
> 不是你能猜破的。

两行中,用"的"字与"义"字协韵。又如《春之末章》的

> 了无黏滞的达观者。……
> 依然吩咐雨丝黏住罢。

两行中用"罢"字与"者"字协韵(此处"者"字并且要读古音)。又如《谢罪以后》的

> 只切莫让刀子在石头上磨。……

有个代价么？

两行中用"么"字与"磨"字协韵。

韵用得牵强的如《瑛儿》的

趁婴儿还离不开襁褓，——

趁乳燕儿的翅膀未强。

两行中的"襁褓"。又如《美与爱》的

你那颗大星儿，嫦娥的侣伴，

你无端绊住了我的视线，

两行中的"侣伴"。

作者用字的时候也有四个毛病：（一）太文，（二）太累，（三）太晦，（四）太怪。这是他的第二种短处。

新诗的工具，我们都知道的是白话。但是我们要知道，新诗的白话决不是新文的白话，更不是一般人，如我如你，平常日用的白话。这是因为新诗的多方面的含义决不是用了日用的白话可以愉快的表现得出来的。我们"欲善其事，必先利其器"，我们必得采取日常的白话的长处作主体，并且兼着吸收旧文字的优点，融化进去，然后我们才能创造出一种完善的新诗的工具来，而我国的新诗才有发达的希望。但是我们在这里要小心了：旧文字有它许多的短处，它们侥幸在旧文字中生存着,已为我们所叹息痛恨,我们是决不可让它们繁殖到新诗的版图中来的。这当中的用弃取舍便完全要看作新诗的人判断力如何了。

闻君,我们可以说,一点判断力也没有。所以结果是,每逢他引入旧诗的字眼到新诗里面的时候,总是失败了。即如《太平洋上见一明星》中的"天仙的玉唾"一词语内的"玉唾"两字,是从"咳唾成珠玉"一句旧诗缩成的;这两个字要是遇到一个冬烘先生,说不定可以摇头摆尾的称赞它们作什么"凝炼",什么"融铸古词",其实完全不是那样一回事。唾沫不是白的吗?谁看见过黑的唾沫?那么,"天仙的唾沫"五个字尽可以暗喻白色的星了,何必要文绉绉的说什么"玉唾"呢?金银珠玉等等字眼是旧诗词中用滥了的,在新诗中,绝对应当少用。并且原来的那句诗拿唾玉来比咳唾,已经是近于幻想(fancy)而非想象(imagination)了。紧接着"天仙的玉唾"五个字,作者又写,"溅在天边"。这里面的"溅"字也用得不妥,因为一种流质必得撞在别种东西上反射回来才能叫作"溅",但作者的这行诗内完全没有这种可能,所以"溅"字是用含糊了,犯了一种修辞学上不明的毛病,正如上文的"玉"字是犯了不简的毛病一样。还有一层,这行诗里面有两个"天"字,而它们并非都是必不可去的,所以照我个人的意思,原文的

是天仙的玉唾溅在天边?

可以改作

是仙人的唾沫落在天边?

　　作者也有时字眼用得太重床叠屋了。这完全是他上了西方文学史者的当，或者可以说，是他误解了他们了。替济慈的诗作注解，替济慈作传记的人都说，他的初年作品是繁复的，意境过于拥挤的，好像是夏天河边的芦苇，又像是未经修剪的树枝；但是到了成熟期，便不同了，他在那时期内所作的诗是增之一分则太长，减之一分则太短，恰到好处的。闻君没有注意到"意境"两个字上去，而在"字眼"上极力的求其拥挤，结果便流入了重床叠屋的毛病。其实说来，意境上的累赘都不可效法，更何况字眼上的呢？闻君的诗，如《我是一个流囚》一篇里面有一行是：

　　　哀宕淫热的笙歌，

这一行内的"哀宕淫热"四个字便是犯了上面说的那种毛病。本来在诗里面用形容词就是一种最笨最乏的方法，有想象有魄力的人是决不肯滥用它们的。遇到不得已的时候，他们只是轻描淡写的用一二个字带过去，决不让读者的注意耗费在这种小的枝节上。更何况闻君的这四个字彼此毫无关系，把它们勉强连在一起，读来是极其生硬的呢。

　　晦涩也是闻君用字时的一个毛病。我们要知道，晦涩与深奥完全是两件东西，正如浅薄与明朗是两件东西一样。诗的内容有时是深奥的，即如在诗剧中描写复杂的心理变化的时候，然而这种时候是很少的。至于大部分的诗剧，以及一切的史诗、叙事诗、抒情诗则皆无深奥可言。诗缺乏深奥，并没有什么可惜，也没有什么可羞；诗自有丰富、热烈、悠扬这三种物件，它们都是难得的，只有很少的诗人能够兼有它们这三种长处到一高的程度的。深奥与诗之内容的关系大概如此。至于诗的形式,则完全谈不到"深奥"两个字;在这种时候,深奥完全是晦涩,或力弱的代名词。

闻君的《你看》一诗内有这样一行:

细草又织就了釉釉的绿意,

这行里的"织"字便是用得晦涩之至。据我的猜想,闻君的意思不过是暗喻绿意为茵,这绿意便是一丝丝的细草"织"成的。其实说来,这种字眼上的曲折完全是无谓而徒费精力的。这正是旧诗的一个大毛病,我们决定要防止它蔓延到新诗上面来。

闻君在用字上的最末一个毛病便是好怪。怪与奇迥不相同:奇是近情理的,怪是不近情理的。好怪的倾向显现在闻君的全部《屠龙集》之中,这是我所要在此文的后面痛加攻击的,在此处不能详细讨论。但是我要破除了上面各节的只举一个例子以概其余的办法,在这里我要多举几个例子,将它们分剖开来,使读者可以看出它们的谬误与徒劳。《渔阳曲》一篇之中有五行是:

堂下的鼓声忽地笑个不止,
堂上的主人只是坐着发痴;
洋洋的笑声洒落在四筵,
鼓声笑破了奸雄的胆子——
鼓声笑破了主人的胆子!

这五行内用的"笑"字完全不近情理;因为,一则鼓声不像笑声,无从暗喻起来,再则人生不比戏台,我相信祢衡在那时候只有怒的当儿,决不会一转而戏台式的笑起来的。如果"笑"字用得,那"炸"字更好了。但是我们要坚决的说,诗决不是这样作的。

又如《闺中》的头一行:

> 墙头还洒着淅沥的余滴,

这一行里的"洒"字是怪而用错了的,因为"洒"字的含义暗示着一种斜的方向,这是完全与本文的意思不能符合的。同篇的第二行是:

> 夕阳浸在泥洼中的积潦里,

这行里面且不说"潦"字太文了,应当改作"雨"或"水",只说那个"浸"字:我们骤看这一行,一定会以为作者的意思是说落日浸在这洼积水之内,但是下一行又明明的说"寂寞的空阶",明明是暗示着这件事情是在一个院子里面发生的。在一个湖里面,落日倒可以说是浸在水内,至于一个院子,并且是这院子里面的小小的一洼水,那是决谈不上浸一个太阳的。这是我们就"浸"这一个字所得的感想。其实作者的本意完全不是那样,他不过是要说落日的光线(夕阳)映在这个小的水洼里面罢了。所以这个"浸"字是用不得的,因为它会引起误会。并且进一层说,这第二行的全行都是可以讥评的:因为一个院子一定是四面有墙的,作者在第一行内自己就明明提出了这个"墙"字,但是夕阳是斜的,它最多不过能照着墙头,它是决不能照到墙根的水洼里边去的。这首《闺中》里面还有这样一行：

> 喑哑的自鸣钟负墙而立，

这行里面居然把"喑哑"两个字加到了"自鸣钟"的上面去，真正是怪得无以复加了，要是别人讥为不通，也是无话可回的。说不定有人会说笑话，这个钟大概是停了，然而那终归还是笑话，因为下行明明的说，"时间是无涯的厌倦和烦累"。还有"负墙而立"的"负"字也未免夸大得没有边儿了：钟是那么小，墙又是那么大，怎么谈得上"负"呢？

这种好怪的倾向是应当加以痛斥的。从前英国的柯勒立曾经唤起过一班从事于文学——尤其是诗——的人对于幻想与想象之区别的注意。简单一句话，我们可以说，幻想是假古董，只有想象是真的。想象是奇；幻想是怪。李白的

> 连峰去天不盈尺，
> 孤松倒挂倚绝壁；
> 飞湍瀑流争喧豗，
> 砯崖转石万壑雷。

> 君不见：
> 黄河之水天上来，
> 奔流到海不复回？
> 君不见：
> 高堂明镜悲白发，

朝如青丝暮成雪?

才是奇的、想象的。柯勒立的

> But O, that deep romantic chasm which slanted
>
> Down the green hill athwart a cedarn cover!
>
> A savage place! as holy and enchanted
>
> As e'er beneath a waning moon was haunted
>
> By woman wailing for her demon-lover!
>
> The thick black cloud was cleft, and still
>
> The moon was at its side;
>
> Like waters shot from some high crag,
>
> The lighting fell with never a jag,
>
> A river steep and wide.

才是奇的、想象的。这种真的奇、真的想象的作品,已经极少,至于好的,更是稀少到一种说不出的程度,所以我们遇到了似是而非的赝品的时候,必得要详细的辨别出来。

闻君并不是毫无想象,但是他在许多的时候,因为缺乏判断力的原故,总是将幻想误认为想象,放纵它去滋蔓。即如《初夏一夜的印象》《火柴》《末日》《长城》《南海之神》等等,都是外面看起来令人目眩,其实里面都不过是幻想那个东西在作怪。我们对于这些诗只须分析一下,便知道它们是下列的成分所拼成:(一)不近理的字眼,(二)扭起来的诗行,(三)感觉的紊乱,(四)浮夸的紧张。

不近理的字眼如《初夏一夜的印象》中

帖在山腰下佝偻得可怕的老柏

一行,这行里面的"帖"字与下文的意思完全不称,还不去谈,只是,"佝偻"两个字同"可怕"两个字怎么联得上去呢? 一个人"佝偻"了,并没有什么"可怕"。这行的下面又有这样一行:

拿着黑瘦的拳头硬要和太空挑衅

这行里面除去"黑瘦"两个字讲得过去以外,别的都是无理的,诗虽然不是一种载道的东西,但诗也有诗的道理;在比喻的时候,诗的道理不外是提出眼前之事物的特状(这种特状是这一类的事物所共有的)而拿人人皆知(或可想象而知)的现象来与上述的特状相比。在闻君的这一行里面,已知的现象是,伸拳头是挑战的表示;但是我们要问了,柏树有什么特状可以与这一种已知的现象相比呢? 不能说,刚巧有一棵柏树长出一枝特别长的枝子来,这个枝子上有一丛叶子,好像一个拳头:因为这棵柏树,如其有的话,是变态的,决不能代表一切的柏树。并且我们可以相信,世界上决不会有这样的一棵柏树。作者在这行之内完全是"硬"教本来没有伸拳的柏树伸拳,在诗的道理上是牵强而说不通的。

扭起来的诗行的例子有《末日》的

我用蛛丝鼠矢喂火盆,

　　我又把花蛇的鳞甲代劈柴。

这两行里面的三件东西只有"鼠矢"还可以用得,因为它像煤球;然而已经不妥了,因为"火盆"之内是决烧不起煤球来的。至于"蛛丝"则完全没有根据。"花蛇的鳞甲"也并不像劈柴。不过是说说罢了,并没有什么价值,我看与其说"把花蛇的鳞甲代劈柴",还不如说"把死人的骨头代劈柴"呢。

　　感觉的紊乱有一点像西方修辞学内所说的"混杂的暗喻"(Mixed Metaphor)。例如《火柴》内

　　　　有的唱出一颗灿烂的明星

一行的"唱"字是属于听觉的,但"灿烂的明星"("灿烂"也与"明"重复了)是属于视觉的;虽然划火柴的时候,是有声音可以拿"唱"来暗喻,划燃的时候,是像一颗"明星",不过把"唱"与"明星"联起来,却是绝对不可的。又如《大鼓师》的

　　　　我最先弹着白鸽入霜林——
　　　　珊瑚爪儿踏过黄叶堆,
　　　　然后弹的是秋虫鸣败砌,
　　　　忽然又变了银雨洒柴扉。

这一章本来是应当描摹三弦的声音的,但是闻君却用了些"珊瑚""黄""银"等等色采的字眼,这是不对的。我写到此处之时,又想起了

柯勒立的几行诗来：

Slowly the sounds came back again,

Now mixed, now one by one.

And now't was like all instruments,

Now like a lonely flute.

这也是描摹声音的，但这是多么美呀！［把时间一齐给读书占去了，匀不出闲暇来作诗，这就创作方面说来，诚然是不可的；然而一点书不念的时候，却是更坏。英国的薛惺淹死了被人捞出的时候，人家发见他的手里拿着一本希腊悲剧大家索伏克里士（Sophocles）的全集。一班作新诗的同志们哪，请永远记着这件事！］

　　谈到构成闻君之诗的怪的最末一个要素，浮夸的紧张之时，我不觉联想郭君沫若来。郭君的紧张，在大部分的时刻之下，是自然的；但有好些时刻也免不了张大其辞，即如在《辍了课的第一点钟里拘留在检疫所中》等等之内。至于闻君，我可以说，简直是天生得不宜于作这种紧张之诗的，正如郭君是天生得不宜于作闻君擅于作的那种写幽暗潮湿之景的诗一样。但是闻君没有判断力，硬要作这种诗，于是结果便作出了《南海之神》《长城》这一类假紧张的诗来。但是这里要注意，这个"假"字不过等于英文中的字帽 quasi，毫不暗示别的什么。这些诗，我相信，闻君是在热烈的情感状态之下作的，但是情感浓厚的人不见得都能作出情感浓厚的诗来，正如能哭能笑的人不见得都能作出令人哭令人笑的诗来一样。闻君的爱国的诗也是吃了同样的亏，我们不忍去批评它们，只让我们恭敬的走过去，说："朋友，别的不谈，但你的一片心我们是领受了。"

闻君的诗，我们看完了的时候，一定会发见一种奇异的现象，便是，音乐性的缺乏。无音乐性的诗！这决不是我们所能想象得出来的。诗而无音乐，那简直是与花无香气，美人无眼珠相等了，那时候如何能成其为诗呢？在闻君的诗集中，只有《太阳吟》一篇比较的还算是有音节，其余的一概谈不上。至于《渔阳曲》的章尾（refrain）完全与美国叶仑坡（Allan Poe）的 Bells 一样，只是一种字音的有趣的试验，谈不上音节，因为音节是指着诗歌中那种内在的与意境融合而分不开的节奏而言的。正因为他缺乏音乐性的原故，我们才会一直只瞧见他吃力的写，再也没有听得他自在的唱过的。这是闻君的致命伤，这比上面所说的那种好怪的倾向严重得多了。

然而闻君如果只有这些短处，而毫无特长，那我也决不肯费了这样的气力来批评的。他自有一条独创的路走着，虽然他的路是一条小径而且并不长。《玄思》的

> 在黄昏的沉默里，
> 从我这荒凉的脑子里，
> 常迸出些古怪的思想，
> 不伦不类的思想；
>
> 仿佛从一座古寺前的
> 尘封雨渍的钟楼里，
> 飞出一阵猜怯的蝙蝠，
> 非禽非兽的小怪物。

《小溪》的

      铅灰色的树影，
      是一长篇噩好梦，
      横压在昏睡着的
      小溪的胸膛上。
      小溪挣扎着，挣扎着——
      似乎毫无一点影响。

《也许》的

      也许听着蚯蚓翻泥，
      听细草的根儿吸水。

《伯夷》的（虽然这段内可议的字眼是不少）

      兄弟呀，你该记得那林子里厢，
      除了叶缝里闪着星星的绿光，
      别的东西几乎都辨不大分明，
      只是一股烂树腐肉的霉气醺人，
      还同鼾兽吟虫织成的一片虚响；
      我们却认得一条花蛇缠在树上，
      缠得像颗采结，缠在那里睡觉；

剥了皮的死柏树十丈来高，

槎桠上挂着一面团团的蛛网，

蠛蠓、蚊蚋、蛱蝶、蜻蜓黏死在上，

一只蜘蛛王守在中央，螃蟹般大。

便是这一方面的四个，并且是仅有的四个，好例子。

《尝试集》

胡君适的《尝试集》,共分四编;第四编《去国集》同第一编都是旧诗词,我们不谈。我们现在要谈的是第二、第三两编,就是这两编也不完全是新诗,我们应当先行整理一下。第二编里的《鸽子》《三溪路上大雪里一个红叶》《如梦令》《十二月一日奔丧到家》《小诗》同第三编里的《我们三个朋友》《希望》《晨星篇》都整篇的或一半的是旧诗词,这都是我们谈的时候所要略去的。这两编里收入了几首译诗,但是它们不单没有什么出色的地方可以与西方文学中有创造性的译诗相提并论,并且《老洛伯》一首当中,还有两处大的谬误。这首诗首章里的"Gudeman"一字应译作"丈夫",但是胡君把它译成了"好人儿",便全诗的宾主不分。第五章的

——Why didna Jamie dee?

Or why do I live to cry, Wae's me!

两句话是记的那个妻子在温理旧情;温到那她的情人坐的船沉了的消息传来之时的地方,她自己插进去的两句话,它们是一种令人酸鼻的假设,意思是说:

——那刻他何不真的与船俱沉?
要不然,让我早死了,也省得现在伤心!

并不是胡君译的那样。这两句话,与后面第七、第八两章相呼应,是全诗中最动人的部分。胡君没有将此中的曲折看懂,含糊译过去,于是第八章的后两行也就跟着译错了。所以胡君的译诗,我们也应当一笔勾销,不再去谈。

这样一算,《尝试集》只有二十三首新诗。这二十三首里面,还有《应该》类的诗三首:《新婚杂诗》《应该》《我们的双生日》,同《梦与诗》类的诗三首:《例外》《梦与诗》《醉与爱》,我们也不谈。我们不谈《应该》类的诗,为了它们的矫揉的背景;胡君虽然为了求新文学能在旧辈的人当中引起同情的原故,而牺牲了自己,是一班新文学的人所当刻骨记着的,但他在《尝试集》再版的时候,决没有仍将它们存在的理由。我们不谈《梦与诗》类的诗,为了它们的平庸的思想。这些诗里面所表现的思想,本来是极浅的,但胡君居然以诗的经验主义相号召。至于《例外》一诗,简直是提倡诗的玩耍主义了。这是什么话!(诗的经验主义,决无可以成立的理由,我们就看小说的名著,如《水浒传》中的武松打虎,《西游记》中的猪八戒,这种的事实或人物,一方面说来是离奇的、荒谬的;但一方面说来又极活现,尽小说之能事。但我们要问:武松打虎这类的事,猪八戒这类的人,是可以从经验中找得出的吗？小说尚如此,诗更不用说了。)本来在诗里面谈主义,就是一个大笑话,只有外行的人才能作得出来。我们试看古今中外的诗人,那有一个谈过主义的。虽然英国的柯勒立(Coleridge)以诗人而兼擅批评,但他决没有谈过什么主义。

现在让我们来瞧一瞧剩下的十七首诗。《老鸦》在《尝试集》里,可以推为第一首诗;但它的缺点,依然不少。这首诗后章的首行是"天寒风紧,无枝可栖",这完全是两句古文,决不能凑起来算作一行新诗。还有一点,这首诗有七行协韵,唯独第七行的"飞"字不能协。——就旧诗韵说来,"飞"字虽然可以协,但胡君是作着新诗。《你莫忘记》有两行:

> 逼死了三姨,逼死了阿馨,
>
> 逼死了你妻子,枪毙了高升!

这完全是硬派成两行的,显然给了那班讥笑新诗分行的人一个把柄。

《一颗星儿》,运用旧词的节奏,比较上算是满意一点,但全诗的意境平庸。——平庸,不错,胡君的诗没有一首不是平庸的。

《礼》《死者》《双十节的鬼歌》三首,新虽新了,但不是诗。(这类的题材,并不是不能作诗的。即如在杜甫的手中,英国华兹华斯Wordsworth 的手中,都作成了许多有崇高气概的诗来。)与这三首同类的,除去上面提过的《你莫忘记》之外,还有《威权》《乐观》《一颗遭劫的星》《平民学校校歌》《四烈士冢上的没字碑歌》。就中比较满意一点的片段,是《一颗遭劫的星》的头两章,同《没字碑歌》的末章。但它们仍然逃不出粗浅两字的范围。我们只要拿它们与登在《洪水》上的梓人君的《送朋友去广东从军》一比,便可瞧出诗之真假的分别来了。

我们看过了这十七首诗之后,有一种特异的现象引起我们的注意,便是胡君"了"字的"韵尾"用得那么多。这十七首诗里面,竟用了三十三个"了"字的韵尾。(有一处是三个"了"字成一联)不用说"了"字与另一字合成的组同一个同样的组协韵时是多么刺耳,就是退一步说,不刺耳;甚至再退一步说,好;但是同数用得这么多,也未免令人发生一种作者艺术力的薄弱的感觉了。

"内容粗浅,艺术幼稚",这是我试加在《尝试集》上的八个字。

郭君沫若的诗

　　哦哦,环天都是火云!

　　好像是赤的游龙,赤的狮子,赤的鲸鱼,赤的象,赤的犀。

这两行诗,便是郭君对于诗的一种贡献的一个象征,我说。

"诗",因为他的这种贡献不仅限于新诗,就是旧诗与西诗里面也向来没有看见过这种东西的。他的这种贡献虽然不大,但终归是贡献,就是单色的想象,除开上举的两行是一个很好的例子外,还有:

　　我想象他(苏武)披着一件白羊裘,毡巾覆首,毡裳,毡履,独立在苍茫无际的西比利亚荒原当中,背后有雪潮一样的羊群随着。

　　我想象他在个孟春的黄昏时分,

　　正待归返穹庐,

　　背景中贝加尔湖上的冰涛,

与天际的白云波连山竖。

雪的波涛！
一个银白的宇宙！
我全身心好像要化为了光明流去。

以及《蜜桑索罗普之夜歌》的全篇都是好的例子，与他的这种单色的想象诗，有一点相像的，就我个人所念过的诗看来，只有法国葛提野的"万白诗"（Gautier：Symphonicen Blanc Majeur）。但是它们的当中有一个很大的区别，便是郭君的这类的诗是抒情的，至于葛提野的那篇，却纯粹是描写。

郭君的诗，我们看的时候，不是觉得很紧张的吗？单色的想象便是构成这种紧张之特质的一个重要分子。还有与这单调的结构这一方面的例子，在诗行上有《天狗》《晨安》《我是个偶像崇拜者》一类的几篇。在诗章（Poetic Stanza）上有《凤凰涅槃》《匪徒颂》一类的几篇，这是构成郭君诗中紧张之特质的第二个分子。第三个构成分子也是重要的，便是郭君对于一切"大"的崇拜。他要作一条吞尽日月、一切的星、全宇宙的天狗，他要作日光、月光、一切星球的光的总量，他要立在地球边上放号，看"无限的太平洋，提起他全身的力量来，要把地球推倒"，他要"血同海浪潮""心同日火烧"，他"崇拜太阳，崇拜山岳，崇拜海洋""崇拜苏彝士、巴拿马、万里长城、金字塔""崇拜生，崇拜死，崇拜光明，崇拜黑夜"，崇拜一切的"匪徒"。（换个方法讲，就是一切的伟人。）

那么这个"大"，到底从那里才可以找着呢？从短促的人生，不能；

从渺小人世，不能；只有全个宇宙是最大的。我们要找大，必得在宇宙里面找去，我们必得与日、月、星、山岳、河海、光明、黑暗、生、死以及其他等等永恒的现象，融为一体。他进这个大的里面去，然后我们的这个人世，才能附宇宙的伟大，一变而成永恒，这便叫作渺小中的伟大，短促中的永恒，这便是泛神论的来源，崇拜大的人（也可以换一个方法说，崇拜力的人），自然而然的成了泛神论者。便是因为这个原故，所以崇拜大的郭君，有一篇诗，便是《三个泛神论者》。据以上的道理看来，渺小是有变成伟大的可能性的。一个人只要他与自然契合，便变成了伟大的那个他，与自然契合的刹那，便是他的伟大的刹那。在那个刹那里，他与自然合而为一，分不出是自然，还是人了。在那个刹那里，我便是自然，自然便是我。这样说来，泛神论与自我主义，不仅不相反对，简直就是一物之两面；一而二，二而一的，泛神论、自我主义并存于郭君的诗中，便是为此。假使让我们继续上面的思路，在一个刹那中，有三个人同与自然契合，那时候自然便是你、我、他，你、我、他便是自然，我也便是你，便是他；你也便是我，便是他；他也便是我，便是你了。所以自我主义当中，是容得"你"与"他"的。郭君所说的

  一切的一，更生了！
  一的一切，更生了！
  我们便是他，他们便是我！
  我中也有你，你中也有我！

就是这个意思。

  郭君想融进宇宙的大，就不得不反抗此世的小；反抗便是一种浪

漫的精神，求新的精神。郭君的这种精神，是向两方面发展的：（一）材料上，（二）工具上。

　　浪漫主义的含义，完全可以用一个字来概括，"新"。浪漫诗人搜求起题材来的时候，除开新的题材以外，别种题材是不要的。他觉着从古代的文明里面，是决找不出新题材来的了，于是一转而向现代的文明里面来找他所想得的题材。他觉着一般的人，终生拘束在经验界中，未免太狭隘了，于是展开了他的玄想之翼，向超经验界中飞去，想找到一种崭新的题材。他又觉着一般人的感觉，只限于不多的几方面，并且朝于斯夕于斯的未免太陈滥了，于是努力去寻求别人所不曾经验过的感觉，以作他的诗材。真正的并且成功了的浪漫诗人，在这世界上找来，真是极其不可多见的。他们的著作，也并非全体是浪漫的，只有几篇，一篇，甚至只有一段，可以称为浪漫的。即如英国的诗人柯勒立算是最浪漫的了，但他也只有 *Youth and Age*，*Kubla Khan*，*Ancient Mariner*，*Christabel* 四篇诗的全篇或一段，才当得起浪漫两个字。何况别的诗人，更何况方在萌芽期中的我国的新诗！郭君的成绩虽然没有什么，但他有这种浪漫的态度，已经使我们觉着惊喜了。

　　郭君在题材上有时能取材于现代文明，如《笔立山头展望》中的

　　　黑沉沉的海湾，停泊着的轮船，进行着的轮船，数不尽的轮船，

　　　一枝枝的烟筒都开着了朵黑色的牡丹呀！

又如《春之胎动》一诗中的

暗影与明辉在黄色的草原头交互浮动，

如像有探海灯在转换着的一般。

这几行诗不觉的使我们联想起柯勒立的 *Youth and Age* 一诗中的

Like those trim skiffs, unknown of yore,

On winding lakes and rivers wide,

That ask no aid of sail or oar,

That fear no spike of wind or tide!

几行描写汽船的诗来。

（柯勒立以为平常所能经验到的感觉，还不够；他还要发现一些别人所向未经验过的感觉。于是他就吸鸦片烟，因为他有天才，居然被他发现了两种新的感觉——一种精神与躯壳解体的奇异的感觉：

This breathing house not built with hands,

This body that does me grievous wrong,

一种灰心的感觉：Ode to Dejection，但是不幸他的健康与幸福，便从此因受鸦片烟的毒而牺牲掉了。我觉着这是文学史中最沉痛的一页。拜伦的死远比不上。因为拜伦死的时候，是愉快的；柯勒立则是觉到死神的多毛的手，慢慢伸到他的无抵抗力的身体上来。）

郭君虽然没有发现到什么新的感觉，但他在题材的搜求上，有一点与柯勒立相吻合，便是从超经验界中寻求题材。柯勒立觉着西方太平常了,于是向东方,光明的东方,伸张他的想象;结果作成了一篇 *Kubla Khan*。他又觉着本地的生活太单调了,于是坐着他的船,驶去了南极,结果作成了一篇 *Ancient Mariner*。他又觉着诗中只有关于人的描写,太拘束了,于是到森林与古堡中去找鬼,结果作成了一篇 *Christabel*。郭君也想在星象中找出他的题材,所以作了《星空》。但《星空》没有成功,只有同性质的《天上的市街》一诗中的

> 远远的街灯明了,
>
> 好像闪着无数的明星。
>
> 天上的明星现了,
>
> 好像点着无数的街灯。

四行比较满意些。

郭君在诗的工具上的求新的倾向有两种:一是西字的插入,一是上面说过的单调的结构。不幸这两种倾向都是不好的。西字不当羼入中文诗,因为要保存视觉的和谐的这层道理,至为浅显,不必谈了。并且郭君一刻说"轮船",而不说 steamer;一刻又说 symphony,而不说"合奏":这完全是自相矛盾的。单调的结构的可能性也极小,我们只须就字面上看来,便知道它是最易流入"单调"的弊病的。

郭君在一般的时候,对于艺术是很忽略的,诚然免不了"粗"字之讥。但有时候他的诗在形式上、音节上,都极其完美。就是用全副精神在艺术上的人,也不过能作到这种程度。即如《蜜桑索罗普之夜歌》的全篇,《炉中煤》的

啊,我年青的女郎!

我自从重见天光,

我常常思念我的故乡,

我为我心爱的人儿,

燃到了这般模样!

又如《地球,我的母亲》的

地球,我的母亲!

我羡慕那一切的动物,尤其是蚯蚓——

我只不羡慕那空中的飞鸟:

它们离了你要在空中飞行。

又如《夜别》的

轮船停泊在风雨之中。

你我醉意醺浓,

在暗淡的黄浦滩头浮动。

凄寂的呀,

我两个飘篷!

在艺术上都是无懈可击的。

这种冲突的现象,在英国白朗宁的诗中,还可以发见;至于薛理,则两方面的艺术皆臻完善,是极足以鼓舞郭君的继续向前进取之心的。

《草儿》

　　我们如其把康君白情的《草儿》与郭君沫若的《女神》摆在一起来看，我们一定会发现，它们当中是有两点相同的：反抗的精神与单调的字句。虽然说起来，郭君多少是受了些康君的影响，但是我们可以坚决的说，郭君的努力是部分的成了功；至于康君的努力，则是完全失败了。

　　让我们先谈康君反抗的结果。他以为任何词语，皆可以入诗的，所以他作了一句"白鹿书院已成了江西农业专门学校白鹿洞演习林事务所"，殊不知他作这章诗的时候，主意完全在描写白鹿洞的模样。本章中有几句话："圆顶以象天；方趾以象地；规模粗具的一个石鹿立在洞里。"这些话都是描写洞之模样的文章，都可以用得。但他为什么无缘无故的加进去一个十七个字的名词？怪是怪了，无奈与本章的主意风马牛毫不相及呀！他又以为任何题材皆可以入诗的，所以他在他的《草儿》里面，时常大发议论。如《归来大和魂》的前半篇，又如《庐山纪游之九》谈耶稣那段。这两段文章的含义，何尝不对？譬喻何尝不好？但是我们要问，这算得诗吗？如果这算得诗，那么英国科学家赫胥黎的《谈一枝粉笔》,思想更深刻,比喻更优美,我们把它分一分行,叫它作诗,成不成呢? 在诗中发议论,正是我国旧诗的一个大毛病,所以康君的这一点,虽然名为反抗,其实还是深中了旧诗的流毒。正因为他中了旧诗之毒的原故,他才会把《律己九铭》收进他的《草儿》里面去。《铭》,一种纪录教训的韵文,在旧诗里面是收容的;但是新诗里面,决不可以收容它。因为韵文不是诗,不然,汤头歌也要成为诗的一部分了。

单调的字句,我们知道的,本来是一种可能性极小的工具,简直可以说是原人的诗的工具。原人只知道画四横,但进化的人,便知道写"四"字了,原人只知道加减,但进化的人,便知道乘除了。所以康君写风的"呼呼呼",与写笑的"哈哈哈哈",计物的"有桃子,有梨子,有胡桃,有瓜架,有玉蜀黍,有芭蕉,有红苋苴菜",与计程的"走了五里还有二十里,走了十里还有十六里,走了十五里还有十二里,走了二十里还有八里",是很可笑的。在这条路上,与康君同行的,还有一位俞君平伯(我们简直可以说,重叠的状词与扭捏的句子,是俞君的两大特色)。但是康君比较起来终究算是有才气的,正如郭君沫若有才气一样。所以就是一种这样粗笨的工具,在他的手里,也能发展出一点长处来。即如:

> 有白莲花。
> 有红绣球花。
> 有三层楼上的鄱阳湖。
> 有清净。

这一段在整齐中含变化的描写一个山庙的文章。又如:

雪那样的白；

雨那样的溅；

银河那样的泻；

雾那样的飞腾；

海破天崩那样的骇人。

这一段有想象力的描写瀑布的文章。又如：

柳也绿了。

麦子也绿了。

细草也绿了。

水也绿了。

鸭尾巴也绿了。

茅屋盖上也绿了。

穷人的恶眼儿也绿了。

这一段奇怪的文章。（在单色的想象上，郭君沫若是受了康君的影响。但我们要辨明，康君的单色的想象，随处都是描写的；郭君却一化而为抒情的了。）

　　刚才我提到了"描写"两个字，现在我要特别把它们拿出来加在《草儿》的封面上。是的，康君别的都不能算作功劳，只有他的描写才是他对于新诗的一种贡献。让我们看他怎样写旧式的城市：

城市圮了的；

街房上的瓦多半都是破碎得不忍看了的。

老鹰扑下街旁的案上来攫肉吃，就是小孩子也得要戒严它。

妇人正作上海十年以前的时髦。

鄱阳湖的水从小西门浸进城里来。

牧牛的便骑在牛背上赶着许多的牛在水里来往。

通城没有照像的。

通城没有蚊帐的客栈。

让我们看他怎样写人物：

鹌鹑儿对对的跟着，唧的一声，又投向芦苇里去了。

沟里有些鱼儿眺出水来晒肚皮——

卷出水红色的白肚皮——

碧水一井，又振起一个圈儿。

隔岸一个打赤膊的，叽嘎叽嘎的推过满车白亮亮的冰。

再让我们看他怎样写他最会写的风景：

哦，云来了。

四面的山都不见了。

前后的人都不见了。

天陡然阴霾了。

瀑布也不知道在那里，

却尽作它骇人的撞声。

忽然几阵飘风，

云从山顶上沉下来，

露出一点两点的青峰，

山下白濛濛的，

只怕又在下雨了。

可惜,可惜康君不能专力在作诗上,不能在他的如画的描写中加添进去他力所能及的音节:

送客黄浦，

我们都攀着缆——风吹着我们的衣裳——

站在没遮栏的船楼边上。

黑沉沉的夜色，

迷离了山光水晕,就星火也难辨白。

谁放浮灯? ——仿佛是一叶轻舟；

却怎么不听见桡响，

今夜的黄浦，

明日的九江，

船呀,我知道你不问前途，

尽直奔那逆流的方向；

这中间充满了别意，

但我们只是初次相见。

刘梦苇与新诗形式运动

我看了景深兄的《小说史中谈到诗人》一文,里面说有人讲刘梦苇不配算作诗人,这教我忍不住要插一句嘴。新诗形式方面的一种运动,外间简直没有人知道真相(本来世上的事都是这般)。我既然是这个运动当中一个活动的人,内情我又知道得详细,要是在这梦苇(新诗形式运动的总先锋)受人侮蔑的机会,我不出来说一句公道话,那我就未免对不起死者,也对不起这个运动了。

这个运动的来源很久。音韵从胡适起就一直采用的。诗行方面,陆志韦的《渡河》当中就有许多字数划一的诗。关于诗章,郭沫若很早的已经努力了。不过综合这三方面而能一贯的作出最初的成绩来的,那却要推梦苇。我还记得当时梦苇在报纸上发表的《宝剑之悲歌》,立刻告诉闻一多,引起他对此诗形式上的注意。后来我又向闻一多极力称赞梦苇《孤鸿集》中"序诗"的形式音节。以后闻一多同我很在这一方面下了点功夫。《诗刊》办了以后,大家都这样作了。

《诗刊》之起是有一天我到梦苇那里去,他说他发起办一个诗的刊物,已经向《晨报副刊》交涉好了。他约我帮忙。我当时已经看透了那副刊的主笔徐志摩是一个假诗人,不过凭借学阀的积势以及读众的浅陋在那里招摇。但是我看了梦苇的面子,答应了。由他动议在闻一多的家中开成立会。会中多数通过《诗刊》的稿件由到场各人轮流担任主编,发行方面由徐志摩担任与晨报馆交涉。

我终于与《诗刊》决裂了。关于此事,我曾经同梦苇用函件往返讨论过多次。他有一封信写得极其诚恳,里面说他也知道徐志摩油滑,不过逼于情势,不得不继续下去——可怜的梦苇,他那想得到那班知道《诗刊》内情的人不单不肯在他死后把《诗刊》真相公布出来并且还有人要否认他作诗人呢?

梦苇的诗至少不像梁启超的高足那样读别字写别字。(《翡冷翠的一夜》中《大帅》原载《晨报》,诗中原用"掷"字协"坑"字,我当时告诉了梦苇,大家开了一阵玩笑,一年后我又告诉于赓虞,便这样间接的由诗人改了。再过一年,《翡冷翠的一夜》出版,诗人自署的书签当中又把个"冷"字都写错!"冷"字右旁从"号令"的"令",不从"古今"的"今",这一点小分别一个"一手奠定中国文坛"的人不该不知道。我们"不当"对他"再要求什么"了吗?)

《翡冷翠的一夜》

翻开徐君志摩的第二个诗汇，第一首便是与书名相同的《翡冷翠的一夜》。看完这首诗，倒觉得满意。我心里想，要是这本书篇篇都是这样，那就也算得现今国内诗坛上一本水平线上的作品了。

那知道看下去，一首疲弱过一首，直到压轴一首《罪与罚》，我看了简直要呕出来。

这首诗想学白朗宁（Robert Browning）而学得肉麻。一般翻过《英国文学史》的人都知道，白氏的长处在观察细密。所以我替徐君着想，要是想把这篇《罪与罚》作得像个样子，他就应该描摹那守活寡的女子的心理以及那一对姊妹是怎样受愚的，这样庶几诗中能有精采，但是徐君不能这样作，他只是用一个肉麻的干柴烈火的成语，便把那活寡妇一笔勾销了，再用一个上海滩臭味十足的并蒂莲譬喻便把那一对姊妹敷衍过去了。干柴烈火，一拍就上，这是谁也知道，并且几百年前久已有人说过了。要在这新诗坛上拿这题目来作一首诗，那时候我们便要作者告诉我们那干柴的心理那烈火的心理以及它们是怎样拍上的。

他如若只能把这一句话再背一遍,那就我们这班读者只好冷笑一声或痛骂一阵。这首诗的主人翁不单写得肉麻,并且令人作恶。我们只听到他说自己性情是这样,但作者并不曾罗举出事实来证明这主人翁实在生性如此,并非自动堕落。他又说他忏悔了,这又谁不会说? 作者应该写出他因忏悔而发生的行为以证明他实已忏悔,并非空口说白话才对呀! 自从托尔斯泰作《复活》以来,这种题目在西方久已作滥了。拿一个作滥了的题目来作,结果只作出了这样一个东西,我真替作者流汗。白朗宁的短处大家都知道是杂碎啰唆,这两种特点徐君倒学着了。

再讲用韵。不管是土白诗也好,国语诗也好,作者既然用了韵,这韵就得照规矩用。真的规矩极其简单,这规矩就是:作那种土白诗用那种土白韵,作国语诗用国语韵。徐君一面"压根儿""这年头儿"的在那里像煞有介事的不单是作国语诗简直是作京兆土白诗了,但是作到一行的尽头,看官免不了打寒噤,因为在那里徐君用的是硖石土白韵。

真能像刘半农那样作一本不愧称为土白文学的《瓦釜集》,我们是要很欢迎的。我个人以前曾经作文介绍过鲁迅的《呐喊》,以后曾经作文介绍过杨晦的戏剧,便是想提醒大家对地方文学与土白文学的注意。要作"压根儿"的京兆土白诗在外国饭店的跳舞场上决作不起来,作硖石土白诗的地方也决不是花园别墅。

徐君没有汪静之的灵感,没有郭沫若的奔放,没有闻一多的幽玄,没有刘梦苇的清秀,徐君只有——借用徐君朋友批评徐君的话——浮浅。

再论郭君沫若的诗

以前我久已讲过《呐喊》中《阿 Q 正传》并不如《故乡》,现在我又多找到一个证据。《唐吉诃德》(*Don Quixote*)这本小说名著开卷第一章就是争论着主人翁的真姓。书里说:"有人讲他姓 Quixada,有人讲他姓 Quesada(关于此点作者议论纷纭)。不过我们照情理推来,可以断定他姓 Quixana(就是瘦子的意思)。"后面又说"末了他便决定了自称为'唐吉诃德'。因此这本信史的作者便断定,他实在姓 Quixada 并不姓 Quesada 如其他作者所一口咬定"。这种"名学"的考究固然可以说是不谋而合,不过鲁迅的那篇小说也是拿一个 Q 字来回旋,这就未免令人生疑了。并且《阿 Q 正传》在结构上是学《唐吉诃德》。所以我如今仍持旧见:《阿 Q 正传》并没有什么了不得。

郭沫若的单调句法是学自惠特曼。我信手把惠氏的诗翻开,就看见这样一些句子:

O the lands! Interlink'd, food – yielding lands!

Land of coal and iron！Land of gold！Lands of cotton，

　sugar，rice！

Land of wheat，beef，pork！Land of wool and hemp！

　Land of the apple and grape！

Land of the pastoral plains，the grassfield of the

　world！Land of those sweet－aiced interminable

　plateaus！

这不过四行罢了，下面接着还有 land 什么，land 什么，连上面四行一共拉上了十二行。在惠氏诗中这是常见之事。本首诗中（Starting from Paumanok）还有十一个 I will 行，十一个 See，七个 O 行。

郭氏在诗中常用外国字，这并不像别人注明罗马、巴黎、伦敦或引入一些毫无关系的拉丁文、意大利文、法文、德文那种俗气逼人，郭氏当时实在是惠特曼迷了。（说虽如此，Rhythmical 的《Bacchus 的神》终是《女神》的话柄。）惠氏好用外国字，久为批评界所讥，即如一刻用希腊文 Kosmos，一刻用拉丁文 Omnes，一刻用西班牙文 Americano，一刻用法文 Ma femme，一刻用意大利文 Dolceaffettuoso，看了实在不舒服。

杨　　晦

本来不预备谈新文学作者的了，然而终究忍不住，只好由它吧。并且借此能表彰出一些真好而不知名的文人，也是一件快事。

《沉钟》是当今文艺刊物中出色的一种，尤其是就中杨君晦的戏剧有一种特殊的色采，在近来的文坛上无疑的值得占有一高的位置。现在我便就了它们对作者加以批评。

就题材讲来，作者是十分丰富的：他对于北京的低级社会情形知道得很清楚，尤其是儿童的生活。因为有了这种丰富的经验作原料，所以他能创造出一些新鲜的活跳的文字来，即如《庆满月》中描摹醉汉的那段文章：

> 柳先生　他大概喝醉了。你看他里拉歪瘸的，舌头都发
> 　　　　黏啦。
> 张瞎子　（踉跄的走来）那是谁？柳先生吗？你怎没喝喜
> 　　　　酒去？

柳　我早偏过啦。现在席都"散"啦吗?

张　人都"乱"啦? 可不是人都乱啦吗?"夜猫进宅,无事不来":人能不乱吗?

老刘头　怎么刚才真是夜猫子哭吗?

张　(不回答他的话)人不散——啊,不乱怎么的? 我刚刚端起一盅子酒来,还没有喝到口呢——东家奶奶吓哭了。小宝贝呢? 小宝宝也吓昏了——我的酒壶也洒了! 酒盅子也打了——鬼哭神号,鸡叫狗咬——啊! 夜猫子哭号。

柳　(欲下)

张　(扯住柳的衣袖)你怎么要走啦? 我刚一来。——人家有四急,你是那一急呢? ——"火上房,狗赶羊,牛犊子跳井,老太太上床"——

刘　你这是怎么啦? 你喝两盅尿臊酒,喝人肚里还喝狗肚里去啦?

张　我——我——我没有醉。(踉跄的倒在烟囱角下)夜猫进宅——无——无事不来——牛犊子跳井,老太太上床——

又如《笑的泪》开场的那段,以及《老树荫下》结尾的那段:它们描摹玩皮的孩子,都是多么生动,多么新颖!

作者也能刻画人物,即如《磨镜》中的潘金莲的说话。借着个毛孩子的仙气,硬把住汉子——儿子是儿子,爹是爹;谁也当不了谁——一个儿子要养活他自个的老婆就不容易了,还顾得养活他爹呢? ——他艰难不艰难关你屁事,你许是也想要抱哥儿了? 这样的菩萨心,在于表示出:她自私、妒忌、嘴尖、性淫,活是一个潘金莲显现在纸上。

作者对于京人的土白真是熟悉,你听它们从他的口中多么自然的迸出来,并且多么充满了色采,这才真是描写民间的文章呢。

作者的艺术同样的令人惊诧。《笑的泪》一文借了一种戏台的生活反映出丧母的伤心,《庆满月》一文借了旁观者的口说出一出家庭的悲剧,《磨镜》一文借了许多彼此无关的事情烘托出"嗣息"两个字来。尤其是《在老树荫下》一文之中,作者的艺术得到了一个完美的表现。这篇文章的主意是描写老佟头的无子之悲哀。作者引出三种不同的父来陪衬这主人翁,并且引出三种不同的子来烘托这主人翁的无子。现在为求详尽起见,且将此剧解剖一下:

老佟头是一个卖饽饽的,老了虽然攒了些钱,但是看见别人有子孙闹烘烘的,唯独自己无后,不免伤心。刘四爷是有子有孙的,不过他们并不孝顺。他倒羡慕老佟头耳根清净,积有银钱可花。老佟头说:"这么大的小孩子,就是顽皮,也怪得人意的——树老归根。像我死了连个上坟烧纸的人都没有,攒几钱又作什么?"赵秀亭有儿子给他酒钱与听书的钱,又有小孙子抱:他是一个走运的人,走运的人大半都自私,这也无怪他说老佟头是疯子,自己只知道去呵他的孙儿小宝了。刘耀臣的儿子也伶俐,但是他的欢喜并不像赵秀亭那样流露出来,他只是一刻说"反正都能自己当家了,我们这老鸟货也不顶事了"。一刻又说"你看这小子那两片嘴有多损! 像你那个鸟样子好?"这一类喜极而戏责自己与儿子的话,他们这三个父亲不是谈起你听到说书的说儿亡媳寡的佘太君,便是讲到我的邻居的那个父死不回的学生。老佟头想亲近秃子同二小,却被他们摔开了手,他想抱小宝,又惹得他哭起来,加上看见这些为父的人,听到了他们的这番话:他怎能不痛哭流涕,想着毁灭一切呢?

一个作者的文章不能个个字都是好的,这个有希望作中国的文艺复兴的 Synge 的戏剧家自然也不免。好像《庆满月》中秦妻所说的"我就这么一颗明珠"一段文,以及"谁教你生养这样一个如花的女儿"一段文,又如老刘头所说的"秦氏的在天之灵"一句话,都是修辞学中的句子,并非活人的活话。《庆满月》中,柳先生的叙述以及张瞎子秦妻的道白也嫌冗长,不合戏剧这种体裁——虽然他们当中并非没有精采的地方。

各篇之中还另有些地方也不合戏剧的体裁:孩子要在戏台上当场撒尿,并且刘耀臣要"髻髻""屁"的满口讲。不过这些并不足为各文之累,因为它们能表示出作者的一种毫无顾忌的精神,并且那一对生龙活虎的顽皮的孩子,浇尿不是他们干出来,还有谁能干得出来? 还有那言词粗直而胸中充满了父之爱的乡农,我们难道要他满口的子曰诗云才舒服吗? 我十分知道,《老树荫下》这出戏是决无排演之可能的,但我们不妨把它放上一座虚无的戏台,让我们作它的开明的观众,来赏鉴它的真美。

《沉钟》第七期不曾见到,不知当中有作者的妙文没有。但是我希望,以后我能常常看见这一类的妙文。

说译诗

英国诗人班章生（Ben Jonson）有一篇脍炙人口的短诗《情歌》（*Drink to Me Only with Thine Eyes*），它是无论那一种的英诗选本都选入的——其实，它不过是班氏自希腊诗中译出的一个歌。还有近世的费兹基洛（Fitzgerald）译波斯诗人莪默迦亚谟的《茹贝雅忒》，在英国诗坛上留下了广大的影响，有许多的英国诗选都将它采录入集。由此可见译诗这种工作是含有多份的创作意味在内的。

我们对于译诗者的要求，便是他将原诗的意境整体的传达出来，而不顾问枝节上的更动，"只要这种更动是为了增加效力"，我们应当给与他以充分的自由，使他的想象有回旋的余地。我们应当承认：在译诗者的手中，原诗只能算作原料，译者如其觉到有另一种原料更好似原诗的材料能将原诗的意境达出，或是译者觉得原诗的材料好虽是好，然而不合国情，本国却有一种土产，能代替着用入译文将原诗的意境更深刻的嵌入国人的想象中；在这两种情况之下，译诗者是可以应用创作者的自由的。《茹贝雅忒》的原文经人一丝不走的译出后，拿来与费兹基洛的译文比照的时候,简直成了两篇诗,便是一个好例。

有人以为诗人是不应该译诗的,这话不对。我们只须把英国诗人的集子翻开看看,便可知道最古的如糜尔屯(Milton),最近的如罗则谛(D. G. Rossetti),他们都译了许多的诗,唯有诗人才能了解诗人,唯有诗人才能解释诗人。他不单应该译诗,并且只有他才能译诗。

我国如今尤其需要译诗。因为自从新文化运动发生以来,只有些对于西方文学一知半解的人凭借着先锋的幌子在那里提倡自由诗,说是用韵犹如裹脚,西方的诗如今都解放成自由诗了,我们也该赶紧效法,殊不知音韵是组成诗之节奏的最重要的分子,不说西方的诗如今并未承认自由体为最高的短诗体裁,就说是承认了,我们也不可一味盲从,不运用自己的独立的判断。我国的诗所以退化到这种地步,并不是为了韵的束缚,而是为了缺乏新的感兴、新的节奏——旧体诗词便是因此木乃伊化,成了一些僵硬的或轻薄的韵文。倘如我们能将西方的真诗介绍过来,使新诗人在感兴上节奏上得到鲜颖的刺激与暗示,并且可以拿来同祖国古代诗学昌明时代的佳作参照研究,因之悟出我国旧诗中那一部分是芜蔓的,可以铲除避去,那一部分是菁华的,可以培植光大;西方的诗中又有些什么为我国的诗所不曾走过的路,值得新诗的开辟?

从前意大利的裴特拉(Petrarca)介绍希腊的诗到本国,酿成文艺复兴;英国的索雷伯爵(Earl of Surrey)翻译罗马诗人维基尔(Virgil),始创无韵诗体(Blank Verse)。可见译诗在一国的诗学复兴之上是占着多么重要的位置了。

谈《沙乐美》

　　王尔德的《沙乐美》已经有了两种中文的译本了。这两种译本我虽然都没有见过，但大家对《沙乐美》发生的兴趣，就此已可看见。不错，一个人读过了《沙乐美》，决定是免不了发生兴趣的。我自己就是对它发生热烈兴趣的一个，我忍不住要来谈它一下——"谈"字却不很妥，恐怕还得换个"读"字才好。

　　这出剧本是一件完美的艺术品、奇特的艺术品。任是从布景方面讲来，或是从结构方面讲来，或是从内容方面讲来，或是从词藻方面讲来，它都无疑的是一件艺术品。

　　月亮这件东西，在文学里面，可以说是最陈最滥的一件东西了。文学的月亮，可以说是同真正的月亮一样，已经变成一种僵硬无生气的东西了。然而文人的笔是一件最奇怪的物件：严厉起来，它可以诛乱臣贼子；仁慈起来，它又能使尸首般的"月亮"复活。王尔德便是这个文人。

　　我们试看他的《沙乐美》戏里那一件事发生的时候，任是沙乐美甘言教侍卫长放先知出来的时候,或是沙乐美爱上了哀奥迦南的时候,或是沙乐美替国王跳舞的时候,或是沙乐美向国王要哀奥迦南的头的时候,或是沙乐美吻着人头同时被侍卫打死的时候,那一时没有月亮在上头作着见证?

不单是作见证呢。我们试看沙乐美由一个洁白的童贞一转而成一个胸中腾沸着爱的赤潮的女子的时候,月亮不也是由冰的白变成了火的红了吗? 国王的灵魂里燃炽着肉的烈焰的时候,王后的灵魂里迸裂着嫉妒愤怒仇恨的火山的时候,月亮不是也变了吗? 沙乐美的朱唇吻着哀奥迦南的热血的时候,沙乐美自己的热血飞溅的时候,月亮不是也变了吗?

月不单是全剧的一个象征,它并且是剧中每个人的象征。王后的侍御是一个胆小的,永远怕"可怖的事情会发生"的人,所以月亮在他的眼中变成了一个女鬼,从坟墓里钻出来了的女鬼,行步很慢而是寻找着什么的女鬼。侍卫长是一个在恋爱中的少年,所以月亮在他的眼中变成了一个公主,披着鹅黄色面纱的公主,白银作脚的公主,鸽子的嫩翅膀作脚正在舞蹈着的公主。希洛是一个荒淫的妻子,曾经嫁过许多人的,如今正在妻子的女儿身上打主意的国王,所以月亮在他的眼中变成了一个妇人,一丝不挂的就是要想替她遮掩起来她都不要遮掩的妇人,四处流浪找男子的妇人,喝醉了酒东跌西倒的妇人。希罗底亚是一个有实际眼光的王后,所以月亮在她的眼中还是月亮,毫无别的意义。

沙乐美看见了月亮的时候说:

望月是多么爽快的一件事! 她正是一小块银的钱,一小朵银的

花。她是冰冷的,贞洁的。我敢断言她是一个童贞。她的美与童
贞的美完全一样。是的,她是一个童贞。她再也没有点染过她的
身躯。她再也没有委过身给男子,像别的女神那样。

她的这段话是说月亮,也就是说她自己。

月神岱亚娜看见了美丽的牧童安地明,在纯贞的胸中,燃起了爱
的火,到底在烈特摩司峰上当他睡熟的时候偷着吻他一下,了结这笔
情债。同样,沙乐美也有她个人的爱的方法。

希腊神话里面说凡是被岱亚娜在梦里吻过的人都变成诗人,王尔
德,我们可以相信也是此中的一个。不然,他决写不出这种月光般透
明,月影般美丽的文章:

> 还有晨光的脚,轻落在高树的树叶面上的晨光的脚,也没有
> 你的身体那样白;还有月亮的胸膛,轻压在海的胸膛上面的月亮
> 的胸膛,也没有你的身体那样白。

> 你的身体白得可怕。它像一个遍体白斑的害麻疯的人的身
> 体。它像一堵毒蛇爬行过的白粉墙,一堵蝎子作过窠的白粉墙。
> 它像一座涂垩过的坟墓,墓中满是令人作恶的东西,

> 哀奥迦南,我是爱上了你的头发。你的头发像一丛一丛的葡
> 萄,伊登地方的黑葡萄。你的头发还像列巴农地方柏树上的密
> 叶。……连树林里的沉默都没有你的头发那样黑。

　　你的嘴唇比那些在榨酒机上踩葡萄的人的脚都红，你的嘴唇比那些养在寺院里面有祭司饲喂的鸽子的脚都红。……你的嘴唇像渔人在落日的海中找到的一枝珊瑚。

　　我有黄的宝玉，老虎眼睛一般黄的宝玉；我有红的宝玉，鸽子眼睛一般红的宝玉；我有绿的宝玉，猫儿眼睛一般绿的宝玉。

从前希腊的诗人希西厄德作了一首诗，特地描摹希腊最大的勇士赫酋里士的盾牌是个什么模样，王尔德的这出戏也可看作是一幅给希腊最美的女子赫仑绣的五色陆离的帷幔。

谈《番女缘》

《番女缘》（*Aucassin et Nicolette*），这篇法国古代的弹词，它的大意可以拿四个字包括净尽：爱之凯旋。

爱的法力是无边的。阿迦珊是一个小伯爵，然而他爱的时候，便把贵贱忘记了，因为尼哥列不过是一个市聚上买的丫头。他们并且不同教，照耶教的说法：异教的人都得下地狱，与异教徒结婚的人也得跟着下地狱，然而阿迦珊宁可为了爱牺牲去他的灵魂。

爱使尼哥列、女，去寻男。这篇弹词作于法国的文艺复兴时代，那时代一切都受了解放，男女间的界限也痛快的扫除了：只要彼此真正相爱，男寻女同女寻男还不是一样吗？就是我们中国，在自由的古代，也有卓文君夜奔的故事。

进香人一瞥见尼哥列的白腿，病就立刻好了，还有阿迦珊的肩伤也是被她治愈了：这些我们拿来当作实事看，固然未尝不可，不过拿来当作比喻看的时候，却更有味。尼哥列便是爱之象征，她所经过的地方，好像有日光照着一般，忽的光明起来。所以她足下的小花颜色显得黯淡,林中的牧羊人也将她当是仙女。她所接触的人,好像被太阳晒了一般,立刻心胸之内充满了生意,所以本来是纠纠武夫的望卒也对她生了怜惜之心,本来有病的进香人与阿迦珊,也神奇的痊愈过来。

WEN XUE XIAN TAN

文学闲谈

文学谈话

一 为什么要读文学

科学在英国气焰正盛的时候,提倡科学极力的赫胥黎,他作过一篇文章,《论博习教育》(*On Liberal Education*),在一个完美的大学课程中,将文学列为一主要的项目,这是值得我们深思的。文学是文化形成中的一种要素——就古代的文化说来,如同中国的、希腊的,文学简直就是文化的代名词。我们不要作已经开化的人,那便罢了,如其要作,文学我们便要读。生为一个中国人,如其,只是就诗来说罢,不曾读过《诗经》里的《国风》,屈原的《离骚》,李白的长短句,杜甫的时事诗,那便枉费其为一个中国人;要作一个世界人,而不能认悉亚吉里士(Achilles)的一怒,犹立西士(Ulysses)的漫游,但丁(Dante)的地狱,莎士比亚的《哈孟雷特》(Hamlet),以及浮士德的契约,那也是永远无望的。在从前的教育中,不仅中国,外国也是一样,文学占了最重要的位置,这种畸重的弊病当然是要蠲除的。不过在如今这个科学横行一世的时代,我们也不能再蹈入畸轻的弊病,我们要牢记着文学在文化中所占有的位置,如同那个科学的向导赫胥黎一样。

　　这是要读文学的第一层理由,完成教育。

　　人类的情感好像一股山泉,要有一条正当的出路给它,那时候,它便会流为一遒灌溉田亩的江河,有益于生命,或是汇为一座气象万千的湖泽,点缀着风景;否则奔放溃决,它便成了洪水为灾,或是积滞腐朽,它便成了蚊蚋、瘴疠、污秽、丑恶的贮藏所。只说性欲罢。舞蹈本是发泄性欲的正道;在中国,乐经久已失传,舞蹈,那种与音乐有密切的关系的艺术,因之也便衰废了,久已不复是一种大众的娱乐了,到了如今,虽是由西方舶来了跳舞,它又化成了一种时髦的点缀品,并不曾,像张竞生先生所希望的那样,恢复到舞蹈的原本的立场,那便是,凭了这种大众的娱乐,在露天的场所,节奏的发泄出人类的身体中所含有的过剩的精力。因此之故,本来是该伴舞的乐声洋溢于全国之内的,一变而为全国的田亩中茂盛着罂粟花,再变而为全国的无大无小的报纸上都充斥着售卖性病药品的广告。

　　在末期的旧文学中,亦复呈露着类似的现象;浮夸与猥亵,除此之外,还有什么? 浮夸岂不便等于向鸦片烟灯上去索求虚亢的兴奋;猥亵的文字,那个俏皮的 $(x+y)^2$,岂不是在实质上毫无以异于妓院中猥亵的言词,那个委琐的 $x^2+2xy+y^2$? 这便是文学离开了正道之时所必有的现象,换一句话说,这便是文学没有指示出正道来让情感去发抒之时所必有的现象。

　　发抒情感的正道是什么? 亚里斯多德所说的 Katharsis 便是中国所说的陶冶性情(在文学方面)与正人心(在音乐方面);那便是教内在于心的一切情感发抒于较高的方式之内,同时,因为方式是较高的,这些发抒出了的情感便自然而然的脱离了那种同时排泄出的渣滓,凝炼成了纯粹的、优美的新体。像辜勒律己(Coleridge)的《古舟子咏》内那个赴喜筵的宾客,在听完了舟子的一番自述之后,成为一个愁思增加了,同时智慧也增加了的人那样一个人,在读完了一本文学书以后,也会得有同样的体验——这是说这本书是一本好文学的话。

中国人许久以来对于文学(诗是例外)是轻视的,因之,只有少数的几种情感能在文学中寻得发抒的途径,而这少数之中还有大半是较为低级的情感;这是受了宋代儒家一尊的恶影响,正如欧洲中古时代的文学之所以不盛,是受了当代的罗马教堂的教旨一尊的恶影响那样。战国文学与唐代文学,与希腊文学一样,是不自觉的兴盛起来的;那是文学的青年时代。中国的文学与欧洲的都已经度过了那给青年时代作结束的烦闷期。如今,欧洲文学的壮年时代,由文艺复兴一直到现代,已经是结成壮硕的果了,中国文学的壮年时代则尚在一个花瓣已落、果实仍未长大的期间。要一切的情感都在文学内能寻得优美的发抒的道路,新文学的努力方能成为有意义的、伟大的。一千年来,中国人的情感受尽了缠足之害,以致发育为如今的这种畸形;解放与再生这许多任是较为高级的或是较为低级的情感,再创造一座千门万户的艺术之宫,使得人类的每种内在的情感都愿意脱离了蛰眠的洞穴,来安居于宫殿之上,嬉游于园囿之间,歌唱于庭际房中,拨剌于池上湖内:这种伟大、光荣、而同时是艰难的建设,是要诵读文学的与创作文学的中国人来共勉于事的。

要发抒情感,这所以要读文学的第二层,最重大的一层理由,在中国的现状之内,便附带着有一种先决的工作——那便是,再生起来那蛰伏于中国人的内心中的一切人类所有的情感;这种工作是要读者与作者来分担责任的。

所以要读文学的第三层理由是扩大体验,增长见闻。

一个人的外界体验是极为有限的。不说那种驴子转磨一般的农民，整世之内，便只是粘附在几亩的土地之上；就是拿阅历最广的人来说，他所经验的社会的各相，一比起各种社会的全相来，那也只是九牛一毛。局促于自我经验范围之内，有许多人反而沾沾自喜，那是"夏虫不可以语冰"，由他们去笑冰好了；还有许多人，他们是不甘于自围的，不过环境与生活牢笼着他们，不容许他们跳出那单调的类型的生活之外。这一般人的好奇心，如其社会不愿意它踏上堕落或是委琐的路，社会最好是让它去在文学之内寻得满足。文学是一切的伟大、奇特、繁复的体验的记载的总和，无论何人，只要识字，便能由文学中取得他的好奇心所渴望的，一个充量的满足——一个优美的充量的满足，远强似那种不道德的去刺探邻家的隐情，远强似那种既不全真亦不甚美的报纸上的新闻。

这种给与好奇心以满足的文学并且是有功于人民福利的增进的。远一点说，狄更司(Dickens)的小说中描写私立学校内的各种腐败、暴虐的实情，引起了社会的以及政府的注意，促成了英国的私立学校的改良；司徒夫人(Stowe)作《黑奴吁天录》，痛陈当时美国的黑奴所受的非人道的待遇，将社会上一般人士对于这个问题的态度由漠视一转而为热烈的同情，以致局部的酿成那次解放黑奴的南北之战；近一点说，有高尔斯倭绥(Galsworthy)的《正义》(Justice)一篇戏剧，它促成了英国监狱的改良。

二　文学与消遣

　　"消遣"这两个字本来是消愁遣闷的意思,不过按照现在的沿用而说,它却成了消磨时日。

　　消愁遣闷,那正是文学的第二种功用,如上章所说的。叔本华说过,愁苦是人类的本分,但是愁苦如其尽着蕴结在肺腑之中,它最能伤损身体的健康——所以常言道,至悲无泪,小说中描写一个遭遇了莫大的惨痛的人,总是说他,大半时候是她,伤心得眼泪都梗住了流不出来,眼眶焦干的晕倒在地上。在情绪遭逢了这种阻逆的时候,我们如其放在这个人的手中一本雨果(Hugo)的《悲惨世界》(*Les Miserables*),用以毒攻毒的方法将他的眼泪激发出来,或是放一本狄更司的《辟克维克谐传》(*Pickwick Papers*),用笑泪引逗出悲泪来,那是这个人事后追思时所要感激涕零的。愁苦既是人类的本分,世上既是充斥如许的愁苦,我们便切身的感觉到,我们是如何需要那种能以排解它的文学了。

　　消磨时日也是文学的一种副作用,有许多的文学书是专为了供应这种需要而写的。中国从前说的,文学只是消遣,那固然明显的是错误;不过以文学之包罗万象,它也未尝不顾及人类的这种需要,而设法去给与它以满足……当然,这种的文学只是低级的。有如开辟了一条运河,便利交通,灌溉田地,这些都是它的主用,但是在同时,也有人在这条运河里洗衣洗菜。

消遣文学是一般作者与文人所极端嫉视的。这种嫉视基源于两层理由,喧宾夺主与实际利益。因为一般人是忙碌的,没有许多闲工夫去细心体悟,鉴赏伟大的、深奥的、篇幅繁重的文学[有一些西方的文学教授坦白的自认,不曾读完过米尔顿 Milton 的《失乐园》(*Paradise Lost*);研究文学的人尚且如此,外道人更是不言可喻了],又因为一般人是忽视客观的标准而重视主观的嗜好的,——在选购文学的书籍之时,——所以正牌的文学少人过问,而消遣文学则趋之若鹜。福尔摩斯的名字,全中国的人,无论是那个阶级都知道;知道福斯达甫(Falstaff)的,在中国有多少人?科南·道尔的书,与同时代的也是一个苏格兰人的史蒂文生的书,是那一个的销路广大?(这并不是说,科氏受了史氏的嫉视。)

在中国现在这种识字阶级的人不多的时代,这种对于消遣文学的嫉视还没有尖锐化;不过在西方的国家内,识字者占人口的大多数,又有一种好读书,大半是文学,以自侪于开化者,不甘于作时代落伍者的风气,这种正牌文学与消遣文学的竞争,以及正牌文学对于消遣文学的嫉视,却是极端的尖锐化了。攻击投时好的作者,成了一般文学批评者的合唱,这完全是因为他们到处的听见读者将孛列克(William Black),一个投时好的作者的名字挂在口头,而并不曾听见有几多的读者提起梅里狄斯(Meredith)的名字,又因为他们看见写消遣文学的人坐汽车,作富翁,而正牌文学的作者却在贫民窟里饿饭。每种现象必有它的背景;在将来的中国,教育普及到了相当的程度之时,这种文学上的嫉视、攻击也是不免的。

为了预防这种畸形的现象之发生,为了避免文学上的不平,下述的办法应该要文学的读者与作者去考虑,提倡:由每本文学书籍,每篇文艺的收入中抽出百分之一,由一个全国的文人联盟来保管这笔捐款,并将它拨用于各种文学的用途上,如津贴文人,举办新书评论的刊物。或者能在文学界内,作一件在其他各界内所不能作到的事,这是文人,一切高尚的理想的掌旗者,所应自勉的。

三　文学与年龄

电影院里，如其这次是开映着一种刺激力特别强烈的片子，总是悬起一块牌来，阻止十五岁以下的儿童入内观看。文学内也有不宜于"意志未坚"的少年的一种，虽说无从挂起禁止阅览的牌子。社会上对于这类的文学，也自有它的各种对付的办法：禁止发售；检查；家庭中，大人绝口不提《金瓶梅》，或是，晚辈提起了的时候，痛骂淫书；图书馆内，《十日谈》藏的是有，却不出借与学生阅览。社会要根本的铲除去这类的书籍，那当然是不可能的。不过，一个人没有达到相当的年龄，有些书确是也不宜于阅览，好像一个十五岁以下的学生，要是去作几千米突的竞走，那是只会有害于身体的。

一种的年龄需要一种的文学。中国从前是没有儿童文学的；大人聪明一点的，也只拿得出《桃花源记》《中山狼传》给一个十岁的儿童；这个儿童，被驱于内心的需要，被只得去寻求满足于《七侠五义》《今古奇观》，或是略能会意的《聊斋》之内。这些书，在白话小说史上，固自有相当的价值；就儿童说来，它们却并不是适宜的书籍。肉欲小说与侠义小说风行于今日,就中的原故,除去社会的背景不说,有一个重要的,儿童时代缺乏适当的文学培养。

儿童文学也未尝没有与一般的文学类似的所在。插图,儿童文学内的一种要素,在成人文学内也是受欢迎的;动物,充斥于儿童文学之中的,也供给着材料,形成了许多优越的成人文学作品,如多篇的赋,咏物的诗,*Rad and His Friends*,*St. Joseph's Ass*,彭斯(Burns)的《田鼠诗》,乔素(Chaucer)的《坎特伯里故事集》中那篇《女尼故事》;加厉的文笔(Caricature),如其儿童是一致欢迎的,也同时能以满足成人的文学欲,在浪漫派的小说内,如雨果的《悲惨世界》,在写实派的小说内,如狄更司的各种长篇小说。都是文学,儿童文学与成人文学自然在许多点上消息相通,它们的歧异只在程度与方式之上。成人的意识中本来有一部分是童性的遗留。

好的儿童文学有时也是好的文学。《伊索寓言》,安徒生的"童话",就了它们,无论是儿童或成人都可以取得高度的艺术的满足,"酸葡萄"这个来自《伊索寓言》中的词语仍然挂在成人、老者的口头;《皇帝的新衣》这篇童话同时也是一篇伟大的短篇小说。

莎士比亚的《仲夏夜梦》,如其有人将它的情节撮要的说给儿童听,一定能博得热烈的欢迎;莎氏在老年所作的《飓风》(*The Tempest*),里面有一首诗——Where the bee sucks,there suck I——正是一篇极好的儿童诗歌教材。然而莎氏的戏剧,原来都是为了战士、商人、贵族,以及他种的剧院的观众而作的。

文学的统一性遍及于文学的领域之内,即使是儿童文学这个藩属。

浪漫体的文学是少年时代的一种最迫切的需要。这种体裁的文学,在教育上,是地位极为重要的。想象与体格的发展都在少年时代;处在这个时代内的少年,如其有健全的、积极的恋爱文学,健全的、优美的骑士文学给他们阅读,一定能培养成为想象丰富、魄力坚强的国民。如其只有那种消极的《红楼梦》《西厢记》,那种充满了土气息,产生自不健全的社会背景的《水浒传》,甚至于那种"诲淫""诲盗"的书籍,那么,在少年时代阅读它们的人,在成为正式的国民的时候,便不免是贫血的,"多愁多病"的,想象力单薄,思想黄萎的了。

(胡适之先生,在文学革命的初期,提倡拿旧时白话文学中的几部长篇小说列为学校课程中的文学教材,那是一种反抗的表示,在当时确是需要的。不过,将来如其有一天,新文学中的浪漫体的诗歌、小说、戏剧、散文能以正式的建设起来,这种过渡的办法却要取消,中学课程内的文学教材要整体的采取自新文学,而旧时的长篇小说要让他们专隶于大学内中国文学系的课程。与其让中学生读《水浒传》《红楼梦》,还不如让他们读西方的浪漫体文学的中译本,国语的,例如胡氏所赏识的《侠隐记》。)

浪漫体的文学,虽是受尽了指摘,然而它的教育的价值既是那样的重大,在现今的中国更是这样迫切的需要,我们这班现代的中国人能不斟酌情势的,竭力去提倡、创造么? 浪漫体的文学诚然是多感的(Sentimental),不过少年时代也正是多感的;多感如其被视为一种病态,正该拿浪漫体文学的这种文学,大黄一样,将少年时代中内蕴着的多感宣解,尽量的宣解出来。浪漫体的文学诚然是夸大的,不过夸大狂也正是少年时代,外体与内心猛烈的在发展着的时代,所有的一种必然现象;只能因势利导,火上浇油,不能阻抑,迎头泼水,因为少年时代所必有的夸大狂如其不能得到满足、宣解,体与心的发展便不能是充分的。

少年文学中也产生了一些伟大的作者，司考特（Scott）便是一个最好的例。尽管去指摘他的小说的史、地的布景是不符实情，个性描写是单薄，一般的文学批评者仍旧是万口一声的公认他为一个伟大的小说家；至于他写出，遗下了许多的浪漫体小说，来满足着自古至今，以及未来的英国，他国内一般少年的浪漫性，我们更能以说得，他同时也是一个未加冠冕的伟大的教育家。

在新文学的现状之内，儿童文学只是在鸭子式的蹒跚着前进，少年文学，与一把茅柴相仿，一烘而尽于创造社的消灭。诚然，在这十五年以内，也产生了有一些优越的文学作品，不过它们只是成人的读物……我们是如此的焦候着一个安徒生，一个司考特的出现啊！哥德（Goethe），巴尔札克（Balzac），萧伯纳如其能以诞生于新文学的疆域之内，那当然是新文学的光荣、祈祷；一个伟大的儿童文学作家，一个伟大的浪漫体文学作家的产生，那不单是新文学的光荣、祈祷，它并且是将来的中国的一柱"社会栋梁"呢！

四　禁书

萧伯纳替白里欧（Brieux）的三种戏剧的英译本作了一篇长序，——他的各篇长序是出了名的，——这篇序里畅谈"文学与性"这问题，并痛斥社会对于性文学的现有的态度。中国的情形稍为不同一些，但是《性史》第一集的被禁，使得一般关怀于新文化的前途的人发生了忧虑，未来的中国或者要蹈入现代的西方的旧辙。

在西方，几百年以前，禁书是由罗马教堂来处理的；在那个《禁书目录》Index 之内，海淫的书籍与叛教的书籍并列。现在，这种处理，在新教的国内，落入了政府的手中，例如英国的书籍检查员（The Censor），这是与中国一向以来的办法相同的。只就文学而言，让这种微妙的权衡落入少数的，多半不懂文学的人的手中，那是不言可喻的会有一种什么收场了。

我深信，没有一种书籍是该禁的，只有不宜于某种年龄的书籍。有了一种社会的需要，便有一种的供应；书籍也不外于此公例。诚然有许多书，非科学的亦非文学的，是为了刺激性欲而写成，印行了出来,供应着一种社会的需要,像娼妓鸦片那样。在这里,我们便又感觉到一个全国性质的文人联盟的必要:可以,不由政府,而由这个联盟来鉴别,标明一切文学形式的性书籍中的两类,在那非文学的一类之上课以重税,由联盟去用了严密的方法征收。冒牌的文学,尤其是以实利为目的的,文学应当自己有力量去打倒,至少,去敛抑。这个联盟,如其有一天能以合格的成立起来,还应当从事于一种工作,不让那些不宜于某种年龄的书籍放进某种年龄者的手中。

在中国,禁书之内有一种是成了一件价值极高的废物,——像中国这片领域一样,——《金瓶梅》。这可以说是中国自有长篇小说以来的最优越的一部。有人说过,《红楼梦》是蜕化自《金瓶梅》之中;这个,从前我视为荒谬之论的,如今我悟会出来了,确是最简明的实情。[贾宝玉蜕化自西门庆;薛宝钗自吴月娘与李月姐;林黛玉,变形的,自潘金莲与李瓶儿;王凤姐自潘金莲;袭人自春梅;尤二姐自李瓶儿与孟小楼(并秋菊)——在重要的人物上。黛玉葬花,蜕化自瓶儿丧子;晴雯撕扇,自陈敬济挑逗潘金莲;宝蟾送酒,自春梅解衣与瓶儿送帖;贾瑞受辱,自郎中被讹;贾府受抄与复盛,自西门庆听候拿办与入京贿赂——在重要的情节上。如其,读者,在听到了这一番话以后,你在情感上激起了剧烈的反感,要记着,我当时的反感也是同样的剧烈,不过,后来有我的理智指示出了真理,我如今不得不向你吐露出来,这真理……在社会上,真理的吐露如其是不可能的,在文学的国度内,至少,我们要作得不同一点。]

陈独秀先生说过,《金瓶梅》是一本高越的写实小说。这写实,它是两层的:性方面与人物、背景方面。性方面的写实使得本书的作者我们可以拿来比拟左拉;人物方面的写实使得本书的作者我们可以拿来比拟福罗贝尔；他却并不是左拉、福罗贝尔，他便是他，《金瓶梅》的作者，用不着攀亲。我们应当自傲，因为我们能够这样的说：如其法国有它的拉孛雷（Rabelais），我们也有我们的《金瓶梅》。

（这部第一流的古今无偶的世界名著，听说德文内已有一种全译本——深藏在一个图书馆之中。）如其肉欲在中国特别的发达，有了这一部书，也可以实立，辩解它的"生存立场"（raison d'être）了，正如《神曲》《十日谈》，对于意大利的"黑暗时代"，辜勒律己的《忽必烈汗》（*Kubla Khan*），狄·昆西（De Quincy）的《鸦片徒忏悔录》（*Confessions of an Opium – Eater*）对于英国的鸦片那样。牺牲了世界，为着"罗马的闳壮"（The grandeur that was Rome），牺牲了周朝，为了褒姒的一笑，相对的，可以说是值得；如其只有波特来耳这个罪孽者而无《恶之花》，只有鸦片而无中国的辜勒律己与狄·昆西，那时候，社会的，道德的裁判便是罪不容辞的。因为

> 人事的循环太难于捉摸：
> 建设来自破坏，善产生恶。

的原故，一个人，从青年时代起，便应当修养成一种不轻易于下判断的开明的态度。

《金瓶梅》这部书，我们如其斗胆的来加以裁判，应当分作两部分来看：肉欲部分，那是一种专门的材料，只可供给为文学史上的文献，不宜于一般人，连青年在内的阅览；人物，背景的部分，那是上好的文学，即使人物方面与肉欲部分有密切的关系，我们也应当牢记着《十日谈》《拉孛雷》以及《波华荔夫人传》等等近代的文学名著，而不要让它

依旧存留为一种摈弃于地的废物。

聪明的将肉欲部分自书中挑剔了出来,使得人物、背景的全部分毫无所损;再审慎的校勘,整齐的印刷了出来:那时候,它便成了一部每个大学内中国文学系学生所应详览的长篇小说教材,并成了每个嗜好文学的成年的中国人所应熟悉的长篇小说名著。

被禁的旧小说并不只是《金瓶梅》这一种,然而一切的他书都不值得我们去谈,因为它们并不是文学。这些只是一种激发肉欲,满足好奇心的资料,正如《法国水星杂志》(*Mercure de France*)的某期中所登载的一个禁书目录内的各种书一样。

五　翻译

　　一般人在三方面不满于现状中的翻译——重译、不忠实、欧化的译笔。其实，头两层是翻译初期所必有的现象；至于欧化，译文是必然的。

　　在欧洲的文艺复兴时代，古典文学的发现不是一个重要的发动力么？但丁并不通希腊文，《神曲》中关于希腊文化的一部，是他掇拾自拉丁文的译本或节略。裴忒腊克（Petrarca），古典文学运动的先锋，以不通希腊文为一生的憾事。希腊名著因拉丁文的媒介而传播遍了文艺复兴的欧洲。只拿亚里斯多德来讲，他的著作由亚维洛爱司（Averroës）节略的移植入了阿剌伯文之内，后来又由阿剌伯文翻译成了拉丁文；但丁，裴忒腊克以及一般初期的文艺复兴期的文人，他们的关于亚里斯多德的认识，便是如此而来。诺司（North）的"卜陆达克"（Plutarch）英译本，莎士比亚等所诵读、采用的，是由法文的译本重译而成。《十日谈》的最早的英文节译本也是重译自法文。

　　佛罗利阿（Florio）在牛津大学教授过意大利文，他译出了孟坦

（Montaigne）的文集，莎士比亚所读的孟坦便是他的这种译本，至今仍然公认为英译本中一种好的，三百多年以来不知翻印了多少版；在他的这种"孟坦"的英译本内，"鱼"（poisson）字他译成了"毒"（poison）字，——只就浅近的法文字内举一个例子。

草创的时代，这种现象是不免的，——汉高祖初登帝位的时候，诸将交哄于殿上，这件史事不也是一种性质相同的现象么？虽是如此，叔孙通到后来也为汉高祖制定了礼仪；德莱登（Dryden）也用拉丁文的原本替诺司的"卜陆达克"作了一番校勘的工夫，"孟坦"也有了忠实的英译本。（文笔能与佛罗里阿的相较与否，那是另外一个问题。）

由文学史来观察，拿重译来作为一种供应迫切的需要的过渡办法，中国的新文学本不是发难者，——只看译笔何如，现行的各种重译本的寿限便可以决定。不过，几百年前的成例，到现代还来援用，总嫌自馁了一点，美国的文学不也是新进么？他们的政府派遣了首批的留学生去欧洲，就中有朗弗落（Longfellow），在回国以后，教授"罗曼司"文字于哈佛大学，译出了但丁的《神曲》，其他各国的短篇诗歌，又有狄克诺（Ticknor）由西班牙回来，作成了一部篇幅巨大的《西班牙文学史》，至今仍为这一方面的文献的一个丰富的库藏。（日本的情形如何，希望也有人说给我们听一听。）

就新文学的现状来看，下列的各种文学内，每种至少应当有一个胜任的人去研究，以翻译名著为研究的目标：——希腊文学、拉丁文学、波斯文学、阿剌伯文学、印度文学、（梵文是有人通习的，却是并不曾以文学书籍的翻译为目标。）埃及文学、意大利文学、西班牙文学、葡萄牙文学、丹麦文学、挪威文学、瑞典文学、荷兰文学、冰岛文学、芬兰文学、波兰文学、波希米亚文学、匈牙利文学：这各种文学之内，有的要研究、翻译,是为着它们所产生的世界名著、欧洲名著;有的是为着它们所供给的欧洲文学史上的文献;有的是为着它们与中国的文学、文化所必有的以及所或有的关系,如上举的三种亚洲文学,又如葡萄牙文学与荷兰文学。这种计划,直接影响于新文学、新文化,间接甚至直接影响于整理中的旧文化(以及过去的世界文化交通史),能以实现与否,便要看政府方面,"文化基金会"方面的眼光与决心了。

佛学大盛于唐代,是玄奘等的功绩;那些佛经的译本,在中国文化上引起了莫大的变化的,岂不是"佶屈聱牙",完全的印度化了的么?为了文字的内身的需要,当时的印度化是必然的现象,——欧化,在新文学内,也是一个道理。(西人在服装上的一种中国化,那当然是立异,时髦;不过,"世界语"在制作上的一部分中国化,就中那种不分国界,只采优点的标准,正是欧化在新文学的翻译部分内,甚至创作部分内,所应采用的。)只能说,有许多的时候,不必欧化,或是欧化得不好;至于欧化的本身,现代的中国人却没有一个能以非议,——立异,时髦,那都是浪漫派文学的必然现象;源根于文字的内在的需要,而收纳适当的供应于他种文字之中,那也是英文,一种富于弹韧性的文字,已经作了先例的。

专指名词的音译,在我国这种在制作上与来源上异于"印度亚利安"(Indo-Aryan)一支派的文字的中文之内(也有西方的文字学者说,他们那一支派的文字所特有的字母,也是菲尼希亚 Phoenicia 人化成自埃及文字,性质与中文文字相似的;例如 M 一字母,便是那个象形波纹的埃及楔形文字的简体),发生了一些有趣的、纷扰的现象。

"英吉利"(从前的另一种写法,"嘆咭唎",English),"法兰西"(Francais),"德意志"(Deutsch),这些通行的专指名词都是原文内的一些形容词的音译。(希腊文内"中国"这个专指名词是象"丝"字之声而成的;英文、法文、德文内"丝"这个泛指名词想必便是由希腊文的"中国"这个专指名词所嬗化而来。"支那"这个专指名词的来源在"拉丁"文之内,说它是"秦"的音译,倒是可能性很大)。

在专指名词的音译的形成内,土音也活动。"法兰西"一名词内的"西"字,或许是按了广东的土音而音译出的。("茶"这个字在西方的各种文字之内音译成了一个齿音字,这正是福建的土音,——福建,它岂不是一个产茶的省份么? 广东与福建,它们岂不又是与外国交通最早的省份么?)较后的,江、浙的土音也给与了许多特指名词的音译,——即如有"亚"字的"莎士比亚"。

Shakespeare,在原文内本有另两种的写法,Shakespear(挥戈),Shakspere;在中文内也有各种的音译,"莎士比亚""萧士比""莎士比"等等。(这个与普洛丢司 Proteus 一样善于变形的大诗家居然也在中、西的文字内有了许多异形的姓!)其余,一个专指名词,在中文内,也有各种不同的音译。这种现象,自然,并不只是中文所特有的;即如俄国的人名,在西方的各种文字之内,岂不也是有各种不同的音译么?(便是屠格涅甫自己,在法文内。签名为 Tourguenieff,也不能阻止英国人叫他作 Turgeneff,或是 Turgenev!)不过这种现象终究是一种的淆杂,不便。政府,"文化基金会",不能仿照"法国学院"那么编纂法文字典的办法,也编纂一部"译名辞典"么?

译名,从前未尝没有典雅的,如恒河(Ganges)、赫胥黎(Huxley),也未尝没有忠实的,如"廿五史"中的外人译名。能用显豁的方法来音译,如 G. Bernard Shaw 译为萧伯纳,Boston("波斯顿")译为"波司屯",固然便利;不能的时候,那便只好走忠实、笨重的路了,——

Dostoyevsky(杜思退益夫斯基)总不能译为"多斯铎"罢。已经通用的译名,有一种已是家喻户晓的,如上举的"英吉利"等国名,那是不便再改了的,有一种,可以不失通晓之相的稍加删改,如"莎士比亚"可改为"莎士比"。新用的译名,译意也好,如 *Decameron* 译为《十日谈》,Oxford(古文中亦作 Oxenford)译为"牛津";译音也好,如 Dunciad 译为"登西亚得",Oxford 译为"奥斯福";最扼要的一点,便是一个专指名词只要一个中译。音译,正式的,是要由原文译出的;"希腊"这个专指名词的中译,应当能够鼓舞起来那般将来要从事于译名这项工作的人的向上的热烈,好像希腊文学在文艺复兴时代鼓舞起了一般伟大的作家的向上的热烈那样。

六 领域共有

《论语》,"儒家"哲学的圣经,同时也是一部文学名著,里面有格言,如:

己所不欲,勿施于人。

(格言在文学的领域内,法国有罗希弗戈 Rochefoucauld 等成例);里面有"俳句"似的小诗,如:

逝者如斯夫,不舍昼夜……

虽是寥寥的九个字,就中却流动着有无限的情感,是中国的最早的一首挽歌,可以与希腊文学中短小精悍的墓铭相颉颃;有文学批评,如:

《关雎》乐而不淫,哀而不伤。

又如：

> 辞，达而已矣。

有自传，如：

> 吾十有五而志于学……七十而从心所欲，不逾矩。

有传记，如：

> 肉不正，不食。

[上举的两项，严格的说来，只是一项，鲍司威尔 Boswell《约翰生行述》（*Life of Samuel Johnson*）式的言行录，传记中的一体。]又有并无哲学意味亦无论理学意味的散文，如：

> 学而时习之，不亦悦乎，有朋自远方来，不亦乐乎！
> ……人不知而不愠，不亦君子乎！

《圣经》也同时属于文学与宗教。在文学方面，它有格言、传记、诗歌、小说、戏剧、神话、历史。

《史记》是一部第一流的中国文学名著，同时，它也是第一部中国的正式历史。"三皇""五帝"的记载，不用说，是神话了；高帝斩白蛇，不也是神话么？推广了说，《史记》中有各"志"，它们使得这部书籍简直成当时的文献的整体的库藏了,一切的学术都包括在内了。然而,《史记》是一部伟大的文学名著与否,古人与今人都一致的回答:是。

在古代,哲学、宗教、历史它们,一种或数种,是与文学共有领域的。便是到了近代,散文,那"奥匈帝国"内半分子似的,它的领域之中,也有许多部分是国际共管的。

文学的领域内,在古代,不仅有上举的和夷的公主,并且有客卿。由裹着"汤头歌"闪避于中国文学领域内茅屋中的医学,一直到披戴起梵文诵经于印度文学领域内宝塔旁的数学:这是多么光怪陆离的现象! 文学简直是什锦火锅了。

作古正经的说,这种现象也本是必然于古代的。最早的那时候,识字的人既是罕有,文化也很简陋,因而识字能文的少数人便成了文献的整体的继承、传授者;韵文,两种文学形式中产生得早了许多的,因之便成了当时的文献的司库。到后来,文化增丰了,识字的人数也增多了,那祭司,或是整个文化的权威者,便由袭承自上古的地位退了下来;散文也产生了出来,代替韵文来管守当时的增丰了许多的文献。司马迁便是一个好例;他一面感慨着史官已经不像古代的那样引起尊敬,一面又是他用了高越的散文作成了那部包罗有当代文献整体的《史记》。

七 分类

替文学来分类,是多事;不过,为了便利起见,文学可以分为诗歌、散文、小说、剧本、文学批评、传记、文章。

诗歌是诗加歌的意思。诗可以说是有三种:剧体诗、叙事诗、抒情诗。歌便是歌词。

剧体诗——第一步,分类者便碰上了绊脚的石头。把它列入剧本一类之中,不也是一样么?元曲,"莎士比亚",这些都是剧体诗,不过同时,它们都是作来排演,并且必得要排演出来才能把优点全体的发挥出来的;那么,叫它们作剧本,或者还妥切些。只是习惯——习惯将它们列在诗歌这一类之中;所以,分类者只好替它们起一个便利的名字,剧体诗。自然,诗剧有两种:台上的与案上的。不过,明清两代的案上诗剧不也是排演了么,虽说观众只是文士与"雅人",英国的Closet Plays,好像丁尼生与白朗宁的,不也是排演了么,虽说它们在剧台上的寿命并不长久,好像夭折的颜回那样。在"开尔忒文艺复兴"运动之内,夏芝(Yeats)还特意的要作诗剧,结果虽是成为案上的而本意仍是台上的。小剧院的兴起,使得诗剧在现代也有了排演的机会,即使是案上的诗剧。所以,无论是由那一方面看来,诗剧照理是应该列入剧本这文学类型之内的。也可以说是,并非戏剧的诗人要作诗剧,或是基于个性的,或是基于人性的需要,因之剧体诗便立定脚跟于诗歌之内了。白朗宁的案上诗剧虽是在剧院中失败了,他的剧体抒情诗,剧体浪漫事仍然是诗歌上的成功,并且,有合格的吟诵者之时,也能成功于正式的与非正式的小剧院内……吟诵,戏剧岂不便是由此发源的么?

在古代,一切的叙事诗都是预备吟诵或是歌唱的——史诗、罗曼司、乐府(ballad)、弹词(Chant-fable——如《阿迦珊》与《尼各来特》)。在当时,叙事诗与戏剧,与音乐是关系密切的:吟诵叙事诗的是一个人,戏剧在开端时也是那样;吟诵(recital)中的唱诵(chant),到现在仍然存在于音乐之内。一直到近代,节奏的显明仍然是叙事诗内,写来阅读的叙事诗内,一种普遍的现象。

《阿迦珊》与《尼各来特》(*Aucassin and Nicolette*)这一类的弹词之内,有散文——唐宋小说不便是这样的么? 到后来,散文的部分膨胀起来,韵文的部分萎缩下去。小说(散文的)便产生了。一直到现代,中国小说内那种排比体的章回名目,以及西方小说中那些章端所征引的诗行,仍然是弹词的韵文部分的遗迹。

抒情诗与歌在古代本是二而一的,所以要分开,是为了不得已的便利。例如,彭斯(Burns)所作的抒情诗都是预备谱入歌调的,同代的勃莱克(Blake)所作的抒情诗都是不能谱入歌调的。绝句与词,无疑的,是歌。律诗,我推测,原来也是歌词。长短句想必是唱诵的。

只能讲散文小说——要是讲小说,那么,史诗、浪漫诗(原是韵文）、乐府都是小说了，叙事诗简直是整体的要取消了。便是散文小说，其中，除去上述的韵文遗留以外，也有各种的"文章"掺和着——例如，"爱琐"文（essay），散文诗。中国小说有那些发议论的地方，它们都是"爱琐"文；西方小说，尤其是英国小说内也有。费尔丁（Fielding）、萨克雷（Thackeray）都在他们的小说里写有一些"爱琐"文，并且拿它们作为书内的章回，好像是作者自视为书内的人物、牧师，在那里宣读他们的布道文一样——辩护的说来，古代的小说都是由全知的立场写成的，这些布道文，技术的说来，并没有可以否定它们的存在的理由。现代的英国小说的滥觞者，字特勒（Butler），在他的代表著作，《凡肉之路》（*The Way of All Flesh*）内，也曾经利用过这种特象，结果是，他的一番议论成了这篇小说的内体的一部分，毫无赘瘤之弊。小说的对话内，作者有时也艺术的插入"爱琐"文，例如高尔斯华绥（Galsworthy）的代表著作《福西脱传说》（*The Forsyte Saga*）。至于散文诗存在于小说之内这一层——爱伦·坡的短篇小说，它们不是有一些便是散文诗么？

长篇小说之内可以有短篇小说，例如司各德（Scott）的多种罗曼司；长篇小说也可以是由一些中篇小说，一些短篇小说聚拢而成的，例如史维夫特（Swift）的《格里佛游记》，《镜花缘》《儒林外史》，以及多种的中国小说。

同样的，多幕剧内可以包括有独幕剧，古代的例如多种的《莎士比亚》，现代的例如高尔斯华绥的《正义》（*Justice*）（就中有一出哑剧）。不仅小说，剧本中也可以发议论。在易卜生的《僵傀之家》中，娜拉不是坐了下来，向她的丈夫、观众大发了一番议论么？便是由这一番不戏剧的议论之中，产生下来了现代的戏剧！

戏剧向文学宣布了独立，只留下了剧本给它。（在现代，编剧者吝于将剧本印行，文学还得要等。）文学批评也将要脱离文学了，它要去改隶于"批评学"了——如其门肯（Mencken）在他的《偏见》（*Prejudices*）内所鼓吹的主张实行了的话。

至于传记，它本来便是一个两面的监诺司（Janus）；历史与文学都可以据为已有。

有一种最重要的"文章"："爱琐"文。这便是普通称为"小品文"的那种文章；不过我个人不满意于"小品文"这个名称，因为孟坦（Montaigne）在西方文学内是正式的写这种文章的第一人，他有许多Essays 在篇幅上一毫不小，有的甚至大到数万字的篇幅，至于在品格上，他的 Essays 的整体是伟大的，更是公认的事实。他，以及西方的另一个伟大的"爱琐"文作家蓝姆（Lamb），都是喜欢说琐碎话的。至于培根（Bacon），他的 Essays，在文笔上，自然没有那种母亲式的琐碎，不过，在题材上，它们岂不也有一种父亲式的琐碎么？

八　古典与浪漫

文学便是文学，谈不到派别。

只能说有两种精神存在于文学之中：古典与浪漫。除此以外，更没有第三种了。

文学的对象是人性。人性，虽是千门万户，令人目迷，它的基础，说来却简单，只有两个，保守与维新。表现在文学之内，保守性便成了古典文学，维新性便成了浪漫文学。自从十八世纪末叶，浪漫运动发动了以来，一直到现在，文学的"主义"虽是日新月异，它们却都逃不出"维新"两个字的范围。中国旧时有一句常用的四字评语，"独辟蹊径"，拿来作一切浪漫文学的标志，那是再妥切不过了。也可以拿来用得的，辜勒律己的两行诗：

We were the first that ever burst

Upon that silent sea!

以前没有人，这大海无声

我们是第一遭冲入！

古典文学,严格的讲来,应当分为两种:狭义的与广义的。狭义的古典文学只能上溯到罗马,上溯到卫吉尔(Virgil);要广义的,希腊文学才能包括入古典文学之内。荷马(Homer)他们一生在写着古典文学,他们自己并不知道——好像莫里哀(Molière)的那个中等阶级的绅士一生在说着散文,他自己也并不知道那样。

不错,通常所说的古典文学是指着古代(希腊、罗马)文学上的坟典而言。不过,如其那样,卫吉尔便成为一个问题,因为他,在精神上,实在是与法国的拉辛(Racine)、巴娄(Boileau),英国的多莱登(Dryden)、坡卜(Pope)、约翰生(Johnson)相同。并且,犹利辟地斯(Euripides)也是希腊的三大悲剧作家之一,我们不能不把他认为一种古代文学中的坟典;然而,在精神上,他正是浪漫的。

在中国讲古典文学,可以不必蹈入西方的覆辙,只限于希腊与罗马的文学名著;另一方面,也可以不必只讲狭义的古典文学。

古典文学的"存在理由"(Raison d'etre)便是人性不变。虽说语言,思路是大相径庭的,那篇荷马的《伊里亚特》(Iliad)内的亚吉里斯(Achilles),他的那一怒以及那一怒在他人与自己的生活上所发生的影响,那部爱司基勒斯(Aeschylus)的"奥列司提亚"(Oresteia)三联剧内的克莱坦臬司特腊(Clytemnestra)与奥列司提斯(Orestes),他们的复仇之念以及那复仇之念所发生的影响,那篇索浮克黎斯(Sophocles)的《伊第拍斯帝》(Oedipus the King)内的伊第拍斯,他的好心不得好报,不自知的陷入了灾难,那篇犹利辟地斯的《迷第亚》(Medea)内的迷第亚,她的妒于移爱,愤于夺爱而下了恶辣的手腕;这各种活跃的人性,具体而微的或是更易方式的,在现今的世界上,在我们的肉眼前,岂不是仍然存在着么?

　　古典文学有一种特征,摹仿。卫吉尔的《伊尼意得》(Aeneid)是摹仿荷马,他的田园诗是摹仿西奥克利特斯(Theokritos),他的农事诗(Georgics)是摹仿希西阿德(Hesiodos)。在卫吉尔以后,古典文学中的这种例子,到处都是,无须枚举。事物都有它的正面、反面,摹仿也不外乎此。鱼目混珠,鹦鹉学人,这些,当然的,是摹仿的劣点;不过,像卫吉尔那样在摹仿中仍然创造出了新的、个人的文体,在旧的体裁中仍然加入有新的题材,这也是摹仿的优点,不可一概抹煞。在浪漫运动的初期,奥司欣的诗风行一世,有许多浪漫作者来摹仿这个传说中的开尔芯古诗人。在《傀儡家庭》中,易卜生仍然奉行着三一律。美国有自由诗的作者将自由诗的起源上溯到希腊。这还只是说的自觉的摹仿;至于不自觉的摹仿、暗示、印合,那更是每个作者都逃不了的。

　　摹仿本是文化之形成内的一种要素。没有它,人类也不能在如今演化到这种程度——当然的,如其仅仅只有它,人类在将来是不能希望有进化的。

　　采用古代的题材,这也是古典文学中一种普遍的现象,例如希腊悲剧作家由神话与传说中采用题材,拉辛用了犹利辟地斯的《希坡利特士》(Hippolitus)一剧的题材作成一篇名著《菲德尔》(Pholre),他的其他各剧也是采用的希腊的题材,哥德(Goethe)的《浮士德》,就中的题材也有一部分采取自古代。人性本是不变的,那种洋溢有人性的古代题材,后人自然是可以采用,并且应该阐发的。莎士比亚的戏剧题材岂不是采取自古代的么? 经过了他的阐发,古代的骨殖,生有血肉的,都复活成了人,并且,经过了他的"迈答斯的摩触",这些在胸中澎湃有人性的人物，好像是铸成了金像似的，将要光彩到永远。

中庸，这也是古典文学作者对于题材的态度上以及处理题材的方法上所有的一种特象。希腊人不是盛称着"黄金的中端"么？因为希腊文学成了后代的古典文学的感兴的源泉，于是这种态度也便浸淫入了一切后代的古典文学。进一步说，古典文学本来是像一个人的中年时代；在这个时代之内，人是已经背负有几十年的经历，这一番的经历已经踏穿了他的青年的幻梦，已经挫顿了他的猛烈的火势；于是理智、中庸便成了他的中年时代的立身处世的工具、态度。他这时已是明于世理了，不论他是只要像一般的人那样，度过一个顺遂、平凡、既无高度的幸福，亦无高度的苦恼的生活，或是，幻梦虽然踏穿了，高洁的理想仍然无损的，并且更显豁的存在着，火头虽然扑下了，那一股热烈仍然在燃烧着，平衡而坚持的：他这时是要有的话不说了，有的事不作了，即使说起话，作起事来，他也是使用着一种安详、曲折的方法，不惜于话人家没有听入，事没有作到头，他在这时候可以说是已经成了一个"相对论"者，知道了说与作的相对上的重要，对于听者，受者的那社会——以及说者、作者的这自我。

浪漫文学却完全与此相反，因为它是文学内的青年，不论是十七岁还是七十岁。幻梦于它是真实，并非幻梦：头一天晚上作的正是头一天日里所想的，并且这头一天晚上所作的，到第二天的日里，还清晰的记得，还继续下去，在第二天的日里，晚上。这也不能非议于浪漫文学——试看古代的幻梦，费长房缩地，修仙者得道飞升，这些岂不是都已经实体的显现于今代的火车、电车、汽车、轮船、飞机、飞船之内了么？叔本华说着"生存之意志"；为浪漫文学辩护的人，他们也可以说得"幻梦之意志"。

　　至于猛烈的情感,它更是浪漫文学的主要发动力。只看法国的卢梭,他那一世的生活简直是不亚于一个他所提倡的复返自然的对象,甚至不亚于一个现代心理学内所称为"碰着与失着"的老鼠;再看法国的雨果,他所著作的那么"夥颐"的诗歌、剧本、小说、文章之内,情感是多么如火如荼,而这些著作,有金也有沙的,在当代的读者,"温和的"或是不温和的,之内,上自听见他的名字便皱眉头的皇帝,下至读着《悲惨世界》而眼泪纵横的贫民窟住户,右自将中庸之道抛去了脑后的古典主义批评者,左至面热筋涨如同醉了酒似的浪漫主义信徒,在这许多种的读者、观众之内,他的著作又是哄起了多么猛烈的情感的反应。(拿让·达尔让 Jean Daljean,《悲惨世界》中的主角,来比拟雨果著作的本身,拿欧那尼 Hernani,《欧那尼》中的主角,来比拟雨果的著作的影响,是再好不过了。)

　　感伤,这便是情感猛烈时所必有的现象。浪漫文学内的感伤,它便等于青年时代的忧郁病。只看浪漫运动初兴于德国的时代,当时的作者是多么月啊、泪啊、幽谧的森林啊、"郭司"式宫堡的废墟啊,他们的感伤的程度,便可由之而推测了。说起来好像矛盾似的——世界上本来也满是矛盾——有时候,最感伤的人竟于是最理智的;即如卢梭,在生活中极其感伤,而在著作中却是极其理智,不然,《民约》一书由那里去作成;又如在"狂飙"时代中度过去了他的风暴的青年的哥德,他在中年却是皈依了那开朗、安详、理智的古典文学,因而创造出了一部充满了思想,受称为"近代思想之大观"的诗歌名著。讽刺诗本是一种最理智的诗体,同时也是古典文学中所丰有的一种产品。然而,在英国文学之内,有一个第一流的讽刺诗作家,他便是十九世纪初叶的浪漫运动中最有特色的一个人,拜伦,《东·黄》(*Don Juan*)的作者。

浪漫文学作者嗜于采用题材自外国：古代的爱尔兰供给了德国浪漫运动以材料与感兴；十九世纪初叶的英国浪漫运动的一个向导，辜勒律己，由中国得到了诗料，作成他的短篇杰作《忽必烈汗》；十九世纪中的法国浪漫运动的领袖，雨果，特别喜欢采用题材自西班牙。浪漫文学本是趋新的，那迷漫着玄秘的色采的，在服装、语言、习俗、文化上都是歧异的外国，自然是最符合"新"的这种条件了。浪漫文学也取材于古代，不过态度完全与古典文学的不同；就当代说来，古代的题材也自有它的新颖、玄秘、超脱乎习见之一切的色调。

在技巧上，不像古典文学那么成熟而且平匀，浪漫文学是像一个想象新鲜、情感热烈的青年，他说出来的话，多半的时候，可以重复、杂沓，不过也有许多时候，自觉或是不自觉的，是美丽的，简单的一两句话可以捉握住一个真理。浪漫文学在技巧上是一点也不中庸，它无论是在描写人物，或是在叙述情节，它的方法是极端。

至于浪漫文学的"生存理由"，它便是人生递变。自从文艺复兴以来，欧洲在政治上、宗教上、社会上，因了科学兴起，逐渐发展起了实业，又因了印刷改良，民众的意识与教育都是长步的进展，又因了新大陆发现，人生观因之而一变。于是，第一步，久埋在尘埃内的希腊、罗马文学便成了一般有智欲者的公赏品，而他们因此对于这两种文学便有了深切的认识，由了这认识，他们便把古典文学的精神逐渐的发挥净尽；第二步，古典文学既已走到了尽头，同时社会的情况又因了财富由内外两方面猛烈增加的原故而愈呈复杂、生动，人生观也因了同样的原故而改易为动化的，向外的，向将来的，这两种蓬勃有如春夏的现象，在它下面生存着的人当然是不会满足于古典文学的缺乏亲切之感，当然更不会满足于古典文学末流的"小啤酒"，他们需要一种亲切的文学,无论是在事实方面还是在情调方面,一种向外向将来的文学,既可以满足他们的进步热又可以满足他们的自尊心的:因此,浪漫文学便应时而起,夸大的,青年的,正投合着新兴的口胃。这是就读者观者来讲。就作者来讲:文学本是要"向人生举起镜子"的,如今社会的情态既然已是这么剧烈的变化了,文学作者正该创造或改造出适当的形体、工具来采摘、容纳这种崭新的材料;并且,作者自身也受了时代性的影响,同代人的胸中所鼓荡起的情感也在他们的胸中鼓荡了起来,同代人的嗜好、希望也便是他们的嗜好、希望,这些情感与这些嗜好、希望,只要作者是能手,他们一定能以捉住来放在文学之中,活跃的,新鲜的。

不仅"现在"是掌握于浪漫文学的手中,便是"将来"也是一样。只看许多的浪漫运动都是发动于一种对于现状的觖望;并且,文学史不是明显的记载着,法国革命的文学方面的发动力了么?

九 "文以载道"

"文以载道"——这词语很像二三十年前所时兴的宽边镶的女装，要是在如今摆设了出来，看见的人或是拿它当作古董来看，或是一声笑，轻蔑而逗乐了的。

然而这种装束，在现今的中国不入时了的，在外国依然是被视为一种浪漫品——好像外国女子的脚上所穿的双凉鞋那样。

那么，像双凉鞋那样，借了"文以载道"这四个字来作一种旁的用途，那或许也是可以的。

"文以载道"的"文"并不是专指现今所说的文学，不过现今所说的文学也包括在内；至于"道"，我们如其在下面添上一个"德"字，那便符合了古人的初意了。

现在我们来借用这个词语，第一，要这个"文"字专指文学；第二，要这个"道"字的意义是希腊文 Logos，英文 Word，Way 这些个字的意义。

如其这样来借用，我们便可以说得，文学是有三种：载神道的，载世道的,以及载人道的(并不是人道主义)。编时的说来,古代便是载神道的文学的兴盛期,中代便是载世道的文学的,近代便是载人道的。可是并不尽然;太戈尔与"开尔忒"文艺复兴内的夏芝(Yeats),唐珊南(Lord Dunsany),他们岂不是写着载神道的文学,萧伯纳岂不是写着载世道的文学么?

载神道的文学可以说是那种表现原质力(elemental force)的文学。它与宗教、迷信(初期的宗教)有密切的关系;迷信发源于恐惧,恐惧正是一种原质力。生、死、爱(个人的,如性;群众的,如爱国),这些也都是原质力。这各种原质力的秘密一天不能破露,那么,带有宗教,甚至带有迷信色采的文学便也一天不会消灭。

宗教,在如今来谈,未尝不像来谈社会主义……不是已经有过一次的非宗教运动来将它打倒了么? 其实呢,那一次的运动与其说是非宗教,倒不如说是非教会。非教会的运动,在明朝的时候,欧洲已经发生过了,在马丁·路德的指挥之下。屡次的学生运动,武装的以及不武装的,坦直的说来,便都是发动于一种宗教的热诚。初期的"胡适之主义"在当时无疑义的是"新教"的"圣经",中国所以陷到如今这种紊乱、自私、孱弱的田地,也可以说是完全基源于宗教的热诚还没有复返到原人的程度,也没有进化到西方的那样变形而不变质的使它分流而冲荡入社会的以及个人的工程之内的程度。

西人研究中国的,惯于将中国分作北部与南部;只就文学与宗教这一端来讲,那种的区分确实不错。诗歌,最古的文学,就中国说来,确实是有南北之分:北部的最早的诗歌《诗经》,与南部的最早的诗歌《楚辞》,它们在形体、实质上都是非常歧异。《诗经》是宗教性极为稀薄的;《楚辞》是宗教性极为浓厚的。"敬鬼神而远之","不语怪,力,乱，神"的孔子便是北部的国民性的结晶；祖先崇拜的创始者，有独无偶的中国宗教诗歌《九歌》的创作者屈原，便是南部的国民性的结晶。械斗，至今仍盛行于长江、珠江两流域一带的风俗，它便是宗教性的家族观念的表现。几千年来，"御制"的孔子学说主宰了中国，于是，完全符合了家天下者的初衷，那一股原始的宗教的热诚便不复存在了。哪能人人都作孔子，理智的泰山；一般人都是情感的动物，他们所更切身需要的，便是汨罗江的水！

宗教性的缺少对于中国文学是有何种的损失，我们只须举一个浅近的，修辞学上的例子来说明——拟人格（Personification）的罕见。只看见新文学界内满是"维纳司""美神"，很少有"美丽"或是"美"，只看见有"时光老人"很少有"时光"。这还是解放的缠足。至于旧文学，那更不用提了。想象如其要在新文学内充量的发展，情感必得要澎湃到最高潮，如同古代的先知者得到了神赐的灵感的时候那样，如同屈原写《离骚》不亚似写一篇《所罗门之歌》的时候那样。

在现今提倡迷信，那当然是开倒车——虽说战争，基源于恐惧的，也是一种迷信，并不曾去提倡，它仍然高视阔步于二十世纪的世界。迷信虽是不该提倡，古代所遗留下的丰富的神道文献，它们却仍然能以供给聪明的文人去利用、象征的。文学，尤其是诗歌，本来是喻言十九。利用着古代的迷信，现代的短篇小说作者，例如韦尔斯（H. G. Wells）、梅·辛克莱（May Sinclair）等等，仍然作着神鬼小说，那么，象征的来利用它们，更是可行的了。中国在这一方面有着丰富的，未曾开采的文献，如其能在它们之内产生出一个唐珊南来，产生出一个作《钟斯皇帝》（Emperor Jones）的奥尼尔（O'Neill）来，那也是新文学所该期盼的。即如某种笔记小说之内有一段故事，说一个女子死去了，到了阴司,判官查出了是误勾来的,便令鬼差将阴魂重行押回阳世,那知误押回了另一家,返魂在另一个也是新死的女尸之上;这段简单的记载,如其一个作者将它渲染一番,例如使一个美丽的灵魂误入了一个丑陋的躯体,这岂不成了一篇极能富有精采,极能富有深刻,悲酸的情调的诗歌或小说或剧本么?

载世道的文学都是带有伦理色采的。从前的劝善惩恶的文学便是近代的教谕诗、目标小说(Novel with a Purpose)、问题剧(Problem Play)以及多种的文章便是。

这种文学有一种特象,便是其中的人物都是类型的,没有个性。例如一篇劝善惩恶的小说,就中照例的有一个恶人,有一个受欺受磨的弱者,男性或多半女性的,有钱或有貌,有一个打抱不平的好汉;这是中外一律的,这种小说内的三种类型人物。

在从前,文学的欣赏力不曾进化到近代的程度,实在是只有这种载世道的文学才能"老妪都解";并且,在从前,教育不曾发达的时候,文学作者还立于一种社会的塾师的地位,他们义不容辞的便来写成这种载世道的文学;并且,在从前,文学的演化还只是方才脱离了神道的时代,技巧也没有进入到客观的地位,当时的文学作者也只能写出这种类型人物的文学。文学,与世界上的各种事物一样,本是受着环境的支配。

文学的欣赏力进步得迟缓,到如今这种文学还是有巨量的需要;塾师虽是废除了,社会仍然是需要文学的向导,将它领入思想之域;描写个性的文学虽是发达了,仍然有作者,那些抱了领导、改造社会之使命的,利用了已经发展到完美的地步的工技,来从事于这种世道文学的创作。

说起来好像是矛盾——"普罗"文学，归根的说来，便是一种载世道的文学。罗素确是有眼力。他说，新俄的精神便是十七世纪之英国的"清净教"精神的复活。

这种文学，表现社会势力的，也自有它的社会学的"存在理由"。社会的进化全靠了大家共同遵守着人造的秩序；这各种人造的秩序可以温和、逐渐的或是激烈、急剧的去改订，但是既经改订了以后，大家仍然要共同的遵守。有个性强烈的人，他不愿，不能遵守这种人造的秩序，他要用了自定的步骤来支配自我的生活。这是社会所不欢迎的。社会所要的是群性，不是个性。所以一般甘于或是迫于支配在社会势力之下的人都是类型的，鸽子格式的；他们的个性，或多或少，都一齐抑压下去了。既然如此，自然便只有类型的人物出现于表现社会势力的文学之内了。

这种世道文学还有无穷的前程，因为，社会在不停息的进化，人造的秩序在不停息的改订，新的类型也随之而不停息的产生着。

载人道的文学是以表现个性势力为目标；它并不是人道主义文学、世道文学之内的一种。托尔斯泰便是一个人道主义文学的伟大的作家；他之所以反对莎士比亚——好像萧伯纳之所以反对莎士比亚那样——与其说他是因为莎士比亚的剧本内只是皇帝、皇后、贵族、贵妇，那未免肤浅了，根本的理由，我看，便是因为莎士比亚所写的是载人道的文学，而并非人道主义文学。

社会上本来有两种人：一种是社会的分子，一种是个性。在社会的进化内，这两种人是相辅相成，都不能少，虽然后一种里面，既有领袖的人才，也有破坏的渠魁。至于在社会的组合内，这两种人却是势成水火，互不相容——理由是前一种人是理智与情感上有平衡的，而后一种则不然。这种理智与情感的失去平衡便是造成个性的基因。

只看佘伍得·安德生(Sherwood Anderson)的《败类的白种》(*Poor White*)一本小说之内,主角是酒徒的儿子,头重身轻,讷于言语,完全的不善处世,更其不善于对付女子,但是他却成了机械发明家,这便是理智畸形发展了的个性。又看巴尔札克(Balzac)的《欧哲尼·葛朗岱》(*Eugenie Grandet*)一本小说之内,那个女主角的父亲,老葛朗岱,他的行为、思想、情感完全被嗜财之念所主宰了,甚至于他所钟爱的女儿,比起了钱来,都要在他的目中退居后位,这便是情感畸形发展了的个性。再看莎士比亚的《哈孟雷特》(*Hamlet*)一篇诗剧之内,那个丹麦太子,理智与情感失去了平衡,因而当前待决的问题,要是换了一个普通的社会分子来,是立刻便会解决了的,他却迁延了时日去惦量,犹豫而不下手去处理。

凡是描写个性的文学,其中的主角总是有他的要害之弱点……这个要害的弱点,我们叫它作"亚吉里斯之膝",未尝不可。有时候,这要害之弱点便是造成这人物之伟大的基因——例如哈孟雷特的狐疑——这个,我们可以叫他作"磐奈罗辟的织匹"。[见于荷马的史诗《奥德赛》(*Odyssey*)内。]

莎士比亚所说的"诗人、恋人与疯人",拿来形容这种个性强烈的人,是妥切之至。进一步来说,心理学说的,每个人,无论他或她是多么常态,神经系统总有一点,不论大小,变态的所在。这层道理,演绎了出来,第一可以解释,何以这种描写个性的文学仍能为大家所喻赏,因为,个性如其与社会分子是种类上而非程度上的区别,那么,这种描写个性的文学便无从了解,无从引起情感上的反应……古代描写人物,好则上天,坏则入地,便是昧于此理。这层心理学的道理,再演绎了出来，又可以解释，何以类型人物的描写也能引起读者的兴趣，因为这种类型人物虽说十之九是常态的，却也有十之一的变态，这十之一上的变化便使得同一类型的各人物有它们的各别的面目……古代描写人物，不仅是类型的，并且千篇一律，没有这十之一上的变化，不能引起读者的兴趣，也是昧于此理。

这三种文学，载神道的、载世道的、载人道的，相辅而行，各有各的存在理由。笼统的说来，诗歌可以说是倾向于载神道，戏剧可以说是倾向于载世道，小说可以说是倾向于载人道。诗歌本是情感的产品，好像宗教那样，它本是人类的幻梦的寄托所，人类的不曾实现的欲望的升华。戏剧，为了它有实际的限制，如听众、排剧的耗费、表演者，不得不趋向于类型人物的描画；又为了它是效力广大的民众教育的工具，它也正该向了载世道的路去进行。小说是文学中最自由的，最富于弹韧性的一种体裁；描写个性，这应当成为它的责任——虽说就实际的趋势看来，就教育民众的能力说来，它也在，也该走着戏剧所走的路。这三种文学都是基于人类的嗜好，好像作梦、照相、加厉画（Caricature）一样。

十　异域文学

异域文学便是以异域作题材来写成的文学。它有三种:传说的异域文学、讽喻的异域文学、写实的异域文学。

我国古代的《山海经》,近代的《镜花缘》,里面那各种关于异域人的神怪、荒诞的传说,完全是在"行路难"的时代初民运用了他们的丰富的想象以及恐惧的动机所创作而出的。又如《大招》《招魂》内各种关于异域的传说的叙述,它们完全把初民的安土乐居,不欲远行的心理和盘托出了。希腊人也是一样的安土乐乡,也是一样的想象丰富;只看《奥德赛》这篇史诗之内,那各种传说的异域"地理志","人物志",它们也是多么诡异不经!希腊所以不能创立一个大帝国,而罗马能够,这种心理的有无以及想象的强弱便可以拿来作解释。玄奘去印度取经,也使得后代多了一部这种传说的异域小说《西游记》。在科仑布的时代,一般欧洲人还是相信着地是平的,陆地的四周是海洋,海洋的边沿,好像瀑布一样,那波浪是奔注入无底的窈深,换句话说,无底的地狱;科仑布向西天航行了那么久,船员们几乎舟哄起来了,固然也有他们的实际的理由，不过最重要的一层便是，他们都在恐怕已经航驶到了海洋的边沿，就要跌下无底的地狱之中，去受那永恒的石灰火与漆火的苦；不是西印度群岛的水鸟及时的显现，科仑布是免不了要丧命于将兴的舟哄之内，那时候，"新大陆"的发现又不知要迟到那个时代，也不知要落在何人之手了。

《镜花缘》在另一方面又是一部讽喻的异域小说，只看书里的女儿国那一段，它与史维夫特（Swift）的《格里佛游记》（*Gulliver's Travels*），虽是在文笔上有滑稽的与嘲讽的之别，却都是讽喻的异域文学。法国在十八世纪之内，一般的文学潮流倾向于世界的。那时候，中国的文化、文学为大家所盛称、乐道，中国的亭园既是盛行于当代，促成了"罗壳可"（rococo）式的建筑术，中国的文学也供给了服尔泰（Voltaire）以题材，作成了《中国孤儿》（*L. Orphelin de La Chine*）；中国的文化更是常时的被他们来引征，以与本国，欧洲的文化相比较——动机于"他山之石，可以攻玉"。孟德斯鸠（Montesquieu）也著有《波斯信牍》（*Lettres Persanes*）一书，假借了一个侨寓于本国的波斯人的口吻，来指摘本国的弱点。稍后于孟氏，英国又有高尔斯密（Goldsmith），仿效着孟氏的《波斯信牍》一书，著作了《约翰·支那人在伦敦》（*John Chinaman in London*）一书。

写实的异域文学，在开端的时候，不免是夸大的。即如蓝姆（Charles Lamb）在他的那篇《烤猪论》（*Dissertation on Roast Pig*）"爱琐"文之内，说中国的房屋是用薄板修盖起来的，虽说滑稽家的话是要打折扣，不过蓝姆也总是，不知由那里听说到，中国的建筑是用木材，并不像欧洲那样，是习于用石头，所以才这么穿凿附会出来的。哥德便有一首短诗，就中拿希腊的石料建筑来与中国的木料建筑相比较。

　　在初期的写实的异域文学之内，异域的人物千篇一律的是粗浅的类型化了。法国人是喜修饰，惯于说俏皮话，向任何女子调情；德国人是嗜好啤酒；苏格兰人是一钱如命；爱尔兰人是半疯半傻；美国人是粗鲁自喜，不讲仪节；中国人是拖辫，缠足，抽鸦片，堂斗。这么潦草的描写异域人物当然是不满意的；并且，在这种片面的印象深入了人心之后，种族、国家的偏见这种恶影响便随之而发生。在欧美的法庭上，当事人与证人不都是要立誓，"说真话，说全部的真话，真话以外不说旁的"么？这种誓言，它也应该奉为写实的异域文学的誓言。

　　英国的吉百龄（Kipling）写印度，法国的罗蒂（Pierre Loti）写日本，当然是已经脱离了初期的肤浅，潦草——不过，我们要问，拿吉百龄的《吉姆》（Kim）来代表印度，拿罗蒂的《菊子夫人》（Madame Chrysantheme）来代表日本，可以么？想必印度人与日本人都要一致的高呼：不可以！

　　这是写实的异域文学的致命伤。因为一个作者，无论是眼光多么犀利，经历多么丰富，文笔多么畅达，他决不能看到异域的生活的全面、多面，那么，他的描写，即使是忠实，深刻，也还是免不了是片面的。他决不能代替异域的人来作异域的人所应该自己来作的事。巴尔扎克（Balzac）只能替自己的祖国来作《人间喜剧》（La Comedie Humaine）；至于印度、日本、中国、土耳其、波斯、阿剌伯以及其他等等国家的《人间喜剧》，必得要本国的人去作……即使是要等一百年，也只好去等候；他国的人是无由越俎代庖的。

　　写实的异域文学，一方面固然易于引起种族的，国家的偏见，不过一方面它也有沟通国际认识的功效。没有吉百龄，我们或者要对于印度始终的一无所知。凭了长期、活动的居留与缜密、公正的观察，作出写实的异域文学来,至少是可以增进一班读者对于异域的景象、人文、风俗的见识。至少,这一种的文学是人与人的接近之上的第一块基石。世界大同的幻梦,将来如其有实现的日子,这一种文学便也有它的相当的功绩。

可以拿来附隶于异域文学之内的是"科学小说"。例如法国的威奴(Jules Verne)、英国的韦尔斯(H. G. Wells)所作的各种。威奴的科学小说一半是幻梦——然而,这些幻梦到如今都实现了!《海底两万里》(*Twenty Thousand Leagues Under the Sea*)一部书,有人说是潜水艇的预言——至少,文学是人类的幻梦的寄托所;实现幻梦,它便是人类的进化的目标。至于《八十日环游地球》(*Round the World in Eighty Days*)一部小说,到现在都嫌是过时了;因为,在今日环游地球,已经用不了八十天,只要十八天了!

通俗科学文章(韦尔斯的科学小说便是它的变形)读起来,它的兴趣也不亚于古代的人读异域的传说。

十一　贵族与平民

　　贵族与平民、象牙之塔与十字街头、布尔乔亚文学与普罗文学——这些都是甚嚣尘上的名词。

　　我们先要来研究一番：中国的贵族在那里？象牙之塔的文学是怎么一种内容？十字街头的文学又是怎么一种内容？中国有一种什么样的布尔乔亚西？又有一种什么样的普罗利特里亚？

　　在民国还没有产生以前，不错，中国是有一个贵族阶级，虽说比起欧洲的贵族阶级来，中国的是范围小得多：是集中的而并非散布各处的，社会的势力也弱小，无所谓，也用不着阶级的意识。

　　在以前的中国，与其说是有贵族与平民之分，倒不如说是有识字阶级与不识字阶级之分，还来得妥切些。旧文学便是识字阶级的文学；换一句话说，它便是"士"——士农工商的士——阶级的文学。由赋到词，那是不说自明的。元曲，我们读了以后，自己回想一下看看，对于元代的农阶级、工阶级、商阶级，到底增加了什么认识没有？小说，短篇，如《今古奇观》，长篇，如《红楼梦》，我们读了以后，也可以照样的去想。想完了，大家便可恍然而悟：旧文学内只有考场、花园、青楼、衙门、酒楼等等；农，只有陶渊明式的农；工，只有牵针引线的"红娘"或是谋财害命的船户；商，只有由宦场改行的"陶朱公"；医，只有儒医；简捷一句话，旧文学便是"士"阶级的想象的结晶品，读它的大半是"士"阶级，至于写它的更完全是"士"阶级了……无论题材是否采自"士"阶级的生活方式，读者你不是在黑字上面明显的看见了一个大的"士"字，便是在行间的白纸上面隐约的看见许多小的变形的"士"字在那里跳动。

便是侠义小说的开山老祖，《水浒传》，它也是一个"士"的想象作品。当然，这是一部浪漫事，并不比普通的小说是要描写社会各相的；不过，司考特（Scott）所写的各种《卫弗雷小说》（*Waverley Novels*），它们又何尝不是浪漫事？然而当代的苏格兰，与它的贵族，平民的各相，各种行业的形象，不是也显现于这些浪漫事的里面了么？

无论由那一方面看来，无论由作者、读者、题材、态度看来，旧文学只有一种，"士"文学。拿贵族与平民来分开旧文学作两种，显然是不知国情。

至于民国以来，更谈不上贵族与平民之分了，识字阶级与不识字阶级是可以区分得的……民众教育进化了的国家内，常时有人出来责备一般读者分辨不清真文学与假文学；现在的中国，隔离开那个阶段，还早着呢。便是如今这少量的识字阶级内，还可以分成有闲阶级与无闲阶级。无闲阶级根本就看不了书，即使书中是描写着他们的生活。至于有闲阶级，就中也有一部分根本就不看书，他们宁可去赌博、抽鸦片、追女人；就中看书的，也有一部分根本就不看新文学，无论它是"贵族"的，还是"平民"的。这是就读者来讲，新文学分不了贵族与平民。

就作者来讲,新文学也是不能这样分的。并不曾看见"舞文弄墨阶级"以外的任何界中有过人,在十年的商界生活、工界生活、医界生活、农界生活,以及任何界的生活以后,拿起笔来,用他本界的题材来作一篇诗,作一部小说,作一出戏剧——好像,只就海员来讲,英国的现任"桂冠诗人",梅斯斐尔德(Masefield)、海上生活的小说作家康拉德(Conrad)、海上生活的戏剧作家奥尼尔(O'Neill)那样。新文学的作者,就中有许多好像是来游历中国的西人,走马看花的,不知居留了有两个月还是三个月,回去了"文化"的时候,便成了家庭中、俱乐部中的"中国问题"权威,甚至于还在报纸、杂志上作文,替书局作书,来讨论"中国问题"。现在的许多作者都是"爱美的",谈不上出自某行某业,更谈不到出自"贵族"阶级或是"平民"阶级。

就题材来讲,破落了的以及不曾破落的清代贵族家庭的生活,有谁来替我们这般读者描写过?贫民窟里的生活,不说读者是茫然一无所知,便是我们这般作者,就中又有多少人看见过,更不用说度过,深悉其中的底蕴,拿来作题材,写出一部文学了。至于"平民",虽说不能拿来与"贵族"对用,却未尝不可拿来与"军政"对用,这个"平民",它的范围可就大了。试问,包括在这个"平民"之内的各种数不清的行业、职业,新文学里又有几本书是取材于其中的某种行业、某种职业的?

左拉(Zola)的小说,照他自己讲,是"实验小说";照一般文学批评者讲,它们只是左拉所作出的一些浪漫事,并不能算是实写,与科学的实验距离得更远。在新文学内,便是要找一个并不"自然"的"自然主义"者左拉,都找不到!

就态度来讲。十九世纪初叶的英国浪漫诗人的领袖,华兹华斯

（Wordsworth），他的诗歌的主张总算是"平民"的了——不过，要是拿他去交给现在新文坛上的一般"平民文学家"，那怕不见得能引为"同志"罢？

"象牙之塔"的文学。在这十五年的新文学运动内，真的有人创作出了文学来，有象牙一样细致的题材，有象牙一样纯熟的工技么？就说新诗罢，一个皈依希腊的 H. D，一个皈依"罗马教堂"的爱利阿特（T. S. Eliot），都是道地的"象牙之塔"的诗人，新诗有么？如今要是真有"象牙之塔"的文学，那么，它的象牙便是人造象牙。

至于"十字街头"的文学，就中的"十字街头"四个字，可以算是巧妙之至：因为，既然徘徊于十字街头，可见得便是门外汉，"爱美的"，并不曾深入街旁的洋行、百货公司、工厂、工会、"公馆"、贫民窟、"夜会"、轮盘场、医院、官厅、报馆、学校、书店，等等，等等。

新文学作品的贫乏、浅薄，新文学演化的迟缓、畸形：这已经成了文学批评上的口头禅，不必再去落井下石。由另一方面看来，新文学所以如此，在社会的背景上，未尝没有它的辩解。平民教育并不曾长足的进展，读者的数量并没有如何剧烈的增加；国有的藏富并不曾开采出来，社会的福利在比率上并不曾剧烈的上升：在这两种状态之下，文学书籍的需要自然是不广大、不迫切的，文学书籍的供应因之也便不能膨胀到一种可以使一般作者靠了著作来舒适的生活的程度；那么，就已有的作者来讲，他们便会改业，就许多富有可能性的未来作者来讲，他们也决不会牺牲了已有的行业、职业，安定舒适的生活，来投身于不安定的、尚不能成立为职业的著作生活。

著作的多寡，与其内容的丰富、贫乏，固然与作者的才力有密切的关系，不过它们同时也感受到社会的环境的影响，这一层我们也不能忽略。最浅显的例子是新文学中的剧本。旁的方面已经嫌是迟滞了；至于剧本，现在简直是停顿了——从前已经是最不踊跃的。新剧不发达，不得诿罪到京剧的身上……电影不是十分发达么？也不能诿罪在劣化的文明戏的身上……在开端的时候是受尽指摘的，电影何以没有"寿终正寝"，反而一年兴旺似一年了呢？新剧的所以不发达，剧本的创作所以不踊跃，旧的演员所以改了行而新的演员所以不曾出现，这都是完全受了社会的环境的影响。第一，戏剧要坦白的说听众好听的话，这一层是办不到。第二，戏剧要国家的兴盛或是民族意识的复苏作发动力，这一层是谈不到。第三，戏剧多少是靠了有地位或是有巨资的人物的提倡、资助而兴盛起来的，这一层是"管不到"。

萧伯纳算是最能坦白的说听众所爱听的话的人——要是给他生在中国，他还能那么自由自在的说话么？"伊丽莎白时代"，因为国富的猛增，新俄，因为民族意识的蓬勃，都在戏剧上热闹了起来。没有路易十四，或许便没有莫里哀这戏剧家；没有霍尼曼女士（Miss Horniman），英国的戏剧或许便不能在这十九、二十世纪之间复兴了起来。

新文学中的戏剧，在文学革命的初期，失去了它的黄金的机会……再度的黄金的机会，便不知道它是来于何日了！

不仅戏剧，其他的一切，中国的布尔乔亚西似乎都不需要，除了麻雀、鸦片、妓院。

中国的布尔乔亚西，笼统的说来，可以说是包括有少自常年进项五百圆多至常年进项五万圆的人，新文学的作者一百人里有九十九人是来自常年进项在五千圆以内的家庭；简直可以说是没有人来自普罗利塔里亚的家庭。作者的本身，一百人内有九十九人是由"学生""亭子间的文士"——两种非正式的普罗利塔里亚——而变成了常年收入在五千圆以内的布尔乔亚西。文学作者内，并没有首相，如同英国的狄斯雷里（Disraeli）；并没有贵族，如同英国的黎顿（Bulwer Lytton）；并没有富翁，如同英国的罗斯金（Ruskin）；并没有海员，如同英国的梅斯斐尔德；并没有贫民，如同英国的吉辛（Gissing）；并没有游民，如同英国的岱维斯（W. H. Davies）……这还没有提及那庞大的布尔乔亚西内的各种职业、行业，以及各种因收入不同而背景——生活亦随之而歧异的阶级内之阶级。新文学的作者，来路是这么拘狭的、刻板的，要产生出来一种丰富、复杂的文学，又怎么可能！

中国的普罗利塔里亚，谋生、养家，尚且岌岌乎其危的，他们又那里有时间、精力来创作文学！"爱美的"普罗文学，那只是越俎代庖，不仅是多事，并且是徒劳。

新文学如其不能充实，扩大它的内容，前途是决不能光大起来的。为了要达到这种内容之充实与扩大的目标，我们这一般关怀以及从事于新文学的人便应当大声疾呼出两种要求来：第一，要各种不同的行业、职业、阶级之内的有丰富的经历并且同时有文学的天才的人在现在或是将来来创作文学；第二，要实业发达以增加国富，教育猛进以增加读者，好让文学能以随了其他的艺术、学术一同如火如荼的兴盛起来！

十二　地方文学

地方文学便是"地方色采"的文学。这地方色采之内包括有方言、风俗、人种、宗教、社会组织等等项目。

粤讴,近来中央研究院所搜集的吴歌:这些便是以前的方言文学的例子。新文学内,也有刘半农先生的《瓦釜集》,杨晦先生的戏剧,一个运用江阴的土白来作诗,一个运用旧京的土白来作剧本,都有相当的成绩。

在"开尔忒文艺复兴"运动之内,有一件事情,颇为值得我们新文学上的人的注意、领悟。沁孤(Synge),那个最富于地方色采的戏剧家,他在先原是侨寓于巴黎的一个顶间之内,作着谈论当代的"象征运动"的文章;那时候,沁孤是沁孤,爱尔兰是爱尔兰,彼此是毫不相关。是夏芝(Yeats)遇到了他,劝动了他,回去爱尔兰居住。于是,沁孤便由最时髦、最开化的巴黎,一易而至最落伍、最乡野的亚朗群岛(Aran Islands)去住,住了三年。在这三年之内,他用目不停息的观察,用耳不停息的谛听,用手不停息的作札记;终于,他的剧本一部一部的产生了,就中有那基源于土白的节奏,美丽的文词,以及那基源于本地生活的奇特、浪漫的描写。

在十八世纪后叶,爱基渥司(Edgeworth)将爱尔兰介绍给了英国;在这二十世纪之内,夏芝、沁孤等人的"开尔忒文艺复兴",简直将爱尔兰介绍与了全世界。

我们对于苏格兰的认识,有三个来源:一个是彭斯(Burns)的诗歌,一个是司各特(Scott)的小说,一个是史蒂文生(Stevenson)的小说。就一般人说来,苏格兰便是这三个人的苏格兰。

同样,印度也可以说是太戈尔、吉百龄(Kipling)的印度。

澳洲、非洲、加拿大,它们都有它们的地方文学,输将入整体的英国文学之内。

英伦的本部,各区域也有各区域的代表作者:只就最著名的来举,爱塞克司(Essex)有它的哈代(Hardy),"五城"有它们的宾那脱(Bennett),矿区有它的罗兰斯(Lawrence),纺织区有它的霍屯(Stanley Houghton)。

法国又何尝不是如此? 北部的莫泊桑(Maupassant),南部的都德(Alphonse Daudet),"亚尔萨司、劳连"的巴赞(Bazin),等等。便是安南,它不仅在政治上、商业上成了法国的殖民地,便是近时在文学上,它也成了法国的殖民地了。

地方文学最发达的国家要算美国。东由纽约,西到旧金山;南由"南部",北到亚拉司加:每州,甚至较大的每个市镇,都有它的地方文学。诸爱特(Sarah Orne Jewett)的"新英伦"各州(New England States),卫斯特(Owen Wister)的"南部"(The South),嘉兰德(Hamlin Garland)的"中西部"(The Middle West),哈特(Bret Harte)的加州——

这不过是就小说来略举几个例子而已。

中国,可以说是地方文学的材料最丰富的国家了。

方言,种类是数不尽的繁夥;"这个年头儿"的平白,像"煞有介事"的吴白、"瘦仔"的粤白,等等。每种方言有每种方言的内在的美丽、想象力;如其,沁孤一样的,将它们提炼出来,那是多么值得赞美、欣赏的工作!

风俗——举古代的例子来说明:《庄子》讲吴人文身;端午节划龙船,吃粽子,是始于荆襄间祭吊屈原的风俗;郑卫之音;柳宗元的《捕蛇者说》。

人种——小学的地理课堂上已经说过了。滑稽的说来,汉族内还要分为"侉子""蛮子""苏州人""湖北老""湘军",等等,等等。"苗"族与中国的关系正与"红人"与美国的关系一样;何以美国可以产生"红人文学"的 Fennimore Cooper,而中国还没有产生"苗人文学"的樊尼摩·辜泊尔呢? 满族的生活已经出现于德菱女士的英文小说之内;成吉思汗、忽必烈汗已经出现于法国、英国的小说、诗歌之内;西藏的生活以及它的喇嘛,"牝鸡司晨",已经出现于吉百龄的小说之内……中国,五族共和的中国,反而"天朝"似的,将它们置之不理!

道教、回教、本部的佛教、喇嘛的佛教、福音教、天主教,以及已经绝传的景教、原始的苗民所必有的教,中国不单不是一个没有宗教的国家,并且是一个宗教最复杂、最繁盛的国家——然而,我们本国的人,对于这些宗教,究竟有多少的认识? 不向文学去索求,我们还能向那一方面去索求,这种关于国内各种宗教的认识?

中国的社会组织也是极为复杂的,由原始的穴居、食人,中间经过无数的阶段,一直到现代的都市。新文学,应当使它成为钢琴、提琴,可以弹奏得出这种由单音的原始乐一直到"贾四"的现代乐的复杂的"大曲"。

茶区、丝区、磁区、漆区、农区、牧区、米区、盐区、矿区、工业区、商业区,等等;在它们之内,究竟有那几区——那一区有它的代表作家?

华侨散布遍了全世界,由寒带的俄国,到热带的非洲;侨寓中国的西人也是各形各相,由军事顾问的德国人,到卖毯子的"白俄"。除去《官场现形记》内,有几段速写之外,中国文学里面,另外还有什么书籍,写过侨华的西人的生活? 至于华侨,文学之内,简直就是不曾有过"华侨招待所"!

地方文学的重要是两重的,文学的与社会的。文学的方面:文学本来是要"向人生举起镜子"的;如其没有深刻的、多相的地方文学,文学的镜子便不是向着各相的人生举起来的,这镜中的形象只能是不完全的、畸形的、单调的。那又何必希罕着这面镜子呢? 还不如把它摔碎了罢! 社会的方面:文学本是一种最有力量的社会工具,可以团结人民,可以激发爱国的热情,可以辅助教育,可以改造社会;将来便是有一天,伸张到全国的铁道网、公道网、航空线网居然大功告成了,那时候,倘若没有地方文学,全国各部之间的情感,仍然会是"秦人视越人之肥瘠"……举一个浅显的例子来讲,一个人家住家,总要想知道四邻的一点情形,房东的家境,同房客的家境,这不仅是为了好奇心,也是为了利害的关系;文学便好像是名片,好像是他们之间的应酬的访会,那时候,或是来往,或是戒备,方针便可以决定了。

即如"赤区"的实情,全国的人,那一个不想知道? 如其有文学作者,对于这一方面是有深切的认识的,能以用了公正、冷静、畅达的文笔,写出一些毫无"背景"的,纯粹的文学作品来;那么,这些作品,它们不仅要成为文学上的,并且要成为社会上的珍贵的文献。

　　中国现在的社会情形之复杂,比起意大利的"文艺复兴"时代来,简直是有加无减;由这种骚动,复杂的社会内——如其中国的民族是有希望的——不仅在将来会要酝酿出来一个强大、进化的国家,并且会要产生出来一个多相的、丰富的文学。"中国文艺复兴"内的亚利阿斯陀(Ariòsto)呢,塔梭(Tasso)呢,鲍加奇阿(Boccàccio)呢,杰里尼(Cellini)呢,马基亚末里(Machiavelli)呢,达文西(Da Vinci)呢,米西盎则罗(Michelangelo)呢,类连佐(Lorenzo de' Medici)呢? 这些文学作者所需要的环境,现在的中国是绰绰有余的了。历史观的说来,唐代,在"佛教"文化的输入之下,曾经产生过有一个优美、富丽的文学。李白、杜甫的血液,它依然流动在现代的中国人的脉管中;我们不可以失望! 不可以自馁!

十三　文化大观

华兹华斯（Wordsworth）的一首十四行里有这么一句话：

We speak the tongue that Shakespeare spoke

我们用着莎士比亚所用过的文字

卡莱尔（Carlyle），在他的《英雄与英雄崇拜》（*Hero and Hero – Worship*）一部书的《莎士比亚》一章之内，也说过同样的话。一个伟大的文学家，他可以作得他这国家、民族的喉舌——好像"言为心声"那样。

近代的这种例子，如同托尔斯泰、杜思退益夫斯基、屠格涅甫、柴霍甫那个"四人合唱队"，代表了过渡时代的俄国文化；显克微支代表了波兰；易卜生与般生代表了挪威。诗歌上的这种例子，如同荷马的两部史诗是希腊文化的大观；但丁的《神曲》是中古文化的大观；哥德的《浮士德》是近代文化的大观；亚洲的这种例子，如同《天方夜谭》是阿剌伯民族的喉舌；峨默（Omar Khayyam）是波斯民族的喉舌；《圣经》是犹太民族的喉舌;太戈尔是印度民族的喉舌;"诺"剧(No plays)是日本民族的喉舌……这些例子都是由欧洲的立场举的;峨默,在本国,并算不得"国家诗人",那个荣誉,在本国,是属于哈菲斯(Hafiz)的。

欧美的人,谈到中国文学,总是拿李白来代表;这是与中国自己通常的传统思想相异的。韩愈,文起八代之衰的人,确是有眼光,他有过两句诗:

蚍蜉撼大树,

可笑不自量!

这两句诗算是拿历来的李、杜优劣论给一笔抹煞了。唐代文化,中国的第二期灿烂的文化,是固有的文化与印度文化会合以后而产生的;拿李、杜来代表,无可异议。

《离骚》的想象复活于李白的诗中;《离骚》的情感复活于杜甫的诗中。李白的哲学是老、庄的哲学与出世的"佛学"之融合体;杜甫的哲学是"儒家"的哲学与悲天悯人的"佛学"的融合体。

唐代的诗,由陈子昂起,是针对了"六朝"而发的一种反动;然而,在技巧上,李、杜并不曾舍了"六朝"而不顾。

颇学阴何苦用心

这是杜甫自认其在技巧上受惠于"六朝"的话;

> 李侯有佳句，
>
> 往往似阴铿。

这是杜甫称赞李白能以钵传"六朝"的精细的技巧的话。李白的长短句基源的鲍照，这是杜甫的

> 俊逸鲍参军

一句诗已经说破了的；李白的五绝基源于谢朓，这是我们就了他的诗中常有赞美谢诗的话这一层上可以归纳出来的。

李、杜的技巧，来源是如此；这么看来，现在的一般新文学的作者，他们所抱的那种"线装书扔进茅厕里去"的态度，是昧于历史观的……同时，当然，新文学也是并不曾欧化到充分的程度。

孔子说的，"温故而知新"，虽是一句极为陈旧、腐滥的话，它仍然不失为真理。旧文化没有一个正确的清算，新文化的前程又怎么去发展呢？西方的文化可以比为春天的太阳，至于树干与浆汁，它们还是旧有的，或是由旧文化的土地中升上的。当然，张骞在汉代也曾由"西域"移植过葡萄；各种有"胡"字起头的果树，它们也是移植自番邦的。不过，中国的土地上，只是种葡萄，就算了么？只是苜蓿汤，中国人便能以满足食欲了么？美国由中国移植去了各种的植物；他们便拿本国所固有的植物去给毁灭了么？他们的蜜柑，苹果，一直销行到了中国的，正是他们所固有的水果。人工的培植，使得"花旗蜜柑""花旗苹果"，由"西部拓殖者"（Pioneers of the West）当时所吃的那种，进化成了我们现在所吃的这种……此中确是有一个《伊索寓言》式的教训。

西方文化,如其断代的输入,换而言之,便是,我们如其只是输入现代的,那不仅是不完全而已,便连了所输入的现代的这一部分,我们都不能完全了解。只说文学,只说现代的英国文学。诗歌一方面:现任的"桂冠诗人",他与孝素(Chaucer)的关系;新派诗中感觉的错综以及机械文明的诗料,它们与十七世纪"玄学派诗人"的领袖,党恩(Donne)的关系。戏剧一方面:萧伯纳的"清净教"的态度,他的赞扬希腊喜剧家亚里斯多芬尼士(Aristophanes)的话,他的喜欢说俏皮话的倾向是怎么一个来源;高尔斯华绥的《正义》一剧中所插入的哑剧是来源自中古时代的戏剧;巴蕾(Barrie)的戏剧与英国前代的儿童文学的关系。小说一方面:康拉德的工技与史蒂文生的关系;韦尔斯的科学小说与威奴(Verne)、爱伦·坡的关系;高尔斯华绥的十部左右的福西脱家史的小说,它们与左拉的各部鲁贡·马加尔家史的小说的关系。这些决不是断代的读现代英国文学所能知道的。那么,知道了,又有什么用呢? ——有人可以动问。知道了,便知道新的题材可以怎么去采取,并知道新的题材可以怎么去处置——我们可以这样回答。

在欧洲的"文艺复兴"时代,两千年前的希腊文化的精神可以感兴起来一种崭新的精神;米尔顿(Milton)在《失乐园》(*Paradise Lost*)的序言中,说他的"无韵体"(Blank verse)是蜕化自希腊史诗的"六步体"。这两重的态度或许便是新文学所应采取的态度——如其新文学是决意要追踪灿烂的唐代,在这固有文化又与一种新来的文化接触的时候,也要产生一种文化大观的文学、文学家。

中国的"文艺复兴",要借重于两方面:翻译、考古学。

玄奘到印度去取经,给唐代文化安置下了一块基石;这与裴特腊克(Petrarca)的搜求"拉丁"名著,以为继他而起的"人文学者"的搜集、印行、翻译希腊与"拉丁"名著,而建立了欧洲"文艺复兴"的基础,是殊途同归的。《新青年》时代以来,文学研究会算是在俄国方面作了一番较为系统的介绍工作。如今又有文化基金会的翻译工作与教育部的编译馆了。希望他们认明了这种工作的重要性,能以给与我们以一个满意的成绩!

古代的典籍真是"夥颐"之至。研究的有人,整理的也有人。不过,只凭典籍,决不能将古代文化的整体整理起来。考古学的发掘,文献的保存(如"道教"的),外来的影响(如景教、印度文化、间接的希腊文化),这些,在整理古代文化的工程中,都是应当缜密的进行、探讨的。这种工程,不仅与我们的正在形成期内的新文化有密切的关系,便是在世界的文化史上,也一定要有重大的贡献,研究、整理古代典籍、文献的人啊,你们的每一点新发现,它要像投下水中的石子那样,波动开影响到无穷! 考古学的发掘者啊,你们所下的每一锄,它要像矿工的每一锄那样,使得你们的祖国更进一步的要发现出她的丰富的宝藏,金、银、玉、宝石、煤、铁!

这些都是繁重的,需时悠久的工程;产生一个文化大观的文学家也是一样。或许,终我们这一世,工程并不能目睹其完结,那个或是那些文化大观的文学家也不能自睹其丰采……至少,我们总尽瘁了我们的力量;在这羞辱与贫弱交迫的时代,我们便是敢下笔来,放下工具来,遵从了"死亡"的号召而远去那片地方:

From whose bourne no traveler returns,

那片"没有行人遄返自它的疆界的"地方,我们在最后的回光之内,至少能以自慰,我们还算是不愧为陈子昂、玄奘、李白、杜甫的后人!

集外文

桌话 Table-Talk

一　蓝默的《博图夫人关于哑牌的见解》

前不多时,我向西谛君说,西方的 Pure essay 我国还没有人介绍过,预备译事暇时,介绍些英国的。同时又有一封信寄北京的一个朋友,同他讨论英国 Lamb 的 *Mrs. Battle's Opinions on Whist*——一篇美妙的 Pure essay。在这封信里我说,这篇文章最浅近的长处就是那位老太太的巧妙的定名。Battle 念来倒很像一个英国人的名字,骤看不像是人为的,并且它也将这位老太太的特性暗示出来了。如果我们将伊叫作 Mrs. Play 也未尝不可,不过那位老太太可就免不了要生气了。别人将伊心忱的 Whist 叫作消遣尚且不可,更何况将以牌戏为一生正务的伊唤为"游嬉"呢。或者我们称伊为 Mrs. Game,则太明显了,蹈入 Bunyan 的 Mr. Christian,Lord Hategood 一类的覆辙了。Mrs. Cards 也犯同样的毛病。想来想去,还是跳不出 Mrs. Battle 的手掌心。

究竟是怎样这名字暗示出这位老太太的性格呢? 换句话说,这位老太太的性格究竟是怎样呢? 伊抹牌的时候坐得笔直,不让你看伊的牌,也不情愿看你的。伊最恨那种三推四让的牌客,他们坐上了牌桌,是经过了那么多的扭捏,并且还要分辩的说,在作过正经的事情后,这样的消遣消遣是无妨的。抹牌才是伊的正经事情,那是什么消遣? 伊抹过了牌,才拿起一本书来消遣消遣。

伊说 Quadrille 是伊的初恋,不过到了年纪高大老成持重之时,伊舍去 Q 而与 W 结白头之约了。伊说 Q 的常常不知后事如何以及不到多时牌友就换一遍很与少年时轻浮的习气相像并且 Q 的独立门户又与少年时虚荣的心理相投,无怪他们喜欢它了。W 自然没有 Q 那种外表华丽言谈风发了,不过 W 却是一个朴直庄重而能持久的人,可以托终身的。

伊喜欢 Whist 还有一个别的原故:它是四人抹的牌。两人抹的牌,伊除了 Piquet 之外,别的都不看在眼里;就是 Piquet,伊也嫌它的掉书袋。什么 Pique 罗,Repique 罗,The Ospot 罗,这各种名词都免不了做作。伊所以不喜两人抹的牌,是因为那时的战斗太接近了。三人抹的牌也不见得强的了多少,它是那么散漫而无联盟的徒手相搏呵。一场四人抹的牌"在伊的心目中四人抹的牌与 Whist 是二而一的"。可就不同了,它赢时是替两个人赢的,更觉得荣耀,输时有两个人分担责任,失败的情绪也可以减轻了。伊是一个 Stoic,伊说牌上既已有了 heart,diamond,spade,cluf 几种符号,仅够辨别的了,何必再分什么红的黑的呢? 这时候 gentle Elia 可就发话了:将红黑改成一色,将 King,Queen,Jack 的美妙的古装剥去,就实际主义的观点看来固然未尝不可,不过那时纸牌的"美"可就荡然无存了;那时候抹牌者不能得到美觉上的愉快,则精神将要专注于赌博之上了;麻达姆,你试想一想看,要是我们废除了那方鲜妙的绿毡,换上一块无味的牌板,屏退了那些奇巧的支那牙签,换上一些小皮块"我们英国古代的泉币"或是一块石板同一支粉笔!

麻达姆不是那种执拗的人,伊听到 Elia 的这一场道理很中肯,也点头微笑了。

伊听到人家说抹牌的坏话时,伊总热诚的回答,人本来是一个好嬉的动物呀。这种好嬉的本能怂恿着人们前进,有些人将这种本能宣泄在邦国的吞并的游嬉上,还有些则将它宣泄在纸牌的游嬉上;比较起来,就人道主义的观点看来,你还是愿意一个人有着武力统一的野心呢或者愿意他,或伊好玩牌呢? 博图老夫人关于哑牌所发表的见解大概如是,我们敬聆过这些见解之后,难道不觉到伊的四人抹牌之优处的见解是一篇上好的牌经吗? 我们静观过这些见解之后,难道没有一个活现而充满了人性的"人"涌现于我们的眼前吗? 这篇文章最高妙的长处即在于此:它拾起一个琐屑,甚至于是不正道的题目来,而创造出一个人性磅礴而一方面又有其僻处 Idiosyncrasy 的活人。

二 《统一局》

虽然《自己的园地》已经买了半年,闻名的时期比这日子还早得多,可是一直没有动过。就是北京政府下了禁卖这书的命令,我还是没有激刺到将这书终于翻开。连我自己也不知道是什么原故,但《自己的园地》一直与英国大散文作家 Arnold 的文集隐藏于书堆之中,虽然我在未买以前曾经见过两书的片断。这或者是我的一种Idiosyncrasy罢,我今天推明天看明天推后天看的推上半年了,不然就是喜欢看的书太多了,我东西的奔命,终于一本书没有能够看完的,成了一个散漫的忙人了。

其实说来,《自己的园地》的作者本是我的新文学上的初恋,到了现在,虽然他的诗学上的见解我不十分赞同,但他散文上的功绩我是承认并且极心服的。他虽不会作诗,不会说诗,但他的散文却有淡远的诗味,"没有他的文体,我怕《现代日本小说集》中有许多篇都要成为枯槁的作品罢",他在现代国内的文人中,是唯一的以文体 Style 为自觉的职志而成了功的。

近来因为译事上参考的需求，就将作者的《现代日本小说集》拿起来。它的后继自然是《自己的园地》了。在他的"园地"上我发现了一朵微妙的散文"蔷薇"，那便是其中的《统一局》了。我本来预备引起国人对于西方有而震旦无的 Pure essay 的注意，不料已经有了这类的成功创作了并且作者是"旧雨重逢"的周先生，这自然是很大的一畅了。

这篇《统一局》是《夏梦》中最好的一篇，妙在它的反话毫不刺眼而减去了讽刺的成分，这文仍不失为一篇高的想象作品。其实据我的私见看来我们用纯粹的想象作品的眼光来看它，比用反刺文的眼光来看它，尤为美妙。我常常幻想，居困难之中而想象一极乐的天国，固然是人之常情，不能责备；不过假设真有了那乐国，只有幸福没有磨难，四季开着不谢的花，太阳再不会落，那恐怕乐国的国民活了几年也要觉不出什么特别的乐罢。Swift 在他的 *Gulliver's Travels* 中所说的关于不死人的话正与我这种幻想相合，现在看见《统一局》，又将它想起来了。

三　吹求的与法官式的文艺批评

《自己的园地》里面的《文艺批评杂话》说文艺批评不可成为吹求的,法官式的;诚然是,吹求的大半出于不诚恳的动机,吹求的批评是不可奖助的,"法律"两字不知冤枉了多少人,文艺较法律尤为精微,法官式的批评也是不可倚赖的。

不过多数不能抹杀少数,吹求的言论也有时是由衷之言,在那种时候我们是不能笼统的将它们忽略的。即如闻一多批评郭沫若的《莪默伽亚谟》中译本的一篇文章异常严肃而同时异常友谊的,我们能将它一笔抹杀吗?

在我个人的意思,一件事物有它良好的方面,也有它欠缺的方面。吹求的好处即在促成慎重的习惯,而它的缺点则有三层:它易受利用以作轻蔑异党的工具,它常流入自己卖弄的流弊,——这两层是明显的;它可以将人引出了主观的诗的真理的鉴赏而歧入客观的科学的真理的争论——这一层是较隐微的。

关于这一层隐微一点的吹求的文艺的坏处让我们拿一个西方文

学中的例子来说明,说起美的文艺,济慈的《圣厄格尼司节的上夕》总无疑是一篇了;说起美的描写,这篇诗中述 Porphyro 带着他的恋者逃出伊的住堡时的一段,总无疑的是一例子了。他携伊逃走的时候,冰风在堡外灰白萧条的山野上叫着,堡内是一片压闷的沉默,只有铜链悬着的灯中火焰伸吐而复缩入,黯淡的亮起阴森的堡之内部,还有地上的毯子的边角偶然鱼跃似的站起,又拨剌的落到地上了。

这篇长诗是叙中古时代的事迹,但中古时代还没有开始用地毯。然而我们倘将上述的描写中的关于地毯的一部分删去,则我们将不能在漏入堡中的一线冷风的感觉里面间接的觉到堡外冰风的权威了,我们也将不能觉到毯子落下时寂寞的声响与外面风的号嘶形成的美妙的反映了,简单一句,我们不能觉到当时的境地的活现之美,不能觉到当时的境地的诗的真理了。我们读诗,读文学,是来赏活跳的美,是来求诗的真理的;赏与求有所得,我们就满足了,不再问别的事,任凭它与理智的绝对的真理符合也好,相反也好。

我相信用纯诗——诗的真理——的眼光来看济慈这首诗的人看到此处,不仅是不觉得不满,并且极为愉快的。考古学者虽然在这里发现了一点时代错误 anachronism,我们并不得因了这层绝对的真理的原故而减低我们对于诗的真理——即是美——的鉴赏。在文学中考古的人一面不能先知的将考古的力量用到较文学为适宜的多多的考古材料上去,一面又不能聪明的用诗的真理的眼光来鉴赏文学,只是越俎的或是不能顺应的,用考古的眼光来批评文学,那我们只好怜悯他的既不得饮文学之甘泉,惋惜他的又将考古的精神狂用,并且愤怒他的凭非文学的眼光来评文学因而引许多初入门不知何所适从的人的恶影响了。

由此看来,吹求的恶影响是很大的,是我们忠心于文学的人所应当"鸣鼓而攻之"的;然而我们不可因此便将吹求的好的方面也就抹杀阻挠了,诚然如 Saintsbury 所说的,我们应将一只眼睛放在定律上,同时将一只眼睛放在例外上。文学不是国会,不是学生大会,只顾多数的;政治是社会的、连带的,不得不牺牲少数而顾大多数,文学则没有那种需要,因为它是个人的、独立的;文学上没有政治上那种时机的不候人而事的迅速——虽然未免不彻底——的解决,文学是有时间来将例子一个个的察看的。

察看文艺的标准是什么呢? 我的意思以为是——诗的真理。文学中的诗的真理的表现的规定与法律中人不可作恶的规定一般,至于什么是恶,什么是诗的真理,则各人有各人的定义了。

我的心目中的诗的真理即是美,我所说的美并非限定文中要用"红""绿"等字眼,虽然满是它们的柯勒立的《古榜人吟》(Coleridge's *The Rime of the Ancient Mariner*) 与它们的踪迹一毫不见的《自己的园地》的作者译的库普林的《玛加尔的梦》同为真的文艺;我所说的美也非限定文中必写美人,虽然写美人的拜伦的 *She Walks in Beauty* 一诗与专写丑魔 *The Nightmare Life in Death* 的柯勒立的《古榜人吟》同一高妙。美不仅包括雕梁画栋,如柯勒立的《忽必烈汗》(*Kubla Khan*) 所歌咏的,连济慈的《圣厄格尼司节的上夕》中所说的高的盔毛拂去了蛛网的屋子也在其中;美不仅包括奇山异水,如雪莱的《亚拉斯忒》(Shelley's *Alastor*) 所描写的,连华兹华斯的 *She Dwelt Among the Untrodden Ways* 一诗的一花一星也在其中;不仅写高贵的人生的史判塞的《仙后》(Spenser's *Faerie Queene*) 是美的,就是写平凡人生蓝默的《博图夫人关于哑牌的见解》也是美的;不仅写梦幻的人生的莎士比亚的《仲夏夜之梦》(Shakespeare's *Midsummer Night's Dream*)是美的,就是写现实的人生的辛基的《向海的骑人》(Synge's *Riders to the Sea*)也是美的。

我所说的"诗的真理"中"诗的"两个字并不是说一篇文艺中要充满了"啊""呀"等等近来新诗中盛行的行号,或者充满了"啊""呀"等等感叹的字眼;我所谓"诗的",也并不是"爱情""月亮""心弦""灵魂"等等时髦的名词;有了这些,或者有了音韵,并不见得就是"诗的"。最简单而美好的,这便是"诗的"两字的注释。因此,安得来夫的《七个后死者的故事》与柯勒立的《忽必烈汗》在我的意思中同为"诗的"。对象如何,也不必过问;因此,萨克雷的 Becky Sharp(《虚荣之市最》小说中主要人物)与华兹华斯的 Phantom of Delight,在我的意思中他同是"诗的"成功。

（以上三篇载 1924 年 10 月 6 日《时事新报》
《文学》周刊第一百四十二期）

四 《红烛》

《红烛》最惹人注目的地方是它的色采应用。作者想将他美术上的成功移来诗上，绝对的讲来，我如今还不能贺他诗上的完整的成功。我在这里将法国的戈提埃 Gantier 介绍给《红烛》的作者，戈氏也是一个画家，也致力于写如画的诗，但他的艺术完美多了；我可在这里希望作者将本国的以画家而兼诗人的王维记起来，王氏的五绝是中国短诗中的上乘，它们是如画的，而又神韵悠然。

闻君尝说，尽力发展你的想象，想象丰富了，音乐自然会跟着来的，这句话是一个错误，《红烛》的自身缺乏音韵，便是确证。他并不是不懂音乐的，可惜他将诗的这一方面太忽略了。我凭了中国新诗将来的命运来劝他，快的改正他的这个念头。

我幻想他受了拜伦的影响很大，拜伦是一个文不加点的诗人，很和我国古代的枚乘相像，而与司马相如大相径庭。我的朋友，枚氏与司马，究竟那个是大诗人呢？听说你正在作一篇叙述司马相如的诗，我盼望他在这一点上将你感化了罢。

或者你要说"神来之品是不容点窜的"？不错。但是一个诗人的产品不能件件都是神来呀。神来的著作中诚然既有艺术也有音乐，然而这些不是一蹴而就的呀。我的这些话自然是自绝对的观点说的了，要是从相对的观点说来，你的诗中的艺术，以《李白之死》作代表，不下似国内任何新诗人，虽然你诗中没有郭沫若的《密桑索罗普的夜歌》的音乐，我如今向你说着这些话，我想象中的对象是英国浪漫复活期的大诗人柯勒立奇、雪莱、济慈呵。《古榜人吟》《亚拉斯忒》《圣厄格尼司节的上夕》——难道是他们三人的处女作吗？

我很想拿老子赠孔子的话来赠你，可惜我没有骑青牛的福气！

五 《小溪》

《小溪》无疑的是《红烛》诗汇的代表著作。我的意思这首诗与其名为《小溪》,还不如名为《灰心》的好。

这种灰心的情绪在人类所能感到的情绪中要算是最难受的了。我不说最痛苦,因为恐怖一类的情绪才是那样,我只是说,灰心——英文的 dejection——是人类所能感到的最难受的情绪。

灰心与失望外面仿佛一样,但实际上则差得很远,失望是一种痛苦——而不是难受——的情绪。失望是紧张的,灰心却是松弛的。一个灰心的人犹如"心中悬着重铅,无救的沉入污泥的下边"。一个失望——或是恐怖、悲伤——的人不是得到解脱就是一死,死也是一种解脱呵。一个灰心的人则不然,向他讲解脱,则他不知道他的迫待解脱的对象,确实是什么,或者向他讲寻死,则他又没有那种勇气。灰心本来不像别的情绪是一种兴奋剂呵。

这种灰心的情绪与一个北方的冬天正相印合:灰白的天色,黯淡的暮气的树木,以及像一个满是油的黄瘦的浮肿起来了的脸的冻结的

"小溪",无往而非灰心这种情绪的自然界的表现。

这就是《小溪》的成功。

我们中国的旧诗除了离别、欢乐、赏景几种有限的情绪的表现外,很少将眼光伸张到别的情绪上面去的,近来谈新诗解放的人只是斤斤于名词上的讨论以及关于应当任凭自由的用韵问题的争辩而将抒情诗的题材问题略去了不谈——或者说眼睛近视没有看见——这未免太不聪明了。灰心的情绪从前的诗中向来没有看见写过,闻一多的《小溪》还是第一遭。就题材方面看来,我深信《小溪》是新诗解放以来的代表著作。

（以上两篇载 1924 年 10 月 20 日《时事新报》

《文学》周刊第一百四十四期）

六 《呐喊》

我在以前一篇《桌话》里说好的文学都是含有诗的真理的,这种诗的真理就是美;一篇文艺无论对象多么不美,只要表现得真实动人,使读者读到的时候,忽然间脑中光明起来,心里发生一种近于愉快的感觉,这篇文艺便是妙文。

这个"妙文"的称号我如今加在鲁迅的《呐喊》的上面,虽然他的这本小说之中所描写的大半是一种愚蠢灰白的乡间生活。这种生活如令我们身历其境,一定会发生作者所谓"寂寞"或是憎厌的感觉,愉快自然谈不上,美是更远了;不过这种生活经过了艺术的洗礼之后,我们再来看它,则只觉到脑亮、心愉,只觉到美,则不会觉着憎厌了。

这本小说之中描写乡间生活的八篇,篇篇有美妙的地方,而写一种与诗人恋人并列的人入神时所发的至理名言的《狂人日记》,与写城市中智识阶级的生活的《端午节》,也有鳞爪发露出来。在上述的八篇乡间生活的小说中,《阿Q正传》虽然最出名,我可觉得它有点自觉的流露,并且它刻画乡绅的地方作《儒林外史》的人也可以写得出来,虽然写赵太太要向阿 Q 买皮背心的一段与阿 Q 斗王胡的一段可以与《故乡》中闰土的描写同为前无古人之笔。

《故乡》是我意思中的《呐喊》的压卷。我所以如此说，不仅是因为在这篇小说里鲁迅君创造出了一个不死的闰土，也是因为这篇的艺术较其他各篇胜过多多。

作者的这十五篇小说本来都是些杂感，与周作人君译的《现代日本小说集》中许多篇的体裁相同，并不在结构，发展上用力，只是将作者所有过的见闻，所遇过的人物之中不已于言的叙写下来罢了。虽然那种不顾深的人生的观察与深的个性描写而只是忙碌于结构一个惊人的故事的态度，我们不能赞同；然而艺术可以补救散漫的弊病，并且像是一种增加滋味的香料——进一步说，一个文学家的内生的艺术对于他或伊的著作的关系简直同烹调对于食品的关系一般——所以文学者对于艺术也应该加以相当的注意。

纯就艺术的观点看来，《明天》一篇插入红鼻子老拱以及蓝皮阿五的各种下劣的行为以反映单四嫂子孀中丧子的悲哀，固不下于《故乡》的艺术，并且《明天》描写单四嫂子还以为伊的儿子没有死以及伊失子后只觉着屋子过沉静过空虚的地方也是很真的；不过我们总对于《明天》觉着一种难言而微妙的不满，这就是它的个性描写的缺乏。（《故乡》的优越即是为此。）

《故乡》中的闰土由一个活泼新鲜的儿童一变而为一个眼红面皱颜色灰黄衣单掌裂的中年人，从此处起，他就吸住了我们的全副注意；接着，又由往日平等的称呼一转而为幻想中的"老爷"，又迟疑的就了坐，又张开口来想诉苦而终于诉不出来，拿起烟管来默默的吸烟了，又拣选与实利主义离得很远的香炉烛台带回去，又（这里作者奏艺术上的凯旋)在草灰中藏起十多个碗碟。这里又是艺术,又是真实而深刻的人生,我们简直分辨不出谁是谁了。

我所唯一不满意于这篇杰构的地方便是最后的三段不该赘入。小说家是来解释人生,而不是来解释他的对于人生的解释的;作者就是怕人看不出,也只可以另作一文以加注解,不可在本文中添上蛇足。更何况这三段文章中所解释的两层是读者很易于发现的呢?

至于作者关于希望的教训,尽可以拿去别处发表,不应该淆杂在这里,——虽然他拿走路来比希望的实现,我觉得比得很好。我写到这里,我的脑中涌起了一种解释!就是,这处的蛇足或者是杂感体的小说的一种弱点的表现。因为写杂感的人看见了一件事情之后,总是免不了发生感触的(不然也就不成其为杂"感"了),因此他就自然而然的,在写完见闻之后将他的对于这些见闻的感触也写了下来;这在杂感文中是很可以行的,但在小说(杂感体的小说也终究是小说)之中则是不可行的,因为小说——近代的小说——所认定的职务只是将作者的见闻记下来,至于这些见闻所引起的感触则作者应当让读者自身去形成,不能拿作者自身的感触来强读者;即如我个人读完了这篇小说时候的感触,即是它创造出了一个不死的中国乡人,而非关于"希望"的任何感想。

我以上的话是就一篇完美的小说的观点来批评《呐喊》中的一个例子,这种批评上的工作是不可少的;不过批评对于作者,另外还有一种工作,就是顺着作者的本意来批评他的产品,换句话说,就是看作者注意所汇聚而尽全力以求表现出来的东西,究竟表现出来了没有。

《呐喊》的作者要表现出来,至少是所表现出来的东西就是乡间生活。他因为想达到这种目的,就采用了(至少是无意的、内生的,然其为采用则一）三种方法，它们是，姓名的制作、背景的烘托、人物的刻画。

姓名的制作的最初的例子就是《狂人日记》中的"狼子村"，最好的例子则多不胜举，如"孔乙己""老栓""小栓""驼背五少爷""红眼睛阿义""九斤老太""闰土"等等名字，它们不仅有浓厚的地方色采，并且将中国的文明风俗也暗示出来了。替书中人物起一个适当的名字，是大小说家所具的本领，英国的萨克雷，狄铿斯都有的；国内从事小说的文人呵，我希望你们替你们的儿童少起些 XYZ 的名字，而多起些"闰土""九斤老太""孔乙己"一类的名字罢。（虽然我毫不情愿你的肉身儿女，男像赵七爷，女像七斤嫂！）

写得好的背景有《药》中的"秋天的后半夜，月亮下去了，……一片乌蓝的天，除了夜游的东西，什么都睡着……街上黑沉沉的一无所有，只有一条灰白的路"，又有《风波》中的起端：

"临河的土场上，太阳渐渐的收入它通黄的光线了。场边靠河的乌桕树叶，干巴巴的才喘过气来，几个花脚蚊子在下面哼着飞舞。……门口的土场上泼些水，放上小桌子和矮凳……是晚饭的时候了。"

这些背景与济慈的

Brushing the cobwebs

with his lofty, piume

一类的描写同有不朽的价值。

谈到人物的描画，首先入我脑中的便是《风波》中的七斤嫂，伊

"将饭篮在桌上一摔,愤愤的",伊"装好一碗饭,搡在七斤的面前",伊"用筷子指着他的鼻尖",寥寥的几下点睛,生气的七斤嫂真个活得要飞起来了。我又想起《明天》中为侠不终的蓝皮阿五,以及《孔乙己》中在店主人嘲笑之时表示出恳求眼色的主人翁。

在这三种艺术的方法之上作者加上了他自创的文体,这种文体最明显——可惜稍嫌过火——的发见于《阿Q正传》之中;它很像周作人的,而不是模仿周君,其实说来,周君的《夏夜梦》(除了《统一局》外别的我不能贺他成功,周君在译小说与写杂感的时候,他的文体才自然的达到它的最高点,《夏夜梦》则有点近于自觉,与鲁迅君的《阿Q正传》一样。)还是受了鲁迅君的一点影响呢。文体不可作得过甚,英国的加来尔与裴忒便是最好的前车。

(载 1924 年 10 月 27 日《时事新报》

《文学》周刊第一百四十五期)

七 《流云》

宗君白华的《流云》只是一个小册子,但它含有几首美妙不让似任何新诗作者的诗,这几首诗便是:咏夜的《一时间》、咏雪莱的《虚阁悬琴》、咏飞蛾的《一切群生中》。它们的特色,是一个"清"字。全书之中,浸润着一种哲学的宁静,与一般新诗中的反抗与不安的特色迥异。

作者的泛神思想粗浅的表现于《红日初生时》一诗之中,无味的表现于《可爱的地球》一诗之中,而微妙的表现于《一时间》一诗之中。

《虚阁悬琴》一诗将雪莱的高妙描画出来了,可以看出作者是一个知诗的人。雪莱的《云雀》中有这么一段:

> Like a high-born maiden
>
> In a palace-tower,
>
> Soothing her love-laden
>
> Soul in secret hour

With music sweet as love, which overflows her bower.

又有这么一段：

Higher still and higher

　From the earth thou springest

Like a cloud of fire;

　The blue deep thou wingest,

And singing still dost soar, and soaring ever singest.

是这两段给与了宗君暗示，"暗示并非抄袭"，这两段便是宗君诗中所说的"你的诗"。雪莱是一个多方面的诗人，清莹一方面的诗如上举的《云雀》，以及《印度夜歌》(*The Indian Serenade*)等等，与宗君的性情刚好投合，自然是为宗君所特别喜欢的了。

宗君的《流云》中最好的诗，在我看来，是《一切群生中》。我从前在北京的时候，听到一个朋友说，有一个人坐海船，正当一个辉煌的日落，他赏玩得入了神，心中觉着自己非投入黄金的水中不足以尽致，于是他就投入了海。想不到世上竟有一个飞蛾质的人！

《流云》的作者对于艺术有自觉的努力，这在如今蔓草般的新文学中是一种可喜的现象；然而《月的悲吟》一诗中描写月升月落之处我看了总觉得不满意，并且"音乐的情海""昨夜蓝空的星梦""诗园""心花"一类的词句也未免有点累赘，或者作得过火，"too far fetched"了。

"世界的花"蹈入了胡适的修辞上扭捏的毛病，不知作者自己注意到了没有。

在提出并且谈论了《流云》中的几首好诗以后，特将作者所忽略过去的地方举来讲讲。在这真的新体诗才在萌芽的时候，有宗君的《一切群生中》这种诗出来，我们也应当觉着满足，不应当过于奢望，想雪莱、柯勒立基、济慈立刻就跳出的。宗君是新诗人中有希望的之一，我很希望他多多的创造出"夜的幕上有繁星织就了的花园，园中有月神在徘徊着"一类的文章。

（载 1924 年 12 月 1 日《时事新报》

《文学》周刊第一百五十期）

白朗宁的《异域乡思》与英诗

——一封致《文学旬刊》编辑的公开信

《文学旬刊》编辑先生：

贵刊第六十二期通讯中载有一段指摘我的《异域乡思》的中译的文章，我看了它以后，觉得指摘之处很可商量，特上此函，详加讨论。

此诗译时是用的 *Oxford Book of English Verse* 选本。我受指摘的四行的原文是：

Hark, where my blossomed pear-tree in the hedge

Leans to the field and scatters on the clover

Blossoms and dewdrops——at the bent spray's

edge——

That's the wise thrush; he sings each song twice over.

我的译文是：

我家中篱畔烂缦的夭桃

斜向原野，树上的露珠与花瓣

洒在金花草的地上——听哪，抓着曲下的枝条

是一只聪慧的画眉；伊的歌总是唱两遍

第一句的梨树我将它改作夭桃，因为想与第三句协韵，正如我将第四句的他改作伊以柔化了画眉一般；将梨树改了夭桃，在我的想象中，并与不改一般，因为它们都是春天的花，——倘若我将梨树改作荷花，或桂花，或梅花，那时候王先生便可以说我是"大错"，我也就俯首无言了。

第二句的"and"一字大概王先生的诗本中遗漏了，所以他便说"scatters"一动词并不是连住 blossoms and dewdrops 两个宾位的，不然，——我希望不是如我所猜想的——便是王先生"的确没有把当时的情景"在想象中看清。我尤其希望，文法书在王先生的手头。

"at the bent spray's edge"一词句只可以附属两个主位：blossoms and dewdrops 与 thrush；将此句附属于第一主位，则太平庸了，太不想象了，唯有附属于第二主位"画眉"，才能活画出一只鸟将两脚抓住一根枝条，枝条因鸟的体重而略"曲下"，于是枝叶上的朝露便随此微微的震动而落下了。我诚然不是有博士资格的人，我也不是出大名的人，（虽然几个少数的真诗人，闻君一多、孙君铭传等，真诚的将我看成文友。）但我相信白朗宁复生的时候，他将许我为懂得他这首诗，能够译出"并且听到果园树枝上的金丝雀声响遍了英伦"这两句有音乐性的"诗"来。白朗宁终于不能复生，我终于要来"毛遂自荐"。

王先生拿出我的一首英诗中译来谈，可见得中国还有人知道几个英国诗人；我从前的偏见（中国人只配重译，并且中国人只配重译诗以

外的文学;中国人对于诗是盲目的,尤其是对于英国诗,现代诗中最荣耀与古代希腊的诗前后照耀的,是盲目的),从此可以消灭一点了。

我因为英诗毫未引起中国人的垂顾,在四个月以前的某一个月中趁着高兴接连译成功了 Wordsworth: *Lucy Gray* and *The Daffodils*, Landor: *Dirce* and *I Strove with None*, Keats: *Grecian Urn*, *La Belle Dame sans Merci*, and *Autumn*, Fitz gerald: *Old Song*, Tennyson: *Blow*, *Bugle*, *Blow* and *Summer Night*, R. Browning: *Pippa's Song*, *Meeting at Night*, and *Home – Thoughts, from Abroad*, Kingsley: *Sands of Dee*, Clough: *Say Not the Struggle Naught Availeth*, Allingham: *Fairies*, C. G. Rossetti: *Remember*, Yeats: *The Lake Isle of Innisfree* 十八首诗,就中除 Kingsley 的诗已投《文学》,Miss Rossetti 的诗已投《妇女杂志》外,其余的都是投入了《小说月报》,但迄今五月,只登出了四首来,于是我向《小说月报》商量,该刊既然稿件拥挤,不能早日登载,便拿出了 *Daffodils*, *Pippass Song*, *Say Not the Struggle Naught Availeth*, and *The Lake Isle of Innisfree* 几首来,投入周作人先生的《语丝》。

这次我与闻一多、梁实秋、顾一樵、翟毅夫、孙铭传、家嫂薛琪瑛女史诸位筹备一种《文学季刊》,该刊颇有志于介绍英国长短体诗。我个人已动手翻译 Chaucer: *The Knightes Tale*, and Milton: *L' Allegro*,前一篇是长体的叙事诗,已成百七十行,这次我入上海大学去教英文,就是陈望道先生看见了我的译文而介绍的;后一篇是长体的抒情诗,已成六十行,寄海外的文友闻梁顾翟诸位去看去了。(在此中译的英诗内我自出心裁的地方更多,幸亏它没有被王先生看见——Fitzgerald 是死了。)

朱湘　二月二日

我近来很少看近来的各种刊物,这一份指摘我的译诗的《文学旬刊》还是郑振铎先生告诉了给我看的。以后有指教我的人望直接函上海大学,并望我的朋友们替我留心一点近来的刊物。——我自己辛苦的挣了几个钱,还要自持生活,养妻子小孩,还债,预备人敲竹杠,买Shakespeare 的全集呢,这是我的一大遗憾,因我曾买过一本,但无款付 C. O. D. ,竟然退还,不能与我的金边印度纸本的 Chaucer,Spenser 全集以及 Milton 的全集并卧于我的书堆中了——请我的朋友们稍候,并请能够读诗的诸位读者稍候,因为《文学季刊》第一期中将有我的两篇论 Spenser:*Faerie Queene*, and Milton:*Paradise Lost* 的文。

王先生在《文学旬刊》中所译的《生命的雕像》依了拙意加以更改如下,不知王先生自己,以及有眼的读者们,以为如何(原文可惜无眼福看见):

> 一个雕(改刻)像的孩儿拿了镌凿站立着,
> 将大理石块放到(改在)他的前面(改头);
> 他微闭着眼睛在(此字应删)快乐的微笑,
> 当安琪儿(此三字应改玄妙)的梦儿掠过他的面前
> (改双眸)。
>
> 他刻梦儿在(改于)这不成形的石上,用了无数锋
> 　利(改畅快)的刀痕(改锋);
> 雕像放射出神祇的光华——
> 他是曾经(此两字应删)捉住了(增那)(安琪儿)

　　的美(改幻)梦。

　　我们是生命的孩儿(改儿),当我们站立着,
　　将那未曾雕(此两字应删)琢过的"生命"放
　　　(到)我们的"前面"守候到(改着)上帝指令的
　　时候,
　　生命的梦儿将要掠过我们的(面前)。

　　如果我们刻画(此字应删)梦儿(在)这棉软的石
　　　上,
　　用了无数(锋利)的刀(痕);
　　那超人的美丽将要属于我们的(此字应删),——
　　我们的生命就是(此两字应改使成了)(安琪儿)的
　　　(美)梦。

文成后第二日附注。

　　这是我有生以来所作的第一篇与人辩论的文章,我向来不赞成演说中的辩论,但这次"莫须有"的罪名加来于我的身上,我是不得不作防御之战了。我向来很少生气,但昨天我是真的生气了;一般饾饤剽窃的人倒没有人来发覆,偏是几个硬里子的志士被人冤枉的牺牲了;此世上一切的事情都是这般,夫复何言。还有一层,我向来是不赞成谩骂的,这次我不自已的祖臂作了一个祢衡。

　　我隔了一夜,重看一遍我的这封公开信,看我昨天可是有意气羼杂其间——不,一点没有,她,这封信,与我平常安闲时所作的文章

一般。

经过了一夜的睡眠，我发见我的态度毫未改变，我的心告诉我，这是我一生中的第二次与不公平宣战了。我是一个极端主张积极的人，但消极的事情逆了我的意愿而来；临战而走，是谓懦夫，懦夫不是我的本质；我如今在这个地方，向一切不公平挑战，"你们来罢！我在这里"。

文成后第三日附注。

说不定王先生会讲"pear 与 peach 字形很像，朱先生闹出近来常闹的笑话来了"；不知我有一个确凿的旁证，王先生的文章是二月二十五日登载的，我前三天即三月二日从郑振铎先生处看到，恰好，一月底二月初的时候我写过一封信给周作人先生，信中附有六首英文诗，都是我自己拿了自己的旧作译成英诗的，它们之中有一首叫作"*The Musician's Spring*"，是译的旧作《春》中"乐人的"诗（曾载某期《小说月报》），此诗的原文是：

> 蜜蜂喁喁将心事诉了，
> 久吻着含笑无言的桃花，
> 东风窸窣的偷过茅篱，
> 蜜蜂嗡的惊起逃去了。

译文为：

Bee, having humm'd his love in peach's red ear,
Prints his kiss on her silent blushing lips.

——But wind discovers them through gossip hedge,

Amay young bee flees, muttering an oath.

　　这六首诗也是去年十月间译成的,曾寄北京的朋友孙铭传、饶孟侃、杨世恩诸位看过,前两个月又抄了一份寄给美国的闻一多、郑振铎先生也看过,最近又抄了一份寄给周作人先生,确凿有据,可以证明。

　　近人有一种习气,就是,一个有名的人所作的文章字字都是圣经,一个无名的人所作的文章字字都是恶札;这是一班浅人的必有的倾向,要勉强他们,也是不能的;但是这么大的中国,难道尽为这一班本性难移的劣者所充斥吗?难道竟没有三数个或一个眼光如炬的批评家来发覆扬微,推倒"名"的旗帜而竖起"真"的赤帜吗?我自己不知究竟有批评的天赋没有,然而我发一个愿心在这里,——并望朋友们常常提撕我——就是,以大公的态度来遍阅一切的新文学产物,不以"名"为判断的标准,也不射有意或无意的暗箭。

　　我个人的倾向原是在创作与介绍两方面的;但是如今我自身感到了一种兴奋,我的精力是不自已的要分一部分到这方面了。

　　让我将我这一方面的努力的第一成绩公之天下。便是,上学期考试上海大学中国文学系的"文学概论",有李君伯昌作有《农村晚景》一诗:

　　　　稻儿打完了,
　　　　枯草晒在溪边;
　　　　黄昏里——
　　　　两个孩子赶一群白鹅,

从水田中叽叽的叫进茅舍去了。

这首诗是新诗写景诗中一个极好的例子,擅于写景的康白情先生所作的同性质的一首诗比起它来决赶不上它的自然。但李君有什么资格?一个一年级的大学生。又有方君卓有这么一段批评:

> 国内创作家很多,好的创作却极少。鲁迅的下层阶级描写比较是好的;郁达夫的性的苦闷的呼声确是人生问题之一;冰心比庐隐清丽,庐隐比冰心切要,然而都是很淡泊的描写,没有鲁迅达夫的深刻动人;落花生叶圣陶很有小说的聪明,却不能捉住人生的根本要点,用力描写,一味支离琐碎,平淡寡味,实在可惜之至。

作得出这一段的人便是一个硬里子的真批评家。但这位真批评家有什么资格?一个一年级的大学生。

唉,资格,资格!天下为了你,不知曲没了多少人了!

听到朋友彭基相说,北大的学生以终身在校中读书,当局不仅不将他们开除——如清华开除了我这个中英文永远是超等上等,没有中等过,一切客观的道德藩篱(如嫖赌烟酒)向来没有犯越过,只因喜欢专读文学书籍常时逃课,以致只差半年即可游美的时候被学校开除掉了一般——并且极力的奖励他们;即如彭基相、余文伟两位我的朋友,又如朱谦之先生,大学教员已经当过了许多处的,而资格只是北京大学中国文学系一年级的学生。

资格!我向你正式的挑战,我的战具不用许多,我只用近来这几天作的一首诗:

葬我于荷花池水下，

让滑泥作我的殓衣，

在绿荷叶的灵灯上，

夜萤闪它的青辉；

葬我于马樱花底，

永作着芬芳的梦；

葬我于泰山之巅，

长聆听挽歌的天风；

不然，便焚我为轻尘，

洒入初涨的春水，

在柳荫中偕了桃花，

同流往不可知的去处。

资格！不公平！你们不要狞笑！我还未葬哪！我如今才二十二岁哪！我还有四十年来与你们周旋！朋友们哪！一切的叛徒呀！雪莱、Goldsmith 呀：请听我的战呼！

"一个开除的学生！"

（载 1925 年 3 月 11 日《京报副刊》八五号）

一封致友人饶孟侃的公开信

子离：

《异域乡思》的 pear 我改 peach 以求押韵，连你也当是我错了，幸亏我有拙作英译的旁证，不然，我简直要蒙不白之冤。我想一班目无雾翳胸无名心的读者们看见了我的各篇英诗中译，将它们用真天平来估量一估量，一定不会相信我能闹出那种笑话的。

我上次写的一封公开信是一篇我个人的《渔阳曲》——一多的近作，音节极佳，概投《小说月报》，你即可看见了——我在那封信里不过是借了王先生作一个鼓，来敲出我这两年来的不平之鸣。我这六年来没有生过一回气，但自从我投入社会的潮流之后，我所身历目睹的不平事实在太多了，我的火气不由得时时要冒上来；王先生的那一段毫不公正的"指摘"不过是一条引火线罢了。

我国近来的批评界（？）水平线实在低得令人可惊；从此以后，我们一班对于文学努力的人是不得不采取一种"初等小学教科书"的方法了。不然，亿万的蚂蚁都在那里磨着偌大的牙齿等候你，将你抛下的隋珠欢天喜地的当作它们所恭候许久的死苍蝇而高举起来哪。

为了这个原故,我不得不在这里申明,我的《往日之歌》的中译——已载本年第一期《小说月报》——是节译的,正如我的叶林罕的《小妖》(Allingham's *Fairies*)——已投《小说月报》——是节译一般。我节译《往日之歌》的原故是因后面的几段与前面的一种亲热的窄隘的境地冲突。我所以要特别声明,是因为我看了王先生的一段"大"的批评之后,我自信对于近来国内批评家的思路是揣摹出一点门径来了,"仰体高深"四字我现在是可以受之无愧了。便是什么呢?我怕再有一位"王先生"不惮费事,将录《往日之歌》的 *Oxford Book of English Verse* 翻开一找,找到八一五页,看见此页的末段正是我的中译的末段,于是一条直觉的伟大思想闪电般射入他的脑中,而他愉快的拍着书案跳了起来叫出:"朱某人上次译白朗宁虽没有错,这次却被我抓住了他译费兹基洛的错处了!王先生的仇是报了!朱某人一定是以为此诗在本页告终,不知下页还有后文!一定是如此!Hurrah!批评上的'大'成功!"

回声答应道:"Hurrah!批评上的大成功!"

许多的庞大的新文学家名声便是这样起来的。

Fame is no plant that grows on mortal soil,

Nor in the glistering foil

Set off to the world, nor in broad rumour lies.

——Milton：Lycidas

时间是文学的审判官;济慈终究不朽,《索列克乌杂志》的记者早被湮灭的臭泥埋起来了。

你的那篇文学与雪莱的《厄多纳依士》(Shelley：*Adonais*)出于同一的动机，我是十分感谢的。诚然如你所说的，我当时是在气头上，只看见了王先生通讯中一段批评我的译诗的"又及"，而未看见王先生通讯的"本文"。王先生所译的 Wordworth：*Evening on Calais Beach* 一"十四行诗"的头四行，诚然是"的确没有把当时的情景及句子的构造分清"，"一时的大意"，王译将四句改作三句，将"傍晚"改作"夜"，将一个在英诗中毫无意义只是填韵的字 free (如 Milton：*L' Allegro* 的"But come，thou Goddess fair and free"句，Coleridge：*Ancient Mariner* 的"The furrow follow'd free"句可见)译作"自然"，这些都是比较小一点的错误，我们也不用去斤斤了，最大而最不可恕的错误是"烈日默默的下沉了"句中的"烈"字，——用"默默的"来译"in its tranquillity"已经不对，不过我们也不讲它去了。这个"烈"字不唯没有将原文的"broad"一字的美妙之处翻译出来，而且与全四行中的一种宁谧的"情景"，"的确"发生了"大"的冲突。

华兹华斯的这四句诗我今译出如下：

> 这是一个美丽而(清澄)的傍晚，
> 神圣而安静有如修道的女尼
> 屏息于虔诚的祈祷之内，
> 大的月轮(舒徐)的降下天边。

(   )符号中的意义是我添的，我相信它们与"当时的情景"极为嵌合，毫不冲突。

你的文章之中又提到了济慈的《何默初觑》一十四行诗中的 Cortez 一人名为 Balboa 之误,这一层道理是很对的,我从前用了"天用"的"笔名"写过几篇《桌话》,后来因为它们不为人知,就停下了,这几篇《桌话》中有一篇叫作《吹求的与法官式的文艺批评》,内中有三段是(我举此数段,并非为己辩护,因我本没有错,不用辩)。

"关于这一层隐微一点的吹求的文艺批评的坏处让我们拿一个西方文学中的例子来说明。说起美的文艺,济慈的《圣厄格尼司节的上夕》(*The Eve of St. Agnes*)总无疑的是一篇了;说起美的描写,这篇诗中述说 Porphyro 带着他的恋者逃出伊的住堡时的一段总无疑的是一段了。他携伊同逃的时候,冰风在堡外灰白萧条的山野上锐叫,堡内是一片压闷的沉默,只有铜链悬着的灯中火焰伸吐而复缩入,黯淡的照亮起阴森的堡之内部,还有地上毯子的边角偶尔鱼跃似的站起,又复拨刺的落到地上了。

"这篇长诗是叙中古时代的事迹,但中古时代还没有开始用地毯。然而我们倘将上述的描写当中关于地毯的一部分删去,则我们不能在此段所暗示出的漏入堡中的一线冷风的感觉里面间接觉到堡外冰风的权威了,我们也不能有毯子落下时寂寞的声响与外面暴风的号嘶所形成的美妙的反映来赏鉴了。简单一句,我们不能觉到济慈所创造出的当时的境地的活现之美,诗的真理了。我们读诗,读文学,是来赏活跳的美,是来求诗的真理的,赏与求有所得,我们便满足了;那时我们不再去问别的事——任凭我们所得到的诗的真理与智的,客观的,真理符合也好,相反也好。

"我相信用纯诗——诗的真理——的眼光来看济慈这首诗的人,看到此处,不仅是不觉得不满,反而是觉得极其愉快的。考古学者虽然在这里发现了一个时代错误(anachronism),但我们并不可为了这层客观的真理之故,将我们对于诗的真理的鉴赏减低。在文学中考古的人,一面不能先知的将他考古的力量用到别的较文学适宜多多的考古材料上去,一面又不能聪明的用诗的真理的眼光来赏鉴文学,只是越俎的,不能顺应的,用考古的眼光来批评文学,那我们只好怜悯他的既不得饮文学之甘泉,惋惜他的又将考古的精神枉用,并且愤怒他的凭非文学的眼光来批评文学,因而引起许多初入门不知何所适从的人的恶影响了。"

这是吹求的文艺批评的较为隐微的缺点,我在本文之中还举出了它的两层较为明显的缺点,便是,它易受利用以作轻蔑异党的工作,与它常流入自己卖弄的流弊。有真学问而自己卖弄,倒还没有什么;最危险的是那一种没有学问而卖弄的人了——尤其是在我国如今这种一般人都是盲瞽的时候。

湘

（载 1925 年 3 月 28 日《京报副刊》一〇二号）

为闻一多诗《泪雨》附识

泪　雨

闻一多

我在生命的阳春时节，
曾流过号饥号寒的眼泪，——
那原是舒生解冻的春霖，
那也便兆征了生命的悲哀。

我少年的泪是四月的阴雨，
暗中浇熟了酸苦的黄梅。
如今正是黑云密布，雷电交加，
我的热泪像夏雨一般滂沛。

中途的怅惘,老大的蹉跎,——

我知道我中年的苦泪更多;

中年的泪定似秋雨淅沥,

梧桐叶上敲着永夜的悲歌。

谁道生命的严冬没有眼泪?

老年的悲哀是悲哀的总和。

我还有一掬结晶的老泪,

要开作漫天的愁人花朵。

　　一多信来,谬奖我的《雨景》《大雨之前》两诗,并附有他自己的诗两首,《大暑》与《泪雨》。二诗中自然算《大暑》为最好了。就他的这两篇近作,《渔阳曲》,以及《薤露词》中的:

也许听着蚯蚓翻泥,

听细草的根儿吸水——

也许听着这般的音乐,

比那咒骂的人声更美。

一段看来,他近来的进步实在可惊,他的这些诗较之从前的《红烛》诗汇(《小溪》除外)在音节上和谐得多多,在想象上稳锐了不少,在艺术上也到了火候,尤其是辞藻。他的第二诗汇在今夏回国时即将印行,这个第二本诗汇,就上述的诸诗看来,问世之后,一定要在新诗坛上放一异采:是可断言的。

他今夏回国,还衔有一种使命,就是回来主持一种艺术杂志名《河图》的。此刊物的宗旨,据他通讯中说,是提倡"文化的国家主义"(Cultural nationalism),刊中分文学(诗歌、小说、批评),戏剧(剧本、舞台艺术),图画,书法,服装图案,建筑(包括园亭布置),雕刻,舞蹈,音乐各门,担任稿件的都是游美的人,如诗歌中的梁实秋,小说中的冰心女史,许地山,戏剧中的余上沅、赵畸(他们两位也是今夏回国,拟往京中创造新剧事业)、熊佛西,图画中的杨廷宝,建筑中的梁思成,雕刻中的骆启荣以及林徽因、张嘉铸等人,都是些有声望的青年艺术家。

这便是他今夏回国时所携的两种使命。

这两种使命他自彼岸来了时自会宣示出来,如今且让我谈他的《大暑》《泪雨》两篇诗歌。

《泪雨》这首诗与济慈的

Four seasons fill the measure of the year,

There are four seasons in the mind of man.

一首十四行诗不约而同——一多是一个理想极高可得我们整个的相信的人,所以一般不认识一多的朋友们务必不要因此而向下面去想。《泪雨》这诗没有济慈那诗的

contended so to look

On mists in idleness——to let fair things

Pass by unheaded as a threshold brook

那般美妙的诗画,然而《泪雨》不失为一首济慈才作得出的诗。《泪雨》的用韵极为艺术的:头两段写以前,是一韵,末两段写以后,换了一韵,换得愉快之至。

《大暑》一诗与白朗宁的《异域乡思》诗异曲同工,白朗宁的

> he sings each song twice over,
>
> Lest you should think he never could recapture
>
> The first fine careless rapture!

（王宗璠先生批评我此诗的中译,评得一点不关痛痒;殊不知我当时因句法的关系将 careless 一个极有意味的字割爱未曾译出,王先生当时如将此点指出,而责备我的故弄狡狯,那时我真要五体投地的佩服他了。）

虽为《大暑》所无,然而《大暑》全诗中的美妙的描写也是《异域乡思》所要看了退避三舍的。

这种题材上的符合并没有什么关系,它是一件必然的、自然的事实,自古至今,诗人知道有多少,他们的题材大半时候相同,他们的长处只是在解释上、组合上、艺术上各呈异采罢了;后人的批评,也是凭此而不凭彼的。试看英诗中咏恋爱的,车载斗量,简直数不清楚,然而好的恋爱诗代代皆有,也不见有批评上的说,"我们已经有了 Spenser：*EPithalamion*, Lyly：*Cards and Kisses*, Samuel Daniel：*Sonnets*, Shakespeare：*Sonnets*, and Ben Jonson：*The Shadow*, 我们不要 Herrick, Prior, Burns,以及一班别的恋爱诗家了罢";就是 Prior 很像 Herrick, 也非袭

取。细心的人自可看出,《泪雨》与济慈的那首十四行诗,《大暑》与《异域乡思》,是不同的。

一多是英诗的嫡系,英诗是诗神的嫡系;一方面我虽极盼他所提倡的"文化的国家主义"成功,而与"爱尔兰的文艺复兴"东西辉映;但一方面我也希望他的诗提起了国人对于英诗的兴趣,而会使荒漠的中国多出了一个漠中草原来。

(载 1925 年 4 月 2 日《京报副刊》一〇七号)

这是什么意思

今天早上我从上海大学教完英文回来,坐的电车;车上有两个西人(说的是英文,不知是英国人还是美国人),我在他们的对面坐下;但半路之中上来了一个西妇,我便起来让给她带着孩子坐下,那两个西人没有起身让位,还是我这个异国人让的,这也不算什么奇怪,也不讲了,我那时起了身,便抓住这两个西人头上的藤圈;这藤圈本是预备给座满时后上的人抓的,至于我要抓那个藤圈,也是我的自由,别人无从干预;我又没有挤他们。不料这两个人中竟有一个向那一个骂我作animal(兽)! 那一个抬起头来望我,眼内含有一种怜悯而带轻蔑的表情。我当时忍着气等他们再说下去,直至我要下车的时候,我就用英语质问刚才那个侮辱我的人:"喂,你刚才所说的 animal 是指着谁?"他竟承认了是我,说我不该站在他们的前面! 他既然自己承认,我便教训他了,我当刻高声的嚷出:"虽然按照了达尔文的学说,我们大家都是从兽类进化来的,但你不能侮辱我! 这个不懂礼节的东西!""Learn your manners better!"我那刻气得很厉害,无暇观察到我大声呼出的话在同车人的面部引起了什么表情,但那个无端辱我的西人的面部则我看得很清楚,他羞耻,惶恐,而恚恼。我临下车的时候,补了一句大声的话:"中国自有它的古文化!"这时电车已经停够了,开了,我忙着跳下电车,想不到那个西人居然一点羞耻也不顾了,他趁此机会说:"成,你将拖带了下去罢。"

电车已经开去许远了,我当时也急得糊涂了,竟没有法子追偿此第二侮辱。后来一想,这是侮辱名誉与友邦的罪名,我岂不该控告他去?虽说电车去了,我岂不可以追他回来?但我再一想,第一,西人的法庭说不定会袒护西人;第二,同车人各有要事,不见得有人替我作见证;第三,控诉是要堂费(?)请律师(?)的,而我如今的财产总共只有一千钱还不到。控告是不能的了,懊悔与愤怒这时在我胸中狂咬起来,我的念头又转了;虽说这个第二侮辱我没有报复,但他这句话已经使他丧失了人格,他自己的良心可以失灭,别人,同车的人,西人或中国人,总会看不起他的。这使我的热气稍为减退了一点。

奇怪!坐的是头等车,并且也是着的绅士衣服,而居然说得出这种下流的话来;我又毫未冒犯,沾染他。由此看来,外国人对于我们中国人的态度是如何,也可恍然了。从前的时候,还有一班人说,对于中国人加侮辱的西人,只是些没有智识的下等社会人;但是现在,拿我所身历的事情来看,可知将我们中国人看作下等动物的外国人是不仅无智识的下等社会人了。并且我是着的绅士西服,英文又是一种极通行——尤其是上海——的语言,而那个外国人竟然当了我的面无端的侮辱我个人及国家!亲爱的同胞们哪,你们回想一回想,这是什么意思?

说起来真是凑巧;我从前再没有看过英文报纸,昨天偏好在我现

在所寄居的友人孙君铭传家，他们送过来一份英文报纸，《大陆报》
"The pulse of this great city and of China""此大城——上海——以及全
中国的脉搏"。这份《大陆报》便是"上海"某"大学"的毕业生教英文
课程时所奉为"课本"的报纸。久仰，久仰！三生有幸，我捧读过它之
后，觉得实在"与众不同"，不说别的，只说它的《汽车增刊》，便令人
"信余言之不谬"。原来汽车广告上画了一幅插图，图中是一辆"如虎
生翼"的"汽车"，车后的远处是几个倒下的"不开通"的"中国人"，车
轮下是一条"该死"的狗，坐车的"洋人"惊诧的向车外望，问道："这是
走过一块坟地吗？""御"车的"中国人"眼睛望着前头一点不转身子飘
飘欲仙的安静而骄傲的回答："他们是志程的石碑！"

　　与我族类相同的人哪！这又是什么意思？

（载 1925 年 4 月 11 日《京报副刊》一一五号）

说 推 敲

"推敲"这词语的来源,大家都知道:终于贾岛选定了"敲"字,是因为它来得响亮些。

响亮些固然是不错的;不过,据我看来,还有一层旁的,更重要的理由,那便是:

"僧敲月下门"这一句诗的意境,因为一个"敲"字的原故,丰富了许多。

"僧推月下门",这不过是一个僧人回寺迟了,在夜月之下推着山门,正要进去庙里:很平凡的一件事,那值得一个诗人去写成一句诗呢? ……如其这诗人是《水浒传》内的海阇黎,他所推的门并不是寺庙的,那或许还有一点小说的兴趣。

至于"僧敲月下门"一句诗,我们却能因之以推测,这僧人确是回寺很迟了,连庙里的人都以为他今夜是不回来了的,将庙门关了起来;并且,庙宇是最肃静的地方,已迟的月夜又是最肃静的时候,忽然来了这一片敲门的声音,又是一个习静的人所来发动的:这各种的联想,它们都是由了"敲"这一个字而引起来的,——文字正是要富于联想。

"敲"这个字不仅在发音上来得响亮些,它所引起的联想也是一片敲破寂静的响亮。

还有一层,"推"字并不能使这句诗在读者的情绪上引起任何的反应;"敲"字之中则充满了期待,置读者于此僧人的当时的地位上,同了他,在已深的月夜,等候着庙门的开放,在一片搅动了他的自尊心的,余音仍然波动于月景之内的敲门声里。

（载 1933 年 3 月 5 日《申报·自由谈》）

访　　人

　　《官场现形记》里所说的,候差委的人去见上司,要预备下一笔门包的费用,否则,连见面的希望都没有;这种情形,不知道现在还遗存于官场之内否,因为我不曾作过官。一般的访会者,俭省的,只须在传达处递入五厘钱,一张名片的费用,便只索取这五厘钱,——无益于传达处,正与纸钱锡箔一样。

　　访会最好是在事先约定时间,否则在名片去了,主人来了之间,必有一番等候——有的时候,即使是时间已经约定了,这一番的等候还是不免的。所以,我向一般访会者建议,名片之外,随身不要忘了带一本书,《翟斯特斐尔德信牍集》(*Loaid Chesterfield's Letters*)最好。切不可带那种看来这主人是不会喜欢的书,《尝试集》,如主人是旧派,《圣经》,如主人是新派,《托洛兹基自传》,如主人是"国民党",《三民主义》,如主人是"国家主义派";主人如其自己便是一个作家,那便再好不过了……

　　主人来了。他如其用手一挥,敬你的烟,你最好是撒一个白谎,说不会,即使几上是放着精雅的烟盒,或是"大炮台"的烟罐。熟人是会去自取烟卷的;生客,如其愚蠢,会在"大炮台"的烟罐内取出了一支"大英牌"。烟卷如其亲手的递到了你的面前,这时便要相机处置了:如其主人知道你是抽烟的,为了礼貌,你便不得不抽,即使是"大英牌";如其,不幸,他并不知道,你便可以也撒一个白谎,说不会,……却不能忘记了说一声,多谢。

访会的时候,表是不能不戴的,不过,当了主人的面,你决不能去看它。坐的时刻太短,又怕主人臆怪;坐的时刻太长,变相的逐客令又会使得你难堪。啊,访会时的痛苦,去留的问题!

端茶送客,这是古礼;在新潮流的现代,古礼是废除了,变相的逐客令是如何的下法,这便要看主人的聪明了。不说话,看时计,讨论气象,问来客的住址,等等。包车夫可以进来领工钱;至于门房,在这一点上,更是一个层出不穷的智囊。

于是你便出来了……赶快燃一支烟卷罢。抽烟的时候,你可以自慰:还好,主人并没有"不在家"。

(载 1933 年 3 月 6 日《申报·自由谈》)

"巴俚曲"与跋

病魔曲

我来同你打一个商量。

不要摆起架子来,闭口

不作声! 让我起来;捻亮——捻

电灯。雨停了……你可喝酒?

不? 那么,这是"五月花"——抽。

一点了……我该轻轻的讲,——

不是不客气,——你可能够

白天来,夜里让我休养?

要说是那一回你赏光，

我投了巡捕，把你请走，

那也多年了……我不是放

有几十块钱在你的手，

和檀香一样的糖，石榴

一样的？摸着良心，想想！

好像那一回，你何不又

白天来，夜里让我休养？

还有一层，我不是肥羊；

现在更糟……你如其空守

在这里，明摆着是上当！

一碗面，——你想吃呢，没有；

一把椅子，——除非在床头，

你，空着肚皮，情愿坐，躺。

我也该睡了，虽然够受……

白天来，夜里让我休养！

泐话

病魔！涎着脸不必停留……

我不睡好了！拦头一网：

看你可漏得掉！那时候，——

"白天来，夜里让我休养？"

"巴俚曲"便是 ballade 的译名(与乐府体 ballad 毫无关系),它是法国中古时代的一种诗体;古今以来,毫无疑惑的,危用(Villon)是这种诗体的"诗仙"。他的许多"巴俚曲",——包含在《大约》(The Greater Testament)与《小约》(The Lesser Testament)之内,——就中有爱国的、孝思的、沉痛的、轻佻的、写实的、滑稽的,那内容的复杂、丰富、浓厚,使他成为法国文艺复兴时代最高越的诗人,实在是名副其实。据我的私见,他在本国诗歌上的位置,比本国文艺复兴后期中"七星派"的领袖,龙萨(Ronsard)的来得高。在他以后,能够继承他的衣钵的,只有一个人,《恶之花》的作者,在作意上。在诗体上,十九世纪的"巴纳先派"诗人(The Parnassians)里面,也有复活"巴俚曲"这种诗体的。

英国的史文朋(Swinburne)与罗赛谛(Rossetti)都曾经用了美丽的译笔将他的佳作介绍入了英国文学,那个,笼统的讲来,是西方的各种文学内最伦理的。史文朋并且自己也创作了一些"巴俚曲"。

如其新文学,也想走那海之王在文学上所走的"鲸路",细大不捐,兼收并蓄,以达复杂、丰富之目的,——那么,要是没有各形各色的诗,诗人,由荷马(Homer)到"俳句"作者,由《神曲》到危用的《大约》,它便不能成其为伟大的了。

客观的说,情形是那样。主观的,我觉得,新诗的未来便只有一条路:要任何种的情感、意境都能找到它的最妥切的表达形式。这各种的表达形式,或是自创,或是采用,化成自西方、东方,本国所既有的,都可以,——只要它们是最妥切的。由这个立场来说,我是赞成自由诗、俳句、长短句的创作的。只能说作得并不充分满意,却不能否定外来,古有的表达形式的采用。

复古，——有人自以为说了一句两个字的俏皮话（Mot）。事实是，文学史明白的告诉了我们，维新的发动力便是复古（海通，那也一样）。欧洲的文艺复兴，不是发动于复古典文学的古么？欧洲的浪漫运动，发源于德国，不是以复"葛西"式建筑的古，复"奥斯欣"（Ossian）古诗的古，复中古时代的文学的古，这三种发动力为它的生命之源泉么？只就英国来说，新体诗中激烈派的女诗人伊狄司·席瑰儿（Edith Sitwell），在《诗与批评》一书之内，是那么的引经据典，一直上溯到了"伊丽莎白"时代；爱里阿特（T. S. Eliot），那个第一流的新体诗人，在他的著作中，正是复着十七世纪中"玄学派"诗人的古。

也会有人说，"巴俚曲"这种诗体是格不高的。这还是安诺德（Arnold）的"闳大的文笔"（The Grand Style）那种"木乃伊的脚"在作怪。莎士比亚呢？安诺德所作的那首《莎士比亚十四行》，我们总该记得罢？（安诺德自己的诗，比起危用来……不必了，免得人家说是开玩笑；这篇优劣论，是多事。与其拉高亢的胡琴，不如拉幻妙的囊管 Bagpipe。）如其"吊死曲""美人曲""身心交哄曲""不自知曲"这些"巴俚曲"的格调不高……

"巴俚曲"的妙处便在应用华兹华斯（Wordsworth）所提倡的那种"引车卖浆"的口吻来作一种就中含蕴有活跃的情感的诗。我颇是自愧，比起危用来差得不少，因为这种口吻我是心有余而力不足；我只能学一点白朗宁（Browning）的口吻。

谐趣诗，在中国，像"乐经"那样，久已失传了。汉代的枚皋、东方朔失传，这是中国文学史上的一个不幸。唐代，——只说李杜。李有"饭颗山头逢杜甫"一首诗，据前人说是赝品，我以为不然，"鲁诸生诗"中不也是有谐趣之句么；不仅此，我并且测想，李白是那样的一个

个性,谐趣诗一定作得不少,并且一定是全体失传了。杜甫有

> 醉归应犯夜,
>
> 可怕李金吾,

以及

> 老妻闻我来,
>
> 画眉墨狼藉,

这一类的谐趣诗句;与《酒中八仙歌》这一首谐趣诗。

中国人不会笑,更不会微笑;由上面看来,决不是祖先的过错!

(载 1933 年 12 月《青年界》四卷五期)

闻一多与《死水》

乘雷车兮载云旗

这一句屈原的诗,它的真正的好处,可以说是一直到了《死水》的作者,才重新发现了出来。就了训诂学的立场,他说,雷字的古体是象车轮之形,云字的古体是象旗旆之形。

另外,他又举了两个例子。《江南可采莲》一首古歌曲内的

莲叶何田田

一句,用"田田"的叠词来形状许多的荷叶;《古诗十九首》内的

冉冉孤生竹,
结根泰山阿。

两句,用"冉冉"的叠词来形状许多的竹叶。

要寻求中国,要寻求中国的菁华,必得向文学、艺术、史学、哲学的里面去。中国或许是一池"死水",不过,"微菌"也"给他蒸出"了许多的"云霞"。

这部诗集里的第三编诗,由《心跳》到《洗衣歌》,是一个观念、一个呼声,也仅仅便是一个观念、一个呼声罢了。要一直到现在,杜甫的年谱作成了,唐代的文学已经整理得有了一个端倪了,作者才能说是把握住了他的观念,在这一方面。

他自己说的

我知道海洋不骗他的浪花,

中国人的海洋,那便是古代所涓滴汇聚成的,浩如渊海的文献。

没有玄奘,便没有李、杜与唐代的文学;没有"春秋"时代到"六朝"时代的文献,也便没有李、杜与唐代的文学。必得要"结根"在"泰山阿","孤生竹"方能"冉冉"。

整理国故这种迂阔的工作,要是能以明智的看来,实在是兴盛新文化的唯一的康衢。

我们要记着,作者第一步所专攻的是美术。虽说,在那个时候,他也加入了乐队,那不过是他的辅趣,像后来,在作诗、整理国故的时候,刻图章那样。作者既然是一个画师,所以这本书,由封帧、扉画一直到书里各首诗的排列,便成为一幅图案井然的好画。

我们又要记着,作者是一个诗人。这部诗集里的四编诗,由《收回》到《忘掉她》的第一编,由《泪雨》到《夜歌》的第二编,上述的第三编,以及《闻一多先生的书桌》一首诗独自编成的第四编,各编便是一篇诗。四编,合拢了起来,也便是一篇诗。

像元曲那样,这四编诗便是《死水》这篇民国时代的"曲"的四折,《口供》一诗便是楔子。

"秩序"在作者的"能力之内"。并且,这样来作诗,真是:

> 不著一字,
> 尽得风流。

《死水》与《一个观念》当然是第二编与第三编里的精作;第一编里的神品当然是《你指着太阳起誓》。譬如我现在要选一部新诗,这部诗选或许只有十篇诗,而在这十篇之内,毫不疑惑的,我会拿上述的三篇诗抄录进去。

困难的是第一编——连同《诗刊》内所登载的一篇无韵体——是一个有机的整体,《你指着太阳起誓》虽然是全个有机体的首部,其余的各部分也是重要的。要是我现在担任"中国文学系"里的"新诗"一种课程,那么,这许多首诗我便会教全班都拿来细读。这一编本来只是一篇诗,《你指着太阳起誓》只是诗中的警句罢了。

有人主张,诗便是诗;也有人主张,诗不仅是诗。按照了后面的一种主张,这一编也是应该全盘的细读的。读完了以后,读者一定会在文学之外,认识一个高超的诗人。

不仅这第一编是一篇整体的诗,全部《死水》是一篇整体的诗;便是作者的全个大我——作诗、治学、立身、处世——那也是一篇整体的诗。

一想到作者，我便想到英国的柯立基。

同时，他这么古典的在继续创造着他的"大我"这一篇诗，又使得我联想起杜甫的一句诗：

意匠惨淡经营中。

要是他作一部 *Biographia Literaria*，那部《文学自传》，无疑的，会要成为新文学上的一种可珍的文献。

在如今这时候，他的《文学自传》既然是还没有动笔，《死水》这部诗集，要全盘的了解，又必得先来了解作者在艺术上所抱持的主张；那么，举出一些具体的例证，来说明这部诗集，也总算是可以满足读者的需要之一部分了。

七年前，他住在北京（便是如今的北平）；住房一觅妥了，头一件事，当然，是布置书斋与客厅。他说，要敷黏上无光的黑纸在四壁、壁楣上。他说，要用汉代的石壁浮雕之内的车马，制成一种图案，绘画在金纸上，连骈的敷黏起来。探问了多少的南纸铺，合宜的纸张算是找到了。至于绘制图案，我当场看见的，他提起笔来便成功了。

后来，他替他的诗布置居所，也便采用了当时的那个作意。外面是黑色的封帧，里面是黑色的字——这岂不是极为自然么？

当时，他又预备由屈原、杜甫、陆游的诗歌内，拣选出三个作意来，制成三幅图画。陆游的一幅是绘成了。

啊，横暴的威灵，你降服了我，
你降服了我……

你是那样的蛮横，那样美丽！

这几行诗，引来形状诗神，可以说是再妥切也没有了。诗神原是一个最为嫉妒的女神，所以，作者的这番美术上的筹划，也被她攫夺去了，易形为《死水》一集的扉画了。

他在清华的时候，是很喜欢白朗宁的。在纽约的时候，他与一些同好排演了一出中国题材的戏剧，是他设计的布景，颇受欢迎；他与赵太侔、余舲容一同回国，便是计划着复兴话剧。

戏剧这一方面的兴趣，就了《死水》各诗的排列方法看来，我们可以知道，仍然存在于他的胸中。

记得他回国来，所带回的文学书籍，完全是现代的诗集，英文原本的。哈第的沉郁，郝斯曼的简洁，照想起来，应当是与他最为性近。

杜甫，在唐代的文学中，是他的兴趣的中心点。不过，这六年以来，由杜甫而推广到全个唐代的诗，全个唐代的文，唐代文化的整体。唐代文学的来源、去脉，就我在谈话中所听到的，他在这一方面也有许多精辟的议论。

关于杜诗，他有三部著作：《少陵先生年谱会笺》《少陵先生交游考略》《杜学考》。

差不多杜甫的每一首诗，他都给考定了著作的年月。这个，对于杜诗的新认识，是如何的重要，不用说了。

《送郑十八虔贬台州司户》一诗之下，他有这么一段案语：

案：前此十余年间，七律极少，唯《张氏隐居》《城西陂泛舟》《赠田九判官梁丘》，寥寥三数篇耳。自今而后，此体忽多。综计，至德二载春,逮乾元元年夏居"谏省",所作,七律几居其半。盖是时,岑参、贾至、王维,并为二省僚友,诸公皆长此体;同人唱和,播为风尚;杜公因亦受其影响耳。

读古人书,要这么来读,才能说是读书。

在作着的又有《王右丞年谱》《岑嘉州系年考证》《岑嘉州集笺疏》。

将近告成,或是正在作着的,有《唐代文学年表》、《初唐大事表》(分政治、四裔、宗教、学术、文学、艺术六栏)、《唐语》、《全唐诗人补传》、《唐诗人生卒年考》、《全唐诗校勘记》、《全唐诗拾遗》、《唐诗统笺》、《全唐诗选》、《见存唐人著述目录》、《唐代遗书撰人考》、《唐两京城坊考续补》、《长安风俗志》、《唐器物著录考》、《全唐研究用书举要》、《全唐文选》、《唐人小说疏证》,等等。至于汉、魏、六朝方面,也在进行着。

《唐语》一书,我摘举两条:

窣案:《说文》,"窣,从地中卒出",此非其义。《说文》有踤字,触也;《一切经音义》(五)引《字书》,"捼,揣也";窣盖踤或捼之通假字。《文选·长笛赋》注引《苍颉篇》,"拿:捽也,引也"。

校:唐人谓病小愈曰校——见王焘:《外台秘要》。张藉:《患眼》"三年患眼今年校"。(此据任渊:后山诗注引;《全唐诗》,与下免字误倒。)

《全唐诗选》里抄录有许多被前人所忽略了的佳作。

枚乘《七发》内描写海潮的"纯驰浩蜺，前后络绎"两句，他校勘为：

> 纯蚍，浩蜺，
> 前后络绎。

《诗经》内《秦风·蒹葭》一诗的"道阻且右"一句，下面是他的案语：

> 案：右，古文作又，与久字形近；疑久之伪。
> "道阻且右"，犹首章"道阻且长"也。

同诗内"宛在水中央"中的"宛"字，他，在案语中，由九部古书之内，征引了十三个字例，证明是藏字的意思。

他说他已经是乐而忘返了——这么的乐而忘返，当然是值得；不过，我总替新诗十分的可惜。希望他不要忘记了自诺之言，将来要创作一篇兼用韵文与散文的唐代史诗！

就《死水》全书的设计来说，书里的每一首诗都不能少。不过，读《死水》的人如其只要认识作者的单篇的诗，那么，他所应该读的各篇便是第一编的全部，《末日》《死水》《我要回来》《心跳》《一个观念》《洗衣歌》《闻一多先生的书桌》，以及不曾来得及印进这部诗集的那篇无韵体。

作诗的第一步当然是讲用字、押韵。在用字方面，新鲜而真确当然是唯一的目标。《也许》一诗内的那么叫苍鹭不要"咳嗽"

以及

不许清风"刷"上你的眉

是两个愉快的例子。在押韵方面,尤其是在短篇的诗歌里,最忌的便是落套。中文是一切文字内最富于同韵字的一种文字,那么,要押韵新鲜,便不能算是一件十分艰难的事;不过,一般的作诗的人拿这一层忽略去了,便是了。《死水》的作者,因为我极爱《你指着太阳起誓》一诗,便由这篇诗里举出一个例子,说押韵新鲜的重要。

我早算就了你那一手——也不是变卦——
……
你不信? 假如一天死神拿出你的花押。

在诗行一方面,作者有一个得意的例子:

你看负暄的红襟在电杆梢上

——《你看》

古老与近代文明,这一个诗行里都有了。雷雨时的电、金属、木材,这些是古代所久已有了的——有了它们,当然,并不能便有近代文明;不过,要是没有它们,近代文明也便无由去实现。这一行诗,全篇的核心,要这么来看,便有意味了。

诗章的好例是《狼狈》,全篇的好例是《你指着太阳起誓》。

作者与我都是在古代是楚国的地方的人,那么,让我来诵当时楚国的"荷衣诗人"的一段诗,来终结这篇文章:

> 筑室兮水中,
>
> 葺之兮以荷盖。
>
> 荪壁兮紫坛,
>
> 播芳椒兮成堂。
>
> 桂栋兮兰橑,
>
> 辛夷楣兮药房。
>
> 罔薜荔兮为帷,
>
> 擗蕙櫋兮既张。
>
> 白玉兮为镇,
>
> 疏石兰兮为芳。
>
> 芷葺兮荷屋,
>
> 缭之兮杜衡。
>
> 合百草兮实庭,
>
> 建芳馨兮庑门。

(载 1947 年 4 月《文艺复兴》三卷五期)

朱湘致友人书

一樵社友：

　　大著及一封引起我感谢与感动的信都愉快的收到了。我这次脱离清华虽有多处觉着不快，但因此得了许多新交，旧交也因此而愈密，这是令我极其畅快的。

　　我离校的详情曾有一信告诉了一多。望你向他函索。恕我不另函了。我离校的原故简单说一句，是向失望宣战。这种失望是各方面的。失望时所作的事在回忆炉中更成了以后失望的燃料。这种精神上的失望，越陷越深。到头幸有离校这事降临，使我生活上起了一种变化。不然，我一定要疯了。我这一二年来很少与人满意的谈过一次话，以致口齿钝拙，这口钝不能达意，甚至有时说出些去我心中意思刚刚相反能令我以后懊悔的话。我相信不是先天的，只是外来势力逼迫成的。我心中虽知如此，懊悔究竟免不了。于是因懊悔而失望，因失望而更口钝。一件小事如说话尚且如此，别的可以想见了。

　　所以清华是我必离的。可是清华又有许多令我不舍之处。这种两面为难的心情是最难堪的了。反不如清华一点令人留恋的地方也无倒好些。而我这两年来竟完全生活于这两面为难的情绪之中！你看这种彷徨苦闷灰心是多么难受！——人生或者也是处于不断的彷徨之中。至少我晓得一个人是有强处有弱处的。而这弱处恰与强处同源！什么是善？不过强处作到适宜的适度与范围而止，不使它流入弱处罢了。我看我如不离清华，不疯狂则堕落。所以我就决定了。虽然有许多新交如你样劝我留校，并得了校中的同意，我也只感谢的领了盛意，而没留校。关于游学一层，校中已允明夏用专科生名义或半费派送至美。

说到研究西方文学，我以为有下列各种目的：一、辅助养成一种纯粹"文学"的眼光。二、比较的方法。三、本国文学外其他高尚快乐之源泉的发源。这几种目的诚然须到西方，始能圆满的达到。并且到西方还可以结交到许多热诚而眼光远大（如已去世的 Arnold 与 Saintsbury）的从事文学者。

纯粹文学的眼光是很难养成的。就是上面提到的英文文学批评上两大将阿氏山氏也都不能称为有最纯粹的文学眼光。据阿氏山氏的著作看来。法国生了一人（山白夫 Sainte－Beuve）是批评人最高的人了。将来我倒要仔细读读他的书。并以山此百里、阿诺忒两人为辅。外有法国其他的大批评者及英国的柯立已（Coleridge 的 Biographia Literaria）。我这几个月来才觉着批评的重要。批评最初一步是讨论作品好坏的问题。批评作到最高妙处还是讨论好坏这问题。我们看山此百里说柯立已、歇里（Shelley）的诗好。而阿诺忒氏对于柯氏一字不提，对于歇氏大有微词。可见，他们对于米屯（Milton）的争论也是如此。我在未离清华以前几个月内旁观他们这种极有兴趣极开心窍的争执。可惜功课牵绊住。他们的著作清华图书馆不都有。我的经济又困难，不能皆见。但见到的一部分已使我叹为观止了。将来见到他们的著作全体以及山白夫氏的著作更不知要快乐到什么田地。

比较的方法是比较西方文人与东方文人，古代文人与近代文人，此文人与彼文人。比较并非排列先后，如古人治李杜样。比较只是想求出各人之长处及短处，各人精神所聚之所在（题材）以及各人的艺术（解释及体裁）。

不过到美国能不能算是到西方，是一个问题；并且本国文化没有研究时而去西方能不能得益，又是一个问题。这种种问题使我对于留学一问题起了研究之心。如有所得，当函告请教。

我如今在这里大学教书。环境很好，省立第一图书馆又在近邻。所以学生虽不多（大学部八人），也还可以补偿。现在正筹划《李杜诗选》附一四万言长评——李诗评已定先投中文学号——约暑假左右可以出版。届时当呈教。

社弟　朱湘　顿首

（载 1947 年 4 月《文艺复兴》三卷五期）

附录

一　诗的产生

　　不曾作过诗的人，那里能够知道诗是怎样作出来的呢？因此，讲诗的产生，免不了是自白。如今既是现在讲诗是怎样产生的，所以便拿我的一首诗来作证。这首诗叫《恳求》，是我在十五年秋天再回到清华读书那时候作的，原文如下：

　　　　天河明亮在杨柳梢头，
　　　　隔断了相思的织女牵牛；
　　　　　　不料我们聚首，
　　　　　女郎呀你还要含羞——
　　　　　　　好，你且含羞；
　　　　一旦，我俩间也隔起河流，
　　　　　　　那时候，
　　　　　你要重逢也无由！

你不能怪我热情沸腾，

只能怪你自家生得迷人；

　　你的温柔口吻，

　女郎呀，可以让风亲，

　树影往来亲，

唯独在我挨上前的时辰，

　　低声问，

　你偏是摇手频频。

马樱在夏夜正芬芳，

它的秾郁有如汗渍肌香：

　　连月姊都心痒，

　女郎呀，你看她疾翔，

　向情人疾翔——

谁料你还不如月里孤孀，

　　今晚上

　你竟将归去空房！

　　这首诗的感兴是得于一个傍晚。李白说的"我觉秋兴逸，谁云秋兴悲"正可以拿来形容当时的气候。我与一个同学在小山上散步并闲谈；我们在一个藤萝之棚下停住脚步，望着杨柳梢头的一钩新月。藤萝的以及棚条的淡影映在身上与脸上，我自视时，起了一种含有奇异的感觉。我便自思，这身旁的伴侣如若是一个我所钟爱的女子，这时的情境真要成为十分清丽了！我的这个同学——希望他不要见怪！——相貌长得并不漂亮；我并不是那个爱上了一个男性贵族的王尔德——那时候清华也还不曾向女性的同学开放；不然，我当然要说出一些什么样的话来，那只有天知道！实情是，我当时想象着这站在身边的是我所极爱的女子，一个同我一般年纪，一种性格，同我一样羞涩不多说话的女子（当时我已经是丈夫并且是父亲了，罪过，罪过！），我想象着向了这个女子，在这种境地之内，要说一些什么样的话。在心头拥抱起了这个甜美的感兴，我便回房去创作我的诗。

我自从十二年的冬天，赌气离开了清华，在社会上浪游了两年半，到此刻又回校，精神随着肉体的舒适而平定下来了。我到了安心来作诗的时候了。两年来作了许多诗，特别注重的是音节；因为在旧诗中，词是最讲究音节的，所以我对于词，颇下了一番体悟的功夫。词的外形，据我看来，是有一种节律的图案的：每篇词的上阕确定了本词的图案之方式，下阕中仍然复用这方式（参差的细微处只是例外），这种复杂的图案在词中（一气呵成的小令除外）可以说是发展到了一种极高的地位。在西诗内，就我所读过的，只有夏惆（Shelley）的《夜》，那首以"Swiftly walk over the western wave"一行开始的《夜》，才可以比得上词的这种复杂的图案，不过词虽创造了一些最美妙的音节之图案，后人按了平仄来填出一些赝品，那就使人起了反感。我主张，新诗内努力于创造新腔的人，应该拿词的原本的精神来作基础，而深恶痛绝摹仿者的按谱填字。我便是根据了这种主张来决定了《恳求》一诗的模型。

复用行是诗歌音节之化合中的一种原质；普通，这种复用行是位置于诗章之末的。常川的这样来运用它，未免落套了。我在这首诗内，拿它位置在每诗章的中间。并且我所创造的复用，与其说是字眼上的，还不如说是结构上的。

中国诗的音律学颇有类似法国之处。他们把音同字异的尾韵相协叫作"富韵"(Rime riche);他们本国唯一的史诗,《霍朗之歌》(*Chanson de Roiand*)便是每诗章用的一个富韵。这种韵在中文内是最丰富的,所以古代的诗人,在运用尾韵的时候,便遵循了这种文字上的特象所指示出的途径而进行,诗是通篇一韵,词也一样,曲是一折一韵。我虽然作的是新诗,作诗时所用的却依然是那有千年以至数千年之背景的中文文字,古代音律学的影响(用古韵除外),我相信,新诗是逃避不了并且也不可逃避的。那科学的法国文艺批评家田纳(Taine)不是把文献列作了那产生文艺的三大势力之一吗,便是为了这个原故,我决定了在《恳求》的整篇内只用一个尾韵。

平仄也是中文音律学中的一种特象,不可忽视或抛置。古代的诗词作家曾经创造出来许多优美的音节之图案,这是后人所应当充分欣赏,极端敬仰,并且因之鼓舞前进而努力于新的同等优美的创造的——填诗,填词这一类的行为我们应该深恶痛绝。新诗的读法异于旧诗,所以旧时平仄的律法不能应用到新诗的上面;新诗作者应当自家去创造平仄的律法。记得从前有人否议我那《采莲曲》中的

荷花呀人样娇娆

一行的平仄,我只是暗笑:这行诗明显的分成了两截,与辞赋中的"兮"字行一样,这一位如若是读过《九歌》的,他一定可以极随便的在《湘夫人》内发见"朝驰余马兮江皋""灵之来兮如云"等行,在《山鬼》内发见"东风飘兮神灵雨""留灵修兮憺忘归"等行。退一步讲,苏轼的《夜泛西湖》绝句中的"菰蒲无边水茫茫"一行,是出于一个精细的技术者

之手,且是见于格律最严的七绝之中,这又该怎样解答呢? 新诗内平仄的律法是要新诗作者自家去规定的;旧诗以及西诗的音律学可以拿来作参考,至于律法的创造,决不能用摹仿来搪塞。平仄是新诗所有的一种珍贵的遗产,且看新诗作者在将来是怎样的去利用它。

平仄的一种利用是在尾韵之上。词中的《西江月》是一个例子。不过这种的利用在旧诗内并不曾把长处充分的发展出来。我在这一方面,颇为努力了一番。就拿《恳求》来讲,每诗章的第三行都是用本韵的上声字协韵,每诗章的倒数第二行都是用本韵的去声字协韵:仄声韵的运用,是为了要复杂化诗章的节奏;去声韵的运用,是为了要在上声韵之后,逼紧一步,使得情绪紧张起来。每诗章之末,用平声韵来煞尾,是想着凭了弛缓的音韵来暗示出恳求后得不到答应的那时候心绪的降堕。

《恳求》一诗的时间之背景是一个夏夜,这与我得到本诗之感兴的实际的时间,一个秋夜,是迥乎不同了——这便是作者在那想着增进诗之效力的时候所能有的自由。那么,何以在这首诗里面,时间之背景是宜于夏夜呢? 恋爱本是一种最热烈的情绪,何况是求恋,向一个羞涩少言的女子求恋,更何况求恋者是一个少年? 除了夏夜,那两个热火之间的夏夜,实在是不能找到一个更合适的时间之背景了。春之昼是生长,茂盛;秋之昼是结实;夏夜却是喘息于恋爱之火后,期望着成熟与结实的那期间的象征。

本诗首章的时间是薄暮,所以天河与双星明亮着;末章的时间是深夜,所以看见月亮向西天疾翔。可怜者的恳求者呵,他申诉过这么长的时间了! 那女子还是怜悯他而应允了呢,或是保持着缄默而竟于"归去空房"了呢?

旧历的巧日离夏天不远,恳求者见景生情,借了牵牛与织女的传说,用良机,别离种种譬喻的话来打动这个女子;嫦娥抛弃了热刺刺的人世,去清冷的月宫中度那超乎凡人之寿限的类乎月中之冰山的长生,这恳求者想象她到如今已经过厌了这种生活了,这也是借以讽喻这女子的,他看见月过中天,更进一层的来想象这是嫦娥赶到西方去会晤她的情人:牛郎与织女只能一年会合一次,嫦娥却是每晚去与情人幽会了。这是能够增进情境之紧凑的。

一片林地是本诗的地点之背景。马缨花清华是有,而却不在我当时所驻立的小山上;并且当时已是秋天,马缨花久已谢了。我写诗之时,是想着北京(如今是北平)城内那红墙侧的一些马缨树,以及它们随了夏暮之来临而吐出的气息。这气息活像是发自肌肉的;在夏天,在恳求与求爱的那热烈的关头,由肌肉上发出了气息来,那是极自然的现象。(记得我在芝加哥的时候,有一个夏暮,去游公园,在绿荫深处,无意的散步过一双情侣的头前;那女子所发出的肌息,与美国梨的嗅味毫无分别。)

总之,一首诗的产生是要经历一番复杂之过程的。形成这首诗的要素有作者的诗歌上的主张与天赋。[情诗有人根本上就不会写,或是不主张写;白恩士(Burns)的 *Mary Morrison* 或夏惧(Shelley)的 *Indian Serenade* 也大异于白朗宁(Bonert Browning)的 *The Last Ride Together*。]有作者当时的心境。(譬如说,我现在就不会再作《恳求》这一类的诗,我如今所爱读的情诗便是 *The Last Ride Together* 的这一类。)有措置题材的方法。(本诗中将实际的秋夜易为艺术的夏夜,引入实际所无的马缨花,并且利用古代的传说。)田纳说过,文艺是由三种势力形成的,它们是传说、环境、文献。

二　谈诗

（一）中文

单音字、象形、母音煞尾、四声，这些便是中文这种文字的特征。

对对子，在念书的时候；作骈文，在摇笔的时候：这些花样所以为中国所特有，自然是为了单音字的原故。由赋而律诗而四六，骈文所采取的路程是以新巧为目标的；湘绣、景泰蓝便是这种细腻的工技在另一方面的表现。至于七律之内，有富丽的一体，那是与君臣这一伦相为表里的……耶教《圣经》内颂主的诗歌，岂不便是为了希伯来文是一种排比的文字，所以那样纯朴而闳伟么？

在诗歌的本身之内，排比原来便是一种主要的取得节奏的工具；不过那是属于质体方面，并不属于文字方面的，不谈。

象形不过是六书之一；然而形声内有一半，假借内也大约有一半，是象形的，指事、会意、转注，这三书也是以象形为枢纽。

由篆、隶而演化为现行的楷字、象形这一书所原有的画意,那是已经消失了。不过在读古代的诗歌之时,我们还是要把它牢记着。从前有"篆文十三种",那是一件聪明的工作……可惜还没有《篆文楚辞》这一部书印出来。

只就《诗经》来说罢。《葛覃》一诗的

维叶萋萋,

黄鸟于飞,

集于灌木,

其鸣喈喈。

这四句,它们便完全是一个象形之美。"维"字的左半假借来象形葛叶,并由葛麻而联想到桑丝,那是极自然的;"维"字的右半是一个"隹"字,这是因为"篆"字的象形之美。在当时还活着在歌诗者的心目中,所以口里还没有唱到"黄鸟于飞",心里却早已经看见那个——那些——跳跃在葛丛之间的隹鸟了。"萋萋"这个叠词一面象形出了叶子,一面又象形出了叶子之繁夥,浓密。在后代的诗歌内它所以成为茂草的典型的,不可避免的状词,并不是无因的。"黄"字的草头,茎脚,"飞"字与"集"字与两个"于"字的象形,"灌"字的美不胜收,这些都值得我们细细的去啄,用了黄鸟的嘴。篆文的"其"字活像是一只鸟横站在枝条之上,"喈喈"便是"关关",所以要在这里用"喈喈"这个叠词,不单是为了那两个"口"字,并且是因为在它们的右边,又有两个颜色的字。

中文字都是元音煞尾的,除了鼻音字,那是以子音煞尾,(旧剧中的净角，遇到了鼻音字的时候，恨不得把它千锤百炼，这便是这种文字的特征在另一种艺术之内的表现。）在诗韵内，"真"字与"青"字未尝不可以相叶。仅要是作一首预备谱入音乐的诗歌，那时候，真韵的字最好还是不要用来与音韵的字相叶。

四声内，入声是极为紊乱的，即如"声"字的入声是"束"，同时，"沙"字、"觞"字、"谁"字、"收"字、"书"字等等的入声也是"束"。国音之内，并没有入声，这或者便是它的一种优点。

平仄是旧诗的脊骨；到了词，不仅是讲究平仄，并且连平声内的阴平、阳平、仄声内的三声都去讲究了，这可以说是旧诗——广义的——在韵律学上所发展到了的极点，有人说，新诗在韵律方面的努力应当追论到姜夔，这是一句有文学史眼光的话。

旧诗内固然阳韵、阴韵都用；用阴韵极多的《诗经》，开卷第一篇的《关雎》，便有这么四句：

> 参差荇菜，
> 左右流之——
> 窈窕淑女，
> 寤寐求之——

不过这当中的"流之"与"求之"，照国语说来，应该是"流动着"与"企求着"；读起来，自然是着重在流字与求字之上。这是作新诗的人，在叶阴韵的时候，所要记住的一点。阴韵只宜于用在节奏需要急促的短歌之内，以及谐诗之内。

叠词与连绵词都是由双声叠韵之内产生出来的，只有一个程度上的分别。连绵词这三个字里面的连绵二字便是叠韵；其余如"连连""绵绵"这两个叠词，以及"连理""连纤""缠绵""绵密"，等等的双声词、叠韵词，简直是连绵不绝。

旧诗之内，除去叠词、连绵词，虚字以外，便是许多的单字。这些单字，作诗的人尽可以凭赖着一己的匠心，自由的去安排。即如《九歌》内《东皇太一》的两句：

> 吉日兮——辰良，
> 穆将愉兮——上皇——

这里面"辰良"的"良"字便是状词倒置，"穆将愉"的"穆"字便是辅词倒置。又如杜甫的

> 香稻啄余鹦鹉粒，
> 碧梧栖老凤凰枝——

这里面的"香稻"与"鹦鹉"、"碧梧"与"凤凰"，便是主位与宾位倒置。新诗要想在文法上作到一种变化无穷的地步，一方面固然应当尽量的欧化；一方面也应该由旧诗内去采用，效法这种的长处。

旧诗并不是一行一逗，或者一行一句的。即如《诗经·邶风》内《柏舟》一诗的首章：

> 泛彼柏舟，
> 亦泛其流；

耿耿不寐，

如有隐忧——

微我无酒，

以敖以游——

这全章便只是一气呵成的一句。这六行诗里面，何尝有一处是单调无谓的对仗；它们之内的每行，都是一种不相雷同的文法上的结构。

明喻（Simile）是要不落套，并且以少胜多，加增意境之色采与辽远的。《草虫》是一个好例子：

喓喓草虫，

趯趯阜螽；

未见君子，

忧心忡忡；

既已见止，

既已觏止，

我心则降——

这一章诗，我们不应当盲从前人的曲解，而应当认为是与下两章相呼应的；第二行的"阜"便是下文的"南山"，也便是在秋风初来时起了望远之情的那个女子所登的山……坡前茂草中的虫鸣，已经染上了感伤的色调，它正像"鹿跳"在心头的忧情，只能感觉到，并不能捉摸住是在那里；也有草虫，如同女子的叹息那样，跳跃到了外面来，不过依然是落进了草内，如同叹息虽是叹息了，心内的忧情依然是没有减少那样；

同时,这活跃的草虫又是譬喻女子的"君子"的,她忘记了采蕨采薇,一把把它捉到了掌心,由它在握起了的手掌里面去跳动,这种获得的愉快,与她终于看见了所思者的愉快,正是一样。

再由《汝坟》举出一个例子来:

> 未见君子,
> 惄如调饥——

这第二行里用挖肚子来譬喻挖心,是多么新颖、确切。

只就《诗经》,只就其中的《周南》来讲,并且只讲比喻,已经这样;那么,旧诗之丰富,也便可想而知了。旧诗之不可不读,正像西诗之不可不读那样,这是作新诗的人所应记住的。

(二)诗人的生活

"诗言志","志者:心之所之也"。

这一颗心,创造出来的时候,是耗用了几许的想象,几许的理智!

它是情感的中枢,实际的、抽象的,它有两重的功用。按照了天所给与的节奏,它无昼无夜的搏动着……它并不知道它的功用是什么。

有些时候,搏动的声响传到了耳中,那便是它在破坏并且创造的时候。

实际的说来,它并不在身体的正中,所以实际的人们嚷着要正心。它并无知无识的,它只会节奏的搏动,有时候快些、慢些,有时候热些、冷些,等到它停歇下来了的时候,正心的呼声也便寂然了。

　　高踞在心内的七魄，在六十年以前，已经安下了根苗，在六十年以后，又留下了种子。收纳着它们的外体，那尽可以变行无穷；它们的实质，这却是还与当初穴居的时候一样。

　　除非是创造超人。许多的梦想都已经实现了，这最后的一个呢……

三　说作文

　　提起笔来——无论是软毫、硬毫、兼毫、自来水笔、钢笔、铅笔、画笔、鹅管，提起它来写字，由摩崖大字到蝇头小楷，由王羲之的《兰亭序》到孩子们的九宫格。苏轼的诗歌、书法，都是上乘之品，这诚然是作到了旧诗人的理想境地……不过，李白、杜甫，他们两个人的书法，究竟高明与否，这是一个极有趣味耐人寻思的问题。论诗以神韵为主的王士祯，他写的字是毫无神韵可言，不像苏轼那样的字如其诗，诗如其字。李白的诗必得要拿欧阳询的笔，杜甫的诗必得要拿颜真卿的笔来写……他们的字要是真正写得那么好，到现在决不会没有一点半点的遗留。

　　窗明几净，在面前排列着优雅的文房四宝，这诚然是可以增加文思。不过，在囚牢里，文天祥也可以写出他的《正气歌》。

　　"床上，厕上，马上"，这是欧阳修对于"文章是在什么时候作出来的"一个问题的回答；这个回答多少有一点才子习气，好像庄子在有人问道的时候，答以"在屎溺"那样。老生常谈的说来，文章是作成于五情发动之时，一片幽静之中。

韩愈说的"穷愁之言易工，欢愉之言难好"，我们与其注重在"穷愁""欢愉"这两个字眼之上，倒不如注重那个"易"字与那个"难"字。穷愁之言易工，是因为人都怕穷愁——不过，"置之死地而后生，置之亡地而后存"这两句成语，要韩信来运用，才得到了成功。欢愉之言虽说是难好，并不见得就作不好；韩愈自己岂不是便有一篇《平淮西颂》么？

无论是谁，在作文的时候，决不会想着"起、承、转、合"这四个字；不过，它们是抽象的存在着，这是谁也不能否认的。只拿剧本来讲，元曲的四折，不用说了，是明显的起、承、转、合，便是西剧，从前的五幕，那何尝不是起、承、转、大合、小合，现在的三幕，那又何尝不是起承转合呢？孔子说的"七十，而从心所欲，不逾矩"，俗话说的"熟能生巧"，便是作文的秘诀。

中国虽是"中庸之道"的国家，它的文学却是最不中庸的。只看赋，它要把建筑学囊括入它的范围，那是多么野心，结果是笨重，一点文学的趣味也没有。再看李商隐的

夕阳无限好，

只是近黄昏。

这两句诗。头一句并不说夕阳怎样的好，只说它好，"无限"的好；这寥寥的五个字里面，是多么充满了想象：说它们是孱弱？行。说它们是最为遒劲的？也行。再加上那第二句，把无限的想象一化而为无限的情感；没有"！"这个惊叹号，没有鸦鹊的喧噪，没有自然的叹息，没有人

的留恋,但是,在这五个字里面,它们都有了。

文章只有好不好,没有长短的分别。中国的十六字令,日本的俳句,希腊的双行墓铭;印度的《赖摩耶拿》《麻哈宇赫瑞塔》,波斯的《夏·拿穆》,芬兰的《开勒弗雷》,希腊的《伊里亚得》《奥第赛》——作得好,便是诗,

Et tout le reste est literature

作得不好,至少是文学。

出题目作文章,好像是小学生干的事。不然,劝世小说,问题剧,这些岂不都是社会出了题目教文学家去作文章么? 肚子里有文章的人,无论是自己还是旁人出下题目来,总有好文章交卷——肚子里没有文章的人,没有题目之时,正好躲懒……

在小学里作文,先生要把文章改得体无完肤;到了中学,大学,又有修辞学,传统思想——如今是更不得了,在旧有的缚束之上,又加增有西方的缚束。要治当今的病症,只有一剂好药,"瞎说一气"。会瞎说的人,越说越上劲,等到说完了,总有一两句好话。不管旁人听不听,也不管旁人打搅不打搅,还是瞎说下去,等到打搅的人一齐累了,散了,还是瞎说着,好像一个疯子那样——那总可以瞎说出来一两句绝妙好辞。

新文学如今还是在发育时代;多读惠特曼的诗,多读《吉诃德先生》与虞戈,道斯陀耶甫司奇的小说,多读萧伯纳的剧本,成熟的新文学才有作得出来的希望。

我们现在都还没有七十岁,等到七十岁的时候,再作"从心所欲,

不逾矩"的圣人，也还不迟。只怕，到了那时候，就是想逾矩也不能够了。

要写好文章，必得侍候文神。侍候文神，与侍候女子一样的难。不能怕人笑你是傻子，不能怕人骂你是疯子。只有一点不同：对于女子，情感应该一点一点的给；对于文神，给与必得是全盘的，唯有全盘的给与，才能由文神那里获得全盘的给与。

没有一项才能不是天生的，作文当然并不是例外。天生得能作文，闭处斗室之中，或是环行地球，一样的写得出好文章来。文章在人的心里，并不在环境之中。环境是吸铁石罢了。环境也可以比譬作一块刮痧的磁片，在热天，或是在气郁的时候，拿来在脖子上，在背上刮刮；正在刮着的时候，又痛又哼又叫，一到瘀血刮到了皮肤的表面，便浑身痛快了。

文章便只是费话。相视而笑，莫逆于心；要文章作什么？老子说，"道可道，非常道"；孔子说，"天何言哉？四时行焉！万物生焉"。不过，在文化的历程中，语言是占着一个什么样的位置，那是不言而喻的。这么说来，费话并不是费话；换一句话说，便是，文学并不是费话了。一部《水浒传》，那是艺术的；几十续的《彭公案》，那是人情的，便是这一部《水浒传》之内，多少也有些不可免的费话。所以，作文章的人，不能怕费话，同时，又不能费话。

兵法中所说的声东击西，那正是文人的惯技。在一篇文章之内，"技巧"一刻把你逗到这里来，一刻又把你逗到那里去。等到掩卷之时，越是圈子兜得多，越是圈子兜得与众不同，你越是说它好。从前周幽王，为了要得到褒姒的一笑，还有《伊索寓言》内的那个牧童，为了自己的高兴，一个撒大谎亡了国，一个撒小谎丧了身。"撒谎的艺术"是高此一筹,因为自己与他人同时都快活了,并且一次不够,大家都还要再来一次。要是能够作出一篇文章来,不单是教人快活,并且是教人思索,这岂不是更好的文学么? 所以趣味横生的载道文学,是作文章的人所应永远保持着的理想。

胖子,瘦子,这是打诨剧中的两个典型人物;但是一到莎士比亚的手中,他俩之内,一个变作了韩烈特,一个变成了福斯达甫,两个第一等的文学人物。

人是完全囿于自我的;无论是写神思,写人类,写他人,写自己,写动植物,写自然,到头来都是脱离不了自我的范围。

作文章的人没有话不可以说,只是看他怎样的说出来罢了。最新的现代文学与最旧的古代文学,在本质上并没有变更,所变更的只是方式。

恩话、残酷、撒谎、费话、不说话、瞎话,这些,在实际的人生之内,都是要不得的,但是,一到了文学家的笔底,它们便升华作梦话,最高的艺术了。

四 诗的用字

有两句俗话说得很好："熟读《唐诗三百首》,不会吟诗也会吟。"

作诗,颇与学着说一种方言近似,学着说一种方言的时候,想要说得逼真,不外乎在两点之上注意:用字,咬音与抑扬顿挫。字里面,无论是虚字、实字,用起来,只讲一个习惯。尽有许多同义字,可是,在某一个字眼之内,习惯只允许用唯一的一个字,其他的一些同义字,自然并没有人能以阻止住不用,不过,在那种时候,便不算是纯粹的某一种方言了。咬音不难,难的是,要把这些单字的咬音连缀起来而成为一句清晰、自然流走的话,并且,这一大串的咬音是要合乎一种固定的抑扬顿挫的模型的。诗歌里面的用字与调和音节便是同一道理。

听惯了一种方言,也能学着说几句;这好像是,熟读了许多首诗,也能学着作几句那祥。孩子学方言最容易,这便是生性宜于作诗的人来学着作诗了。

现在的一班新文学读者,与作者,他们之内,必定还有不少的人可以回忆起来,幼年时候在"芸窗课本"里学着作旧诗,是怎么作出来的。

这里，有一个颇为有趣的疑问便会发生了——新诗，以前并不曾有过的，又是怎么作出来的呢？对于这个疑问，质直的，我们可以答道：现在的一些新诗人，不是曾经熟读过旧诗，"广义的"便是曾经熟读过西诗的。

举三个最早的例来说明。胡适之不能否认他在作新诗的时候是在意识着《诗经》，沈尹默，长短句与词曲，周启明，西方的民歌。《尝试集》内运用阴韵之处，是修辞的蜕化自《诗经》；《三弦》是一首谱新声的词；《小河》是一首蠲去了尾韵的乐府。

决没有自天而降的事物，新诗也不能外乎此例。

不过，新诗究竟不是旧诗，也不是西诗。我从前曾经作过一副对联，联语是：

> 写字时只少之乎也者，
> 作文的还须中外古今。

这里面上联所说的，意思不错，实际上并不尽然，之、乎、也、者这四个字，在新文学里面，又何尝不是常时的在写着？可是，这四个字，运用于旧文学里面之时，以及运用于新文学里面之时，位置是完全不同了。用字的习惯改变了：这便是在根本上新诗之所以异于旧诗的一点。

虚字，旧文学里面极多。旧文学之所以多用虚字，是因为古文是一种简炼的文字，如其没有虚字来陪衬，只有实字，那时候，句子将是极短的，音节便要随之而短促，不舒畅。唐文之所以异于秦汉文，即在于此。在音节方面，虚字的充分运用确是古文的一种进步。较之古文，国语文是复杂得多了；将来，国语文是要向了更为复杂的途径去进展的。所以,虚字的运用,在国语文内,是并不十分需要的。如今,新文学已经是走上了自然的途径,并且已经遵循着它而进行了。

实字的运用方面,国语文有两种特点:一是陈词之废置;一是上述的位置之更易。

不仅新文学,便是旧文学也讲究"惟陈言之务去"。作诗,那是要用字新颖。陈词,它们并不一定是不美的。即如"金乌""玉兔"这两个形容日月的滥调,我从前曾经指点出来过,是两个原来极为想象的喻语。在旧文学里面,这种的例子繁夥到不可胜数。不过,因为它们已经用成了滥调,所以,后来便废置了。这一种富于想象的喻语大半都是由民间文学里面来的;如今,民间文学的搜集既是已经有了充分的成就,新文人,尤其是新诗人,大可以由这种丰富的宝藏内去采取。

朱湘传略及其作品

孙玉石

有的诗人,生命和他的创作道路一样,是那样短暂却又令人难以忘怀。就像夜空里一颗飞逝的流星,往往会在人们记忆的天幕中,闪烁出不易磨灭的光亮来。在中国现代文学星月交辉的历史中,仅仅活了二十九岁的朱湘,就是这样的一位青年诗人。

(一)

朱湘,一九〇四年出生于湖南沅陵县,字子沅。他祖籍原为湖北,后来转入安徽太湖县。父亲朱延熙,是清代光绪丙戌(一八八六)年的第二名翰林,被派往江西任学台。他的岳父也在那儿做过七年的盐运使。父亲官职虽不能算小,但为政清廉,留给后代的,除了几句遗教之外,只有两袖清风。朱湘三岁时母亲就去世了。他有四个哥哥,七个姊妹。他是家里男孩子中最小的一个。

朱湘自幼聪慧。六岁时便在家接受启蒙教育,后来又回太湖老家,由家里为他延师专教。十一岁时考入高小读书。此后又进过南京工业学校预科学习一年。那时候，正当五四文学革命蓬勃兴起，他深受《新青年》杂志的影响。后来他曾说，在当时的学校里，同学们很鲜明地分成了赞成的和反对的两派，读了《新青年》之后，"是刘半农的那篇《答王敬轩书》，把我完全赢到新文学这方面来了"。

一九一九年秋，朱湘考入了人才荟集的清华学校。当时他已经对新诗产生了浓厚的兴趣。从一九二二年起，他开始在《小说月报》等刊物上陆续发表新诗作品，还翻译了罗马尼亚民歌及英国诗人怀特、丁尼生、勃朗宁、雪莱和莎士比亚等人的作品。同时他加入了文学研究会，成为侪辈同学眼中颇有名气的诗人。他酷爱音乐和文学，加入过歌唱团，参加了闻一多、梁实秋等人组织的清华文学社。一九二二年夏天闻一多去美国以后，他同青年诗人饶孟侃（子离）、孙大雨（子潜）、杨世恩（子惠）交往甚密，蜚声校园，被称为"清华四子"。后来，因为他专攻文学，不愿意去上那些无味的必修课程，旷课逾了定章，被学校开除。他毫不返顾，于一九二三年冬毅然地离开了学校。稍后，他在写给朋友罗念生的信里说："你问我为何要离清华，我可以简单回答一句：清华的生活是非人的，人生是奋斗，而清华只有钻分数；人生是变换，而清华只有单调；人生是热辣辣的，而清华是隔靴搔痒。我投身社会之后，怪现象虽然目击耳闻了许多，但这些正是真的人生。至于清华中最高尚的生活，都逃不出一个假，矫揉。"朱湘这种追求自由和率真，厌恶刻板和矫饰的狷介性格，和他向往"热辣辣"的"真的人生"的执着思想，还分明地留着五四时代思想潮流对一个青年精神影响的烙印。

一九二五年一月，朱湘出版了他的第一部诗集《夏天》。在这本薄薄的诗集的《自序》中，他踌躇满志地说自己"优游的生活既终，奋斗的生活开始"了。这以后的两年里,他以更加昂奋的激情进行新诗创作的实践和新诗批评的撰述。他两年后出版的走向成熟的《草莽集》中的作品,都是这个时候写成的。一九二六年四月,他应邀参与了徐志摩、闻一多等人创办《晨报副刊·诗镌》的活动,成为提倡新诗格律化的一员猛将。后来因为与徐志摩不合,中途他退出了。这个时期,为了维持生活,除了写作以外,他曾到上海一个大学代授英文课,还与饶孟侃一起,一度在北京适存中学教过书。这时候,他与诗友刘梦苇等人,有时泛舟北海,促膝谈诗;有时会聚一堂,吟唱新作。那种研讨艺术的热忱和珍视友情的温馨,颇有一些"热辣辣"的少年风发的气概。

诗人这时候对于生活和未来充满了天真的幻想。正像他在一首诗里唱的那样:"凭了这一支笔,我要呼唤玄妙的憧憬。"可是现实生活却开始打破他"相信诗人应当靠诗吃饭"的幻想。他没有找到走上"真的人生"的道路。他在给罗暟岚的信里写道:"我的前途满是荆棘,连我自己都不知道是什么结果呢!"但是,这只雏鹰没有就此垂下自己的翅膀。他在"荆棘"中寻找新的生路。这一年秋天,他为了重新获得出国深造的机会,经孙大雨、罗念生等朋友的帮忙,再入清华学校留美预备班学习。两年多的文学奋斗生活给他带来了更大的声誉。同学们以钦慕的心情欢迎他的到来。他与李健吾、柳无忌、罗念生、罗暟岚等人积极参加清华文学社的活动,在《清华文艺》这块新垦的文学园地上发表自己的作品。一九二七年一月,他还创办了专登自己的翻译和创作,自己出钱印刷,自己发行的不定期文艺刊物《新文》。只是因为经济关系,才出了两期便夭折了。他这种热心文艺的精神是令人感动的。有的前辈至今还依稀记得,在幽静的清华园里,朱湘有时拿着他的刊物或诗作,轻轻地敲开一些宿舍的门,羞赧而谦敬地把它们送给自己的好友和同学。看到别人接受或阅读他用心血浇灌的作品,他是怎样的高兴啊！直到一年多以后他在给罗暟岚的信中还说:"作文章的人所得之趣味有时比看的人还浓。我记得从前印《新文》月刊,看到几大捆的书打开时,甚么都是自己出的主意,那一股滋味真是说不出的那样钻心。如今回想起来,仍旧是余味缕缕袅袅不尽。"

一九二七年七月,朱湘从清华学校毕业之后,匆匆来到上海。八月末便同柳无忌一起动身赴美国留学。九月初入威斯康辛州劳伦斯大学,选读英国文学、古英语、拉丁语、高级班法语等课程。强烈的民族自尊感和孤僻狷介的性格,使他又与这里的生活产生了新的矛盾。他把自己看成是一只"失群的孤雁",说"在外国越过越无味,……我现在简直同从前在清华时候一样,完全隔绝了人生"。因为法文教科书里把中国人叫作"猴子",他气愤地离开劳伦斯,于一九二八年一月初转入芝加哥大学。翌年三月,因为一名教授疑心他没有把借用的书归还,他不堪侮辱,又离开芝加哥转入俄亥俄大学。

这时朱湘的内心又燃起了希望与奋斗的火焰。他为我们民族的备受歧视,为中国社会现实的丑恶落后,感到"愤怒和羞惭",决计回国后要"复活起古代的理想、人格、文化与美丽";他在给罗念生的信里说:"为中国鞠躬尽瘁,这是我们早已选定了的。至于由哪条路前进,那都是一样的。"在给赵景深的信中他又说:"我在国外住得越久,越爱祖国,我不是爱群众,我爱的是中国的英豪,以及古代的圣贤豪杰。"这些表白既可以看出诗人爱国感情的真实流露,同时也反映出他的历史观点和思想体系的局限和偏颇。从这种思想出发,他打算写关于韩信、文天祥、孔丘的叙事诗。他还十分天真地设想,与几位同学一起,节省出一部分学费开支,回国后开办一个"作者书店",以此"安定了一班文人的生活,使他们能更丰富更快乐地创作"。我们年轻的诗人,在遥远的异邦国土做着"天方夜谭"的好梦:"要是我能成功,那生活就不愁了。生活不愁之时,便尽可向社会挑战。不,简直不必挑战,那时社会自己就会来向你摇尾了。"太多的天真往往会伴随着太大的失望。生活在幻想天国里的诗人,这时的思想已经种下了生命悲剧的根苗。

一九二九年九月十一日,朱湘为了家人的生活,放弃获得学位的机会,提前回了国。原准备应闻一多的邀请,去武汉大学任教;到上海后,经朋友推荐,又应聘到安徽大学,任英文文学系主任。教学之余,朱湘仍从事新诗创作和用英文译介中国诗歌的工作。他还热情支持学校文艺社团晓风社的活动,为他们办的刊物《沙漠》撰稿。他身为教授,开始生活还算优裕,但是由于经常欠薪,他的生活也日渐窘迫起来。一个孩子出世还不到一岁,便因为没有奶吃而活活饿死了。现实生活击碎了诗人的幻想。他感叹道:"文人生活实在是说不出的困难。……文坛上不仅为贫穷,并为不公道所盘踞。"他在美国时所向往的中国的"无羁无绊,自由自在的文人生活",在当时社会里只是海市蜃楼。

一九三二年朱湘到上海,约赵景深、戴望舒、方光焘一起到安徽大学任教,但学校当局不肯接受。后来,校方将"英文文学系"改成"英文学系",狷介耿直的诗人为这些事竟一气之下辞去了教职。此后一年半里,他在长沙、北平、天津、上海、杭州等地辗转漂泊,卖文为生。由于长期失业,文路不佳,生活窘困,又患了脑充血病,他精神十分颓伤和苦闷。去世前一月他在写给柳无忌的一封信里伤感地说:"若是一条路也没有,那时候,也便可以问心无愧了。"他在悲愤和失望中丧失了继续生活的勇气,于一九三三年十二月五日晨六时,在由上海开往南京去的"吉和轮"上,寂寞地投江自杀了。他身后很萧条,除留下妻子刘霓君和一子一女之外,是别无他物的。

朱湘曾经写过一首追怀屈原的十四行诗,其中有这样两句:"在你诞生的地方,呱呱我坠地。我是一片红叶,一条少舵的船。"在生活的风暴和激流中,朱湘确是一片飘零的红叶,一条没有舵的小舟。他有过很多美丽的梦。但终究无法摆脱凋落与沉没的结局。从憧憬自由到痛苦幻灭,从热烈奋斗到颓丧自沉,从自负气盛到自弃绝望,他艰难而又酸辛的一生,多少反映了旧中国这样一类耿介正直而孤僻软弱的知识分子悲剧的命运和道路。闻一多先生在哀悼信中说:"子沅的末路实在太惨,谁知道他若继续活着不比死去更要痛苦呢!"讲的大约就是这个意思吧。

(二)

"不死也死了,是诗人的体魄;死了也不死,是诗人的诗。"诗人的畏友罗念生的这句感慨至深的话道出了一个真理:一个严肃的诗人艺术创造的成果往往比他的生命要悠长得多。滔滔的江水吞没了诗人朱湘年轻的生命,却无法泯灭他的那些用心血灌溉的诗篇。

朱湘十年的创作生涯,可以分为三个时期。

第一个时期,是一九二二年到一九二五年初《夏天》出版。这可以称为诗人创作的尝试期。朱湘说第一本诗集之所以命名《夏天》,是"取青春已过,入了成人期的意思"。那么在此之前创作的二十几首短诗,无论从思索问题的深度、艺术风格的特点来看,都可以视为诗人少年学步中所留下的点点屐痕。

在这些作品中,诗人能以清澈宁静的眼光、稚气无邪的心灵,来领会与观察人生和自然,虽然在技术上还没有完全跳出初期白话诗那种幼稚尝试的局限,但唯其有了这种天真与纤细、朴实与亲切的格调,才显出诗人自己的本色来。更何况其中有些诗篇,已经透露出作者艺术想象的才华和驾驭文字的能力。《废园》在单调的意象中造成了一种萧瑟的气氛,还带有较重的模仿痕迹。《春》中的种种感受和形象给人以蓬勃的生机和浓郁的愉快。《小河》是为当时人们赞许的一篇。诗人用轻快的调子与和谐的韵律,歌唱了自由母爱的美丽和温暖。自然诗中过分追求天真就不免有流于纤细的比拟,如"月姊""草妹""燕哥"等词。这是当时一些新诗幼稚的通病。

《夏天》的题材多是偏于个人的、内向的。除了赞颂描绘自然景物外,歌唱友情的温暖和离别的眷念,就是最突出的声音了。那首《寄一多基相》就是一例。诗人把自己比作在旷漠的原野中孤独挣扎的游子,是友谊给了他温暖的光:

> 你们的心是一间茅屋,
>
> 小窗中射出友谊的红光;
>
> 我的灵魂呵,火边歇下罢,
>
> 这正是你长眠的地方。

这种带着幼稚气味而又有出人意料的想象的诗句,使得被多少诗人唱得烂熟了的主题得到了新鲜的表现。从中我们听得见新诗前进的足音。

第二个时期,是一九二五年到一九二六年。这可以称为诗人创作的成熟期。包括了一九二四年年末到一九二六年四月间创作的《草莽集》,是新诗史上一个可喜的收获。它不仅深为诗人自己所珍爱,也一向被许多评论家认为是诗人创作走向成熟的标志。诗人说《草莽集》的问世,"这于作者自己,好像头一胎的儿子对于一个产妇,当然是一种欣悦"。沈从文在《论朱湘的诗》一文中也说:"《草莽集》才能代表作者在新诗一方面的成绩,于外形的完整与音调的柔和上,达到了一个为一般诗人所不及的高点。"

《草莽集》比起《夏天》来,作者生活的视野较为开阔了,题材也新鲜了。他少了一些天真和稚气,多了一些思索与深沉。不少的诗篇里透溢出他对人生世事略带不平辛酸的认识和愤怒。作者后来曾有这样的表白:"我作诗不说现在,就是从前也不是想造一座象牙之塔,即如《哭孙中山》《猫诰》《还乡》《王娇》,都是例子。不过年轻的时候,牵泥带水的免不了要写些绮辞,我因为这是内发展中一个必由的程级,也不可少,所以就由了它去。"属于后者的诗篇,有《热情》《答梦》《情歌》《采莲曲》《催妆曲》等。无论是爱情的"绮辞",还是人世的感慨,都能感到作者那颗热爱生活与忠于艺术的心在搏动。他的诗不是活在象牙之塔里,他的诗活在欢乐与痛苦相伴的真实的人生中。

二十世纪二十年代中叶,中国新诗出现了一股创造新格律诗的潮流。闻一多提出了新诗应该具备"音乐美,建筑美,绘画美"的理论,并献出了《死水》这一重要的实绩。徐志摩更多地用创作实践来推进这一潮流。《晨报副刊·诗镌》的出版聚会了在这条道上摸索的"旅伴"。朱湘就是在这条道上努力创造的"旅伴"之一。他实验格律诗态度之严肃、创造之勤劬、成绩之明显,在这个诗人群体里也是相当突出的。

《草莽集》中除了写于一九二四年十一月的一首《雨景》是无韵自由体诗之外,全部是格律诗。即使是一些只有几行的小诗,也很注意整齐和押韵。这些诗没有闻一多的深沉厚朴,不像徐志摩的潇洒飘逸,但也自有其引人注目的风采在的。这种风格特点,恰如沈从文概括的那样,《草莽集》的"全部调子建立于平静上面,整个的平静,在平静中观照一切,用旧词中属于平静的情绪中所产生的柔软的调子,写成他自己的诗歌,明丽而不纤细"。由于他注意学习西方诗整饬而又多变的格律体的长处,又勤于吸收古代词曲以及民谣鼓词讲究韵律节奏的特点,造成了一种既整齐多变,又悦耳动听的艺术效果。请读两首诗中的片断:

> 欢乐在我们的内心爆烈,
> 把我们炸成了一片轻尘,
> 看那像灿烂的陨星洒下,
> 半空中弥漫有花雨缤纷!
>
> ——《热情》
>
> 春天的花香真正醉人,
> 一阵阵温风拂上人身,
> 你瞧日光它移的多慢,
> 你听蜜蜂在窗子外哼:
>> 睡呀,宝宝,
>> 蜜蜂飞的真轻。
>
> ——《摇篮歌》

朱湘这首《摇篮歌》和另一首《采莲曲》,他曾多次为人们朗诵吟唱过。据有人记述,曾在某一个文艺晚会上亲自听诗人朗诵他的《摇篮歌》,"其音节温柔飘忽,有说不出的甜美与和谐,你的灵魂在那弹簧似的音调上轻轻簸着摇着,也恍恍惚惚要飞入梦乡了。等他诵完之后,大家才从催眠状态中醒来,甚有打呵欠者。其音节之魅力可想而知"。朱湘还在一九二六年四月的《晨报副刊》上发表了一则广告《我的读诗会》,欢迎爱好文学的人们"来听一个孱弱的声音读他音节上的试验品"。可惜这个被称为"勇敢的试验"当时并没有实行。

叙事长诗是新诗初期相当荒寂的一个部门,特别是用格律体写长诗更是少见的。能够用整齐的形式与和谐的声韵来精心创作叙事长诗的,朱湘是较为突出的一个。这也是他创作成熟的另一个标志。诗人后来在给罗暟岚的信里说:"我是要用叙事诗(现在改成史事诗一名字)的体裁来称述华族民性的各相,我在《草莽集》中不过是开辟了草莽,种五谷的这件事还在后面呢。"其实诗人在新辟的"草莽"上培植的几株苗壮的树苗都可说是经心之作。《月游》写"我骑着流星"去会见月宫中"不老的嫦娥",在梦境的幻想中激起人们对生活中真实的美的追求,古老的神话题材在诗人笔下变得恣趣横生了。《还乡》描述了饥馑战乱的年代征人还乡后所见一家的惨剧,于一片宁静调子·中蕴蓄着诗人关怀世事人生的热烈心境。《猫诰》是一首难得的谐谑讽刺诗。它以一个老猫对小猫严肃的"教子"为题材,对历史与现实人生的贪婪与卑怯进行了无情的嘲讽。辛辣的鞭挞寓于诙谐风趣的笔调之中。这种在当时新诗中尚很少见的写法,据作者自己说是受了外国"谐诗"体裁的影响。几首叙事诗中最长的是《王娇》,全诗有九百五十多行。

它是根据话本小说《王娇鸾百年长恨》的故事敷衍而成的。作者能用一支清秀明朗的笔,把一个平凡的故事演绎成美丽的诗篇;在叙事中更多优美的抒情,语言上也吸取了民间流传的弹词鼓书与古代词曲的营养,整齐而不板滞,押韵而多变换。诗人的这些尝试,确实是需要勇敢和才情的。朱湘说:"我是极愿意作长诗的,并且我深信我国国语最宜于作长诗。"朱湘的这些作品在新诗发展中具有拓荒的价值,应该得到我们的珍视。

第三个时期,是一九二七年到一九三三年。这可以称为诗人创作的开拓期。诗人死后于一九三六年出版的《永言集》里的诗,就写作时间与风格看,更接近《草莽集》。真正能体现这一时期的成绩和特色的,是诗人生前编就而于死后出版的《石门集》。据罗念生在一篇文章中说:"诗人生前很看重他的《石门集》,他屡屡在书信里提起他的得意处。"

朱湘是一个以作诗为生命的诗人。即使在生活处境不顺之时,他也没有忘记对诗神的呼唤:

> 我的诗神! 我弃了世界,世界
> 也弃了我;在这紧急的关头,
> 你却没有冷,反而更亲热些。
> ——十四行英体之七

他说:"朱湘,我知道什么你都不顾,只有好诗你是垂涎的。"(《巴俚曲》)诗人对艺术的热忱更多于他对生活的思考。一九二七年以后,他就以这样的热忱,更加自觉地从外国诗歌中吸取艺术养分,对新诗的形式进行广泛地探索。他与戴望舒、杜衡、施蛰存相过从,他们谈论的法国象征派、美国意象派诗,引起了他的兴趣。在这种气氛下,他写了集子中仅有的类似意象派的两首诗《柳浪闻莺》和《雨》。在《草莽集》中,已经有了一首美丽的无韵体诗《雨景》。它以种种关于雨的新鲜意象和感觉,表现了诗人对美的追求和期待。但作者认为,这个尝试还"不是自觉的"。到了他留美时写的《洋》,才算是"在无韵体上第一次正式的试验"。这首诗气势宏阔,文笔纵横,在散文的句式中又求一种外形的整齐,欧化的毛病相当突出,其风格写法与《草莽集》迥异。诗人说他"本是主张中诗不宜作无韵体的,不过当时的情绪觉得除此外更无表现的方法,所以竟然也作了"。可见诗人创造运用一种新的诗歌形式,主要还是服从表现内容需要的。他引入并尝试了许多西洋诗体,如两行体、四行体、三叠令、回环调、巴俚曲、图兜儿、意体与英体的十四行诗。而其中以十四行体写得最多。柳无忌说,除他的译诗和长篇叙事外,"他的七十余首十四行诗是他诗集中最有价值的一部分"。这些作品在韵脚运用、诗行的转合以及节奏的安排上,为了严守西洋诗体的规则,颇费推敲与斟酌,但不免许多地方偏于生硬艰涩,脱离了民族诗歌的传统和群众欣赏的习惯。可是,文学艺术发展的历史说明,民族的艺术传统和群众欣赏的习惯不是一成不变的。即如诗人自己说的:"外来思想并非不能融为己有——有时还极当融为己有。"关键恐怕是在能不能"融"了。不是生吞活剥生硬照搬,而是借鉴吸收独立创造,就是外来的东西也可以成为民族新文学的一部分。朱湘的十四行诗有艰涩粗糙之作,但也有不少感情明朗健康、艺术完整新鲜的好作品。这里不妨全文引录一首意体十四行诗:

这一颗种子，天用手指拿住；

除去扁圆而外更没有形象，

渺小，轻——一下抛落了在地上，

深棕色便吞进了深色的土……

土壤要是膏腴的，拿这微物

来培养，要是有春雨，有太阳，

它便会膨胀，会发育……那时光，

便是天的意旨，也不能拦阻！

有许多的伟大蕴藏在渺小。

五谷是神工，花儿肌理细腻，

喷出了浓香将人、蝶给醉迷，

树木纷披着亮晶晶的绿袍；

或是塔一般，它的株柯十抱

将生欲高举到天的视听里。

一颗轻而渺小的种子落进土里，有雨和阳光的哺育，便会长成五谷，长成鲜花，长成高举云天的大树。诗人将自己的眼光由带着浪漫色彩的题材，更多地转到生活中习以为常的普通事物。人们不大注意的一粒种子的生长，诗人从中挖掘了引人深思的哲理。全诗也讲究韵脚的严整。类似的偏于哲理性的诗，在七十余首十四行诗中并不是少见的。这些诗当然离民族化的要求很远。《草莽集》中由于作者过分拘守字数相等的外形整齐，想由此而形成一种"几何的美感"，便不免出现一些削足适履的现象，被讥为"豆腐干诗"。这种情形，到了《石门集》的十四行诗中依然存在，而且又发展出了遣词断句方面生硬堆砌的毛病。新的艺术尝试往往会伴随着新的问题。这在朱湘的诗中也是同样存在的。

《石门集》里的诗,多的是纯属理智的思索,少的是扣动人心的热情。其中不乏一个受伤的心灵沉思的记录和失望的呼喊。如:

> 或者世上如其没有折磨,
>
> 诗人便唱不出他的新歌。
>
> ——十四行英体之二
>
> 有时我远望天边,
>
> 向希望之星挣扎而前;
>
> 一路自欣自喜,
>
> 任欺人的想象幻出凡间
>
> 所无有的美满……
>
> 到了时,只闻恶鸟
>
> 在荒郊里笑我行路三千!
>
> ——《幸福》

他有时也唱春天的欢快,唱奋飞的雄心,但我们听到更多的还是在痛苦与失望的"折磨"中唱出的"新歌"。《草莽集》的那种平静的调子在《石门集》中已经很淡薄了。个人内心失望的痛苦和对社会人生的冷嘲讥刺,使得不少诗篇在说理的外衣下埋藏着穷愁潦倒的悲凉情调和愤世嫉俗的不平声音。

朱湘曾谈起过自己写诗的道路。他说:"我现在以学徒自视,《草莽集》是正式的第一步,近作是第二步,将来到了三十五或是四十,总可以有作主人的希望了。"在短短的十年中间,诗人的创作走过了一段值得纪念的路程。从幼稚的"夏天",踏过丛绿的"草莽",又跨进新辟的"石门",诗人的脚步是前进的、扎实的、创造的。正当他带着继续探索的精神向"作主人的希望"这一目标迈进的时候,这"希望"却随着江流卷进茫茫大海了。然而,他对新诗艺术可贵的探索精神和他的那些瑕瑜互见的诗篇一起,必将会作为一份值得重视的遗产留给今天和后世的人们。

(三)

读朱湘的诗,人们往往只注意其形式韵律探索的利弊、风格情调创造的得失,而忽略了他的诗歌对表现内在感情美和外在自然美的锤炼和追求。这一点,比起他的诗在形式和风格方面的成绩来,于我们今天的新诗艺术鉴赏和创作发展,有更多的启示价值和意义。

陈梦家在《新月诗选》序中说过:"朱湘诗,也是经过刻苦磨炼的。"这种磨炼,首先是他十分注意诗歌艺术形象选择的审美情趣。他以诗人的眼光去观照生活的一切,又像蜜蜂一样在缭乱繁杂的花丛中采撷出芳香与甜美的情思来。即使在他的少年之作《夏天》集子里面,我们也已经可以看得出这种特色。《迟耕》《春》,对自然美的感受是敏锐而轻快的。一幅幅自然美的生活图画呈现在人们的眼前。春天中各种充满生机的意象,在诗人的笔下凝聚了浓郁的诗意和哲理的余香。奔流于诗人笔底的小河更充满了美丽的想象。那"轻舟是桃色的游云,舟子是披蓑的小鱼"的诗句,想象新奇而优美。"我掀开雾织的白被,我披起红縠的衣裳,有时过一息轻风,纱衣珮帘般闪光",虽然不免稚嫩与天真,但在那缺乏艺术想象力的新诗初期,这种想象的果实仍会给人以带露般新鲜的美感。到了《草莽集》中，自然的无拘束的诗情被作者熔铸进整饬的形式中，却给我们一种新的诗情美的闪光。如《采莲曲》《催妆曲》《晓朝曲》《雌夜啼》这些历来为人们称道的诗篇，作者热爱生活的心境和捕捉艺术美的才能，被镶进了完整和谐的形式中。它们不是以一两个片断的名句打动感情，而是以完整优美的抒情形象和意境来激荡人心，引起你的共鸣和遐想。朱湘的诗少热烈的美而多宁静的美，即使是那首题为《热情》和被诗人认为感情表达得奔放恣肆的无韵体诗《洋》，也同样给人沉思凝想的感受更多于热烈沸腾的壮美。这是诗人审美情趣的特色，也是他创作上不够更为丰满的原因之一。

朱湘很清醒地说，他从来不是象牙之塔里唯美主义的诗人，但他却始终不倦地追求新诗的艺术美。这种美当然表现在各个方面。讲究构思的巧妙、意象的新奇、抒情意味的深远，就是其中突出的特点。那首《当铺》写的是尽人皆知的生活哲理，诗人的构想却不同凡响：

　　"美"开了一家当铺，

　　　专收人的心；

　　到期人拿票去赎，

　　　它已经关门。

你在人生中追求美，得到的是失望和衰老。这个最普通的感喟让诗人通过人们意料不到而又十分熟识的想象表现出来，确实做到了"语语明白如画，而言外有无穷之意"。诗人陈梦家说这首诗"题材很难得"，而把它收入《新月诗选》中，确是有眼光的。他的几首长诗，如

《月游》《猫诰》《王娇》,篇制宏阔,却无臃肿与拖沓之感,也同他注意构想和剪裁分不开的。我们读朱湘的诗,不能仅仅为它表面的字句铿锵所陶醉,而要吸取借鉴更多的矿藏,原因就在于此。

诗歌要表现人们美的感情、情绪,必须要求诗人注意对生活和自然在人们心中唤起的感应进行敏锐地选择和提炼。生活和自然可以多方面地唤起人们美的感应,但不是所有这些感应都可以化成美的诗。这里有一个感情对生活的升华与提炼的问题。闻一多说的诗是被热烈的感情蒸发了的水汽的"凝结",恐怕就是这个意思。雨景,这是被多少诗人写得烂熟了的题材,可是在朱湘笔下的一首《雨景》,却全然不同了:

> 我心爱的雨景也多着呀:
> 春夜梦回时窗前的淅沥;
> 急雨点打上蕉叶的声音;
> 雾一般拂着人脸的雨丝;
> 从电光中泼下来的雷雨——
> 但将雨时的天气我最爱了。
> 它虽然是灰色的却透明;
> 它蕴着一种无声的期待。
> 并且从云气中,不知哪里,
> 飘来了一声清脆的鸟啼。

诗人对自然美和生活美广泛的兴味与追求,被他用隐蔽而又鲜明的多彩的意象表达出来了。既写了千姿百态的自然美,也象征着丰富多彩的生活美。既写出了现实生活中已经展现的种种美的景象,也写出了现实生活中尚未出现的令人向往期待的美。寂静的云气中飘来的一声"清脆的鸟啼",这多么令人神往而深思!自然美和生活美在作者的笔下融成了一片诗情美。类似这样的诗篇,在后来的《石门集》里,仍然不乏其例。如英体十四行"十二　草还没有绿过来但空中""十六　只是一镰刀的月亮带两颗星""十七　蛙声"、意体十四行"二六　如其有一天我不再作小鸟""四四　挽着自家的孩子在这春天",等等。只不过因为作者拘泥于诗体格律的限制,显得更多一些欧化、跳跃的感觉,而没有《雨景》这么完整舒畅罢了。

沈从文先生在评价《死水》的一篇论文中曾说:"一首诗,告诉我们不是一个故事,一点感想,应当是一片霞,一团花,有各样的韵色与姿态,具各样香味,作各种变化,是那么细碎而又那么整个的美。"朱湘的诗当然不能与《死水》完全一样,其中有病态,有忧郁,有颓丧,有雕饰,有奢华,但在对艺术美的追求与锤炼这一点上,却与《死水》有相似之处。它给人的确是充满韵色与姿态的"一片霞,一团花"的光彩和芬芳。

（四）

朱湘以诗名世,但也写散文。他的散文作品从二十世纪二十年代初起就陆续在《小说月报》等刊物上发表了。他称散文是"一种有特色的新文学",把"创造一种新的白话"看成是"我们这班人的天职"。只是由于作品数量较少,且为诗名所掩盖,他的散文也就往往为人们所忽略了。

朱湘的散文并无宏阔的题材和高深的议论,多写自己的所见所闻，以日常平凡的事物涉笔成篇，因而大体形成了一种特色：自然朴实，无矫无饰，吐露胸臆，亲切感人。有些以描写和叙事见长，能于平淡中露出一种清秀气息，于质朴里蓄着某些哲理的光辉。如《打弹子》生动地记述了平凡的生活情景，有条不紊，真切自然，给人一种开阔眼界而又悦目怡心的情趣。《北海纪游》以轻松的笔调写出了风景的美丽清幽和友情的欢愉温暖，写景与抒情、赏物与论诗，结合得是很巧妙的。《梦苇的死》于细致的笔调和优美的回想中写出了悼念至友的深情。《迎神》写诗人过檀香山岛所见那里的人民迎神祭祀的情形，充满了异国的情调。

有些散文驰骋想象，谈天说地，纵论古今，在任意而谈中给人以广博的知识和欢快的趣味。《衙衙》《烟卷》《徒步旅行者》《日与月的神话》等，都有这种特色。有时又在任意而谈中引出发人思索的议论。那篇《书》即是一例。作者从书的纸张颜色、文字形状、字体风采、印章花样，一直谈到作书人的遭际和读书人的厄运，到最后作者才出人意料地说："咳！不如趁着眼睛还清朗，鬓发尚未成霜，多读一读'人生'这本书吧！"这种哲理的感慨就有一种特殊的分量和效果。

朱湘有些散文，篇幅很短，却能以诗人的想象和眼光写情状物，给作品带来了隽永的哲理和浓郁的诗情。《江行的晨暮》，描绘江南小城码头的秋暮和晨景，是一篇优美的散文诗。《咬菜根》更多一些活泼和机智。似乎讲的是"咬得菜根，百事可作"的茹苦含辛的精神，结尾却笔调一转："我宁可这六百种的菜根，种种都咬到，都不肯咬一咬那名扬四海的猪尾巴或那摇尾乞怜的狗尾，或是那长了疮脓血也不多的耗子尾巴。"作者很懂得民间曲艺中"抖包袱"的方法的精髓。这个出人意料的结尾表露了作者绝不趋炎附势屈事权贵的耿直不阿的品格。

在朱湘的散文中,我们更清楚地看到了这位青年诗人的灵魂与个性。

明年,是朱湘投水离世五十周年了。读过诗人的全部作品,写罢这篇谫陋肤浅的文字,凭窗遥望,举目凝思,不禁怃然! 眼前的"水木清华"早已焕然一新。祖国的大江南北又是一片春绿。诗人所垦植过的新诗的"草莽"上也正是百花竞放的季节。后来的人们是幸福者,也应当是更勇敢的开拓者。但愿诗人的这些创作实绩和探索的足音能够在更多人的心中激起一些怡悦与回响。这,或许正是诗人生前所期望的吧!

一九八二年三月记于北京大学蔚秀园